Moment of Excellence

Matthias Eckoldt

Moment of Excellence

Roman

Die Deutsche Bibliothek – CIP-Einheitsaufnahme

Eckholdt, Matthias:
Moment of excellence : Roman / Matthias Eckholdt. – Frankfurt am Main : Eichborn, 2000
ISBN 3-8218-0821-7

Umschlaggestaltung: Moni Port
Layout: Cosima Schneider
Satz: Fuldaer Verlagsagentur, Fulda
Druck und Bindung: Wiener Verlag, Himberg

ISBN 3-8218-0821-7

Verlagsverzeichnis schickt gern:
Eichborn Verlag, Kaiserstr. 66, 60329 Frankfurt
www.eichborn.de

Meinen Eltern

Er ging oft in sich,
doch fand er dort selten jemanden vor.

Werner Hansch

6/7

DIE PFERDEÄRSCHE

Mit hoher Geschwindigkeit bog ein Truck auf die Gerade zum Werkstor. Die Hinterräder brachen auf dem feuchten Asphalt aus, und der Container schleuderte über die Straße ins Gras. Als er sich wieder eingeschwungen hatte, bremste der Truck und kam eine Kühlerlänge vor dem zweiflügligen Tor zu stehen.

»Die Pferdeärsche gehen auf Tour!« Ein Wachmann legte seine Hand auf den roten Knopf.

»Brauchst nicht aufmachen. Hab mir was ausgedacht.« Ed grinste, den Ellbogen aus dem Fenster gelehnt.

»Na los!«

Ed schlug die Räder ein und fuhr langsam vorwärts, bis sich der Kühlergrill in einer Sicherungslasche verhakte. Dann ließ er das Fahrerhaus ein wenig schaukeln und setzte, als das Tor bedenklich quietschte, einen Meter zurück. Die beiden Flügel schlugen hart in die Auffanghaken.

»So holt ihr den Titel!« Der Wachmann besah sich den Schaden am Tor.

Die Pferdeärsche johlten im Cockpit und gaben sich reihum take-five. Ed vergnügte sich damit, entgegenkommende Autos durch das Überfahren der Mittelmarkierung mit aufgeblendetem Licht vom Kurs abzubringen, während Lucky, der neben ihm saß und der seinen Spitznamen dem selbstmörderischen Verbrauch an Zigaretten verdankte, die jeweiligen Autotypen nannte und durch die Erwähnung der zugehörigen PS-Zahlen Lacher erntete. Steve, auf der Hinterbank, klebte gerade eine Riesentüte zu, und Chris klappte seinen Laptop auf.

Steve rauchte die Tüte an und gab sie weiter. Chris lehnte ab, Lucky griff zu und atmete, in der anderen Hand die eigene Zigarette, den Rauch hastig ein, Ed zog aus der Faust so tief in seinen

Körper hinein, daß er nur noch ungetrübte Luft wieder ausatmete und verzichtete auf weitere Eskapaden beim Fahren. So kreiste die Tüte ein paarmal und war gerade bis auf das Pappröhrchen heruntergebrannt, als Ed an einer Tankstelle hielt.

»Bingo!« Er streckte Lucky die Hand entgegen. »Ich wette ein sequentielles Getriebe, daß die Tanköffnung direkt vor dem Literzähler steht.«

Lucky winkte mit friedlichem Haschischlächeln ab und ging in Richtung Shop.

»Willst du die Tankstelle in die Luft jagen, Freundchen?« Der Tankwart stellte sich Lucky in den Weg, der sogleich seine Kippe fortschnipste. Als sie direkt auf einer Zapfsäule landete, sprang der Tankwart hinterher.

»Jetzt aber schnell!« Lucky warf eine neue Zigarette in die Luft und fing sie mit den Zähnen auf.

Steve war schon im Shop und schleppte kastenweise Bier zur Kasse. Lucky zündete sich seine Zigarette an, schaute umher, dann holte er noch eine Kiste Wodka und sechs Flaschen Sekt, von denen er eine direkt vor die Kassiererin stellte. Gerade als er begann, das Silberpapier abzureißen, stürzte der Tankwart herein:

»Mach sofort die Zigarette aus!«

»Er kann nicht anders, er ist süchtig!« Steve setzte gerade einen weiteren Kasten Bier ab.

»Ich hole Polizei und Feuerwehr. Und ihr müßt den Einsatz bezahlen.«

»Verdirb dir doch nicht das Wochenende!« Ed nahm den Tankwart von hinten am Schlafittchen. Der strampelte aufgeregt, versuchte sogar zu treten, als Ed ihn in Richtung Kasse trug. Doch nachdem er sich umgedreht und die häßlichen Narben auf dem Gesicht des anderen gesehen hatte, protestierte er nur noch sehr verhalten.

8/9

»Hmm, keine Aufregung, eh, eh, eh, wir klären das schon, ja, eh, eh, ja ...«

Lucky nahm sich aus dem Werkzeugregal ein Beil heraus. Der Tankwart lächelte unsicher, die Kassiererin tastete nach dem Telefon. Kaum hatte sie den Hörer in der Hand, legte Ed seine Pranke drauf, und die Kassiererin riß sich panisch los. Lucky schüttelte die Sektflasche und schlug ihr dann mit dem Beil den Kopf ab. Eine Sektfontäne schoß in die Höhe und landete in Luckys Mund. Applaus. Auch von der Kassiererin und, nach wiederholtem Knuffen, sogar vom Tankwart. Steve riß eine Packung Gläser auf, ließ Lucky einschenken und verteilte.

»Auf Ihre wunderschönen Augen!« Lucky prostete der Kassiererin zu. Chris gähnte und trank einen kleinen Schluck. Steve und Ed stießen als einzige an:

»Hau weg den Scheiß!«

»Dann mach mal Kasse.« Lucky sortierte das Beil wieder in das Werkzeugregal ein.

»Kann alles auf eine Rechnung?« Der Tankwart hatte sich hinter den Verkaufstresen gestohlen.

»*Was* alles?«

»Na ... eh. Ich meine Diesel und Getränke.«

»Getränke? Seit wann kann man Diesel trinken? Ich brauche Rechnungen, für die mein Chef Kohle rausrückt, du Pfeife.«

Lucky und Steve trugen bereits die ersten Kästen hinaus, Chris bediente sich an der Fruitbar. Der Tankwart schaute hilfesuchend zu seiner Kassiererin.

»Du nimmst jetzt deine Wichsfinger aus der Hose und tippst dreimal dreihundertfünfzig Mark in deine verschissene Kasse. Ware: Diesel, Datum: letzter Montag, Mittwoch und Freitag.« Ed trank einen Schluck aus der Flasche, kaute dann die Glassplitter durch und spülte sie mit dem Rest Sekt hinunter.

Der Tankwart tippte, während die Kassiererin ihm etwas zuflüsterte. Endlich ratterte die Kasse.

»Paß auf, Sportsfreund. Wer soll mir diese verfickte Rechnung über tausendfünfzig Mark abnehmen? Haben wir ein Flugzeug, oder was?«

»Neunhundert Liter Diesel mit einer Tankfüllung!« Chris lachte, als er die Rechnung sah.

»Ich kann das Datum nicht verändern!« Der Tankwart lächelte mitleidheischend. Da allerdings war er an den Richtigen geraten. Ed zerknüllte die Rechnung und warf sie hinter die Verkaufstheke.

»Verfatz dich!« Er verscheuchte den Tankwart mit einer Handbewegung und schob Chris hinter die Kasse. Der verfolgte die Leitung vom Monitor zum Motherboard und steckte dort sein Decodierungselement ein, das nicht größer als ein Solartaschenrechner war und genauso aussah. Sofort rasten Buchstaben und Zahlen über die LCD-Anzeige, bald schon so rasant, daß nur noch schwarz schimmernde Rechtecke zu sehen waren. Schließlich blinkte eine Zeichenfolge auf. Chris drückte, seinen Körper in der Hocke balancierend, mit einem Bleistift auf verschiedene Tasten, und die Kasse warf drei Rechnungen aus.

»Is 'n kapitaler Täusie. Da bleiben paar Hunderter für die Mädels über.« Ed legte dreihundert Mark in den Kassenteller und kniff dem Tankwart aufmunternd in die Wange.

»Bis bald mal!« Lucky grüßte mit seiner Zigarette, und die Pferdeärsche verschwanden wieder in ihrem Truck. Ed kümmerte es wenig, daß er mehrere PKW zu Vollbremsungen nötigte, als er die Landstraße passierte und in die Autobahnauffahrt bog.

»Yeah, jippi, yeah!« Ed trat das Gaspedal bis aufs Bodenblech durch. Der Truck mit dem blinkenden Namenszug »FRANK« hinter der Frontscheibe, auf den Ed von der Beschleunigungsspur aus zuhielt, hupte und blendete auf.

»Spediteure haben schwache Nerven.« Lucky boxte Ed gegen den Oberarm.

Tatsächlich. FRANK bremste ab und steuerte auf die Überholspur. Der Truck der Pferdeärsche rauschte auf die Autobahn. Applaus von Steve und Lucky. Chris nickte beifällig, während er an einem Apfel kaute.

»Die miese Ratte kriegt den Hals nicht voll.« Ed ließ ein wenig Gas nach. Als die Scheinwerfer aus dem Rückspiegel verschwunden waren, setzte er vorsichtig den Fuß auf das Bremspedal, so daß die Leuchten zwar ansprachen, jedoch keine Bremswirkung entstand. FRANK fiel ab. Als Ed sah, daß der Blender auf der feuchten Straße sogar ins Schleudern kam, warf er seine Faust in die Höhe. Lucky zeigte mit seinem Daumen nach unten. Nun beobachtete Ed konzentriert, wie FRANK auf der Fahrbahn herumschlingerte. Im Moment, als er auf die Standspur schleuderte, stieg Ed voll in die Eisen, und der Truck schoß auf die satte grüne Wiese, wo sich die Räder tief in den Schlamm wühlten.

»Den kriegste nur mit 'nem Kran wieder raus!« Steve hebelte drei Kronverschlüsse aus und verteilte die Bierflaschen.

Chris warf Lucky ein Kabel in den Schoß, das dieser sogleich in den Funktelefonanschluß steckte. Chris rollte den Trackball sanft mit dem rechten Daumen, sein Mittelfinger tippte auf die Wippe, mit der rechten Hand schrieb er. Stichworte und Verzeichnisbäume waren kaum heruntergefallen, da verschwanden sie auch schon wieder. Man konnte meinen, Chris versuchte sich an einem Computerspiel, bei dem es darum ging, unvorhersehbar aus einer Gerade sprießende Rechtecke schnellstmöglich zu beseitigen. Dann schrieb er: »Hi. Alle Lurker wegschauen! Wer hat Lust auf einen Online-fick? Datenhandschuhe und Cyberhose. http://www.stw.pä.com.«

»'n Benz?« Ed schaute auf die Tachonadel des Trucks, die zwischen den Marken hundertzwanzig und hundertdreißig Stundenkilometer zitterte.

»'n Zweihundertvierziger mit hundertsiebzig PS.« Lucky kroch ganz nah an die Scheibe.

»Entweder 'ne Frau oder 'n Platter.« Metallisch knirschte der Wodkaverschluß unter Steves Händen.

»Weder noch!« Lucky nahm einen tiefen Schluck und reichte den Wodka an Ed weiter. Ed nippte nur. Er schaltete einen Gang herunter und beschleunigte. Als die Heckpartie des PKW unter seiner Frontscheibe verschwand, blendete er auf. Dann ließ er sich zehn, zwölf Meter zurückfallen und wiederholte das Manöver, doch der Benz fuhr weiter, ohne seine Geschwindigkeit zu verändern. Ed näherte sich noch einmal, scherte aber, kurz bevor die Stoßstange des PKW aus dem Blickfeld geriet, auf die Überholspur aus. Der Drehzahlmesser kletterte in den roten Bereich. Ed hatte ein Einsehen mit dem Motor und schaltete hoch.

»Diese Schwuchtel schiebe ich zusammen!« Ed trank sein Bier aus und spülte mit Wodka nach. Dann zog er auf die rechte Spur. Der Benz bremste ab, und ließ den Truck einscheren.

»Was ist denn das für 'ne Halbleiche?« Ed ging mit der Geschwindigkeit runter, auf siebzig Stundenkilometer, auf sechzig, auf vierzig. Endlich fuhr der Benz auf die Überholspur. Ed beschleunigte nun, ohne auf den Drehzahlmesser zu achten und konnte mithalten.

»Unterstützung von hinten!« Ein anderer Truck hatte sich direkt hinter den Benz gesetzt. Ed schlug

Lucky auf die Schulter, daß ihm die Zigarette aus dem Mund sprang.

»Idiot!«

Die Tachonadel war wieder über die Hundertzwanzigstundenkilometer-Markierung gestiegen, als ein Wolkenbruch die Frontscheibe blind machte.

»Was denn, was denn? Halt doch drauf, du Kolbenlutscher!« Ed sah im Rückspiegel, daß der andere Truck abfiel und gab sofort ein wenig nach. Der Benz aber hatte schon eine Lücke zwischen den beiden Trucks gefunden. Lucky schaltete dezent den Scheibenwischer ein, doch selbst auf der höchsten Stufe fegte er nicht genügend Wasser fort, daß man auch nur die Leitplanke hätte sehen können. Ed schwenkte auf die Standspur und verringerte das Tempo weiter.

»Der ist fertig!« Ed forderte von Lucky die Wodkaflasche.

»Wette?« Lucky reichte die Flasche rüber.

»Wer gewinnt, darf die Mädels aussuchen.« Ed hielt Lucky die Hand hin, der schlug ein. Hinter der nächsten Kurve – der Truck der Pferdeärsche fuhr unterdessen nur noch fünfzig Stundenkilometer auf der Standspur, und der Benz überholte nicht – rückte ein Parkplatzzeichen von Wischerintervall zu Wischerintervall näher.

»Ich tippe für Ed.« Steve stieß Chris an.

»Ist doch keine Frage.« Chris schaute gar nicht von seinem Laptop auf.

Der Benz fuhr tatsächlich in die Ausfahrt zum Parkplatz, Ed grölte, Steve gratulierte mit knallenden Kronverschlüssen, Lucky zündete sich eine neue Zigarette an.

Nun heizte Ed auf der linken Spur, und bald schon zeigte sich die Stadt, dessen verruchtestes Viertel die Pferdeärsche zielstrebig ansteuerten.

»Ist das hier 'ne Puppenausstellung?« Ed bremste scharf. Sofort stieg eine Prostituierte mit strohblonder Perrücke auf den Schweller.

»Na, wie geht's euch? Habt ihr einen anstrengenden Tag gehabt? Seid ihr beruflich in der Stadt? Wollen wir's uns gemütlich machen?«

»Quatsch nicht Baby, holst du mir für zwanzig Mark einen runter?«

»Träum weiter, du bist doch hier nicht in der Rosengasse.«

Der Truck ruckte kurz an, die geschäftszeitlich Blonde verlor das Gleichgewicht und taumelte auf die Straße.

»Ihr Ärsche!« Eine Kollegin half ihr auf.

Lucky nickte freundlich: »*Pferde*ärsche, meine Liebe!«

»Geradeaus, zweite links, die Parallelstraße ist die Rosengasse. Du mußt aber bis zum Ende fahren, weil es eine Einbahnstraße ist.« Chris war mit seinem Trackball via Internet längst angekommen, doch auch der Truck folgte bald darauf.

»Wahnsinn!« Lucky drückte seine Zigarette aus, obwohl er sie erst bis zur Hälfte geraucht hatte.

»Ne, Kumpel, das ist meine!« Ed hielt, und ein schlankes, dunkelhaariges Mädchen hüpfte auf das Trittbrett.

»Seit wann stehst du denn auf Thai?«

»Seit ich Wetten gewinne! Eine Stunde Pension?«

»Hundert Mark!« Schon saß sie auf Eds Schoß und fuhr mit den Fingernägeln seine Narben nach.

»Und du? Willst du auch was machen?« Wieder schaute ein Gesicht herein.

»Oooch...« Lucky schien wenig begeistert von der in die Jahre gekommenen Brünetten.

»Er will schon!« Sie drückte ihre Hand in Luckys Schritt.

»Er ja auch!« Ed lachte und winkte die augenscheinlich dienstälteste Prostituierte des Viertels herein.

»Gibt's denn hier auch Jungs?«

»Nur am Bahnhof, da müssen wir durch die ganze Stadt fahren.« Die Thailänderin hatte sich zu Steve gedreht.

»Soviel Zeit haben wir nicht.« Schon hatte die Brünette eine von Luckys Zigaretten zwischen den Lippen.

»Dann nehme ich die da.« Steve zeigte auf eine maßlos dicke Frau mit ungeheuren Brüsten, die aus dem tiefen Ausschnitt drängten. Ed hielt, und sie hievte sich auf die Hinterbank. Steve setzte sich auf einen ihrer kolossalen Schenkel und öffnete eine Flasche Sekt.

»Und du, Kleiner?« Sie tätschelte Chris mit ihren fleischigen Fingern im Gesicht herum.

»Nicht anfassen.« Chris drückte wie zur Abwehr die Return-Taste.

»Na, dann spiel mal schön.« Die Riesenmama ließ von ihm ab, zwickte Steve in die Seite und nahm einen gewaltigen Schluck aus der Sektflasche.

Als die drei Pärchen in der Pension verschwunden waren, zog Chris die Gardinen des Fahrerhauses zu. Er fuhr mit dem Datenhandschuh zärtlich über seinen Körper, atmete geräuschvoll, ohne die linke Hand vom Trackball zu lassen. Mit einem Doppelklick aktivierte er seine Cyberhose …

LATERALISIERUNGSVERSCHIEBUNGE

»Prof. Conrad Hauenstein – Philosophische Beratung« stand auf dem Messingschild an der weißen Fassade. Hauenstein strich mit der Hand darüber. Das Schild bildete mit der Klingel und der Klinke ein präzise abgezirkeltes, gleichschenkliges Dreieck, das alle Konzentration des Klienten auf sich ziehen müßte, so daß er sich gern in der Illusion wiegen lassen würde, das ganze Haus gehörte Hauenstein allein. Er drückte die schwere Eichentür auf, durch die auch der Klient in die marmorne Eingangshalle mit Stuckdecke und in Gold gefaßten Spiegeln kommen würde. Wenn er die schmiedeeisernen Briefkästen sah, stünde zwar zu vermuten, der Philosophieprofessor habe nur eine Wohnung in diesem Haus gemietet, doch näher noch würde der Wunsch liegen, all die verschiedenen Namen mochten auch auf Hauensteins Gehaltsliste stehen, und der sich auf französische Art in der Mitte des Treppenhauses emporziehende Fahrstuhl würde von Etage zu Etage bei immer begnadeteren Denkern halten. In der Kuppel des Hauses, so würde der Klient vermuten, hätte Hauenstein seinen Ort. Ihn aber könnte man mit dem Fahrstuhl nicht erreichen, zu ihm müßte man sich qualvoll hinaufdenken, ohne je wirklich anzukommen. Daß Hauensteins Büro parterre lag, dürfte nun gerade für ihn sprechen, da er nicht die standesgemäße Umgebung brauchte, um in seiner Größe zu strahlen. Das Vorzimmer war in weichen Pastellfarben gehalten. In der Sitzecke rauhte Halogenlicht die Stimmung auf, gerade genug, um die *Seerosen* von Monet ein wenig funkeln zu lassen. Hier würde der Klient verharren und seine Aufregung spüren. Die Sekretärin sollte hinter ihrem Schreibtisch aus Ebenholz mit Terminkalender, Telefon und Sprechanalge repräsentieren, nicht ohne hin und wieder auf ihrem Drehstuhl zum Seittisch zu fahren und Schreibarbeiten am Computer zu erledigen. Das Zimmer des Chefs würde durch seine Größe auffallen und mit Schreibtisch und hohem Ledersessel vor der Bücherwand im ersten Moment an den Empfangsraum eines Botschafters erinnern. Einzig der Stereofernseher im Heimkinoformat, der gerade eine Soapopera zeigte, sollte den diplomatischen Ernst stören. Hauenstein setzte sich in seinen Sessel und genoß das Arrangement seiner Philosophischen Praxis.

Die Verwunderung des Klienten wäre der beste Auftakt einer Sitzung:

»Herr Professor, Herr Müller ist da.«

»Danke, Frau Schroeder!« Warten, warten, warten, mindestens vier Minuten, dann vor dem Spiegel den Schlips zurechtrücken, prüfen, welche Brille wirkte, noch ein paar Blätter mit Notitzen über den Schreibtisch verteilen, dann zur Tür gehen, sie schwungvoll aufziehen und stehen. Stehen, stehen, stehen. Müller fixieren, flüchtiges Lächeln, wenn er sich erhebt, die Hand in den Vorraum strecken, keinen Zentimeter entgegengehen, in seinen letzten, eiligen Schritt hinein: »Guten Tag, Herr Müller!«

Und in seine Erwiderung: »Frau Schroeder, bitte jetzt keine Anrufe durchstellen.« Dann noch ein »Kommen-Sie-bitte!« von einer schwungvollen Bewegung des rechten Armes unterstützt.

Müller im großen Zimmer, geht unsicher zum Stuhl vor dem Schreibtisch, der zum Fernseher eingedreht steht, wartet, die Hände auf der Lehne, bis ihm der Platz angeboten wird.

»Womit kann ich mich Ihnen dienstbar machen?« Den Stuhl freigeben.

»Kommt etwas Interessantes?« Müller schaut nur noch zum Fernseher.

»Ich habe dich immer geliebt, das mit Christina

war doch nur ein harmloser Seitensprung, bei dem ich nicht einmal richtig Spaß hatte. / Ach, du Ärmster, nicht einmal Spaß hattest du dabei ...«

»Nein, es kommt nichts Interessantes. Mir geht es dabei auch nicht um den Inhalt, das Gerät schaltet ohnehin im Sechs-Minuten-Rhythmus um, alle dreiundvierzig Kanäle durch.«

Müller nickt: »Ja, eh, was ich von Ihnen, eh, wollte, ist, eh...«

»Ich höre Ihnen zu!« Reglos fernsehen.

»Warum, lieber Herr Professor, ... eh ... Warum läuft Ihr Fernseher?«

»Ich denke, mein lieber Herr Müller, Sie haben von der großen Lateralisierungsverschiebung zwischen den beiden Hirnhälften des Menschen gehört.« Zurücklehnen, Müller beobachten, der wie ein schlecht vorbereiteter Prüfling versucht, durch gekünsteltes Husten die Frage ungeschehen zu machen.

»Es ist ein, wie Sie mir sicherlich zu bemerken erlauben, gut bekannter Umstand, daß auf Münzen, die früher als fünfhundert vor Christus im griechisch-römischen Raum geprägt wurden, die Profile in der Regel nach rechts zeigen.« Müller entspannt sich, wähnt sich in Sicherheit. »Spätere Funde, und Sie können das heute hier und jetzt überprüfen ...«, Blatt nehmen, auf dem eine Notiz steht, und ein Profil malen, »sind in der Profilausrichtung linksorientiert.«

Müller greift im Übereifer auch zu einem Blatt, hat aber keinen Stift.

»Über das evolutionär äußerst bedeutsame Ereignis wissen Sie sicherlich besser Bescheid als ich!«

Müller fühlt sich ertappt wie ein Dieb auf frischer Tat und versucht, das Blatt wieder auf den Schreibtisch zu schummeln.

»Die Alphabetisierung hat, das ist die überzeugendste Interpretation dieses Phänomens, eine Hemisphärendominanz erzeugt. Das Fernsehen nun, und das ist nicht nur *meine* These, wird ähnlich dramatische Umstrukturierungsprozesse hervorrufen. Erstens ...«, wie schön wäre es, eine richtige Vorlesung zu halten, in der hundert Studenten jetzt das Stichwort ›Umstrukturierung durch das Fernsehen‹ aufschreiben würden, darunter einen Pfeil, einen Anstrich oder sogar eine kleine, von einem Kreis umschlossene Eins, »... wird durch das Fernsehen nur noch der mittlere Teil der Netzhaut aktiviert, also der Bereich, der direkt mit unserem Großhirn in Verbindung steht. Was heißt das, lieber Herr Müller?« Zu Müller gucken. »Das heißt, daß jegliche Orientierungsreaktionen entfallen. Zu Zeiten als unsere Vorfahren noch ums Feuer herum saßen, wurden Orientierungsreaktionen ausgelöst, wenn auf den Rand des Sehfeldes, das, und da sage ich Ihnen sicherlich nur Bekanntes, an das Stammhirn sendet, Informationen eintrafen. Das Neue kündigt sich heute aber nicht mehr von der Seite, vom Wahrnehmungshorizont, wenn Sie mir diesen Terminus technicus einmal nachsehen, an, sondern kommt direkt aus der Mitte.« Die Brille kurz abnehmen und zwei, drei Mal um den rechten Bügel drehen. »Geradezu ein Quantensprung in der Evolution der Wahrnehmungsstruktur des Menschen, vergleichbar nur den Effekten, die durch die Alphabetisierung hervorgerufen wurden. Wir haben es hier, lieber Herr Müller, mit einer Lateralisierungsverschiebung zwischen Großhirn und Stammhirn zu tun. Einzig ausgelöst durch das Fernsehen!« Müller schaut immer seltener zum Fernseher, er ist längst als Klient gewonnen. Trotzdem noch eine kleine Beigabe: »Zweitens ...«, ein weiterer Pfeil oder Anstrich oder sogar eine Zwei im

Kreis, »... kassiert das Fernsehen gewissermaßen die durch die Alphabetisierung erzeugte Hemisphärendominanz. Sie fragen sich, auf welche Weise das geschieht? Akustische und visuelle Informationen treffen gleichzeitig ein, und damit wird es unmöglich, sich auf eine Hirnhälfte zu konzentrieren. Das Fernsehen erzieht uns zu einer neuen Wahrnehmungsform. Gleichzeitigkeit und Dualität sind die Stichworte ...«, rot übermalt oder einfach unterstrichen, »... mit denen ich die Evolution des Menschen im Schwerefeld der neuen Medien beschreiben möchte.« Pause, zum Fernseher gucken, dann Müller fixieren. Der versucht zu verstehen und schattet seine Augen mit der linken Hand gegen das Flimmern ab, als wäre es die blendene Sonne an einem Januarmittag in Lagos.

»Nun, lieber Herr Müller, sind wir schon mitten in der Sitzung. Ich verkaufe hier in meiner Beratungsstelle Weisheit, wenn Sie die außerordentliche Güte besäßen, mir diese etwas merkantile Ausdrucksweise zu verzeihen. Damit weiß ich mich in bester philosophischer Gesellschaft. Ihnen brauche ich sicherlich nichts über die Sophisten zu erzählen, die sich einst ihre Lehrstunden kräftig entlohnen ließen.«

Müller rückt auf seinem Sessel hin und her.

»Jede Sitzung kostet zweihundert Mark, die Grundgebühr für eine schriftliche Ausarbeitung liegt bei fünfhundert Mark, bei Veröffentlichungen tausend Mark.«

Es wäre ein guter Auftakt für eine Sitzung gewesen. Doch bislang hatte noch kein Klient einen Termin erbeten. In der einen Woche seit Eröffnung klingelte nur ein einziges Mal das Telefon. Ein Student wollte eine Semesterarbeit geschrieben haben. Hauenstein bat ihn in die Praxis, da er am Telefon nicht über Preise sprechen wolle. »Das kostet was?« Und bevor er auflegte: »Ich denke, das ist irgend so 'n Selbsthilfeprojekt oder 'ne ABM-Maßnahme!«

»Frau Schroeder, waren noch Anrufe?« Hauenstein ließ die Taste der Sprechanlage zurückfedern.

»Nein, Herr Professor.« Kaltes Rauschen, hartes Knacken, »Aber Ihre Eintrittskarte für das Rennen ist gerade eingetroffen.«

Hauenstein schlenderte ins Vorzimmer, tat einen Seitenblick zum Monet und blieb vor der Repräsentationsfront stehen. Frau Schroeder schob ihm einen Umschlag zu. Hauenstein ließ ihn in seiner Hand spielen und verschwand im Chefzimmer.

Zwei, drei, vier, fünf. Die Tür flog auf! Hauenstein zeigte immer wieder auf den zerfetzten Umschlag, aus dem die Karte herausstand. Er hatte seinen Mund geöffnet, als schreie er, doch war nur ein garstiges Zischen zu hören. Frau Schroeder rückte von der Vorderfront des Schreibtisches weg. Sie schien nicht mehr repräsentieren zu wollen, solange der wortgewaltige Professor ohne Sprache war. Der Umschlag klatschte auf ihren Schreibtisch.

»Ehrentribüne,« Hauenstein rang nach Luft, »ich wollte eine Karte für die Eh-ren-tri-büne!«

»Die Plätze auf der Ehrentribüne sind nur für hochrangige Persönlichkeiten aus Politik und Wirtschaft, wurde mir gesagt. Außerdem soll man in der Südkurve die spannendsten Szenen erleben. Dort sieht man die Schikane, die Beschleunigungsgera...«

»Ehrentribüne! Dort sitzen unsere potentiellen Kunden, verdammt.« Hauenstein stampfte auf. »Was interessiert mich das Rennen, was interessiert mich Ihre Schikane? Ich gehe doch nicht dorthin, um mich zu amüsieren. Mein Gott! Das ist doch auch *Ihr* Geld. Das heißt, es *war* Ihr Geld. Sie sind entlassen.« Ein letztes Stampfen. »Fristlos!« Dann knallte die Tür zum Chefzimmer zu.

Hauenstein griff aus der untersten Schublade seines Schreibtisches einen Gummischlauch, wickelte drei Ringe ab, holte aus und schlug gnadenlos auf den Heizkörper ein. Bei jedem Schlag schrie er wie selbst getroffen auf. Dann warf er den Schlauch fort und sank in sich zusammen. Hauenstein zählte laut zehn tiefe Atemzüge, während derer er sich aufbaute. Schließlich stand er wieder, ging zur Tür und öffnete sie leise, so leise, daß seine Sekretärin es gar nicht bemerkte. Erst als er zu sprechen begann, fuhr sie herum und schaute ihn aus verweinten Augen an. Ihre Wimperntusche war verschmiert, das Make-up ruiniert.

»Liebe Frau Schroeder.« Hauenstein ging auf sie zu. »Platon wollte, daß entweder die Könige Philosophen oder die Philosophen Könige werden. Auf den entschiedenen Einwand des Adeimantos, die meisten Philosophen seien abgeschmackt und für den Staatsdienst vollkommen unbrauchbar, antwortet Sokrates in Platons ›Politeia‹ mit dem berühmten Bild vom Schiff.« Hauenstein öffnete sein Jackett und steckte die Hände in die Taschen. Als er sich auf die Tischkante an der Repräsentationsfront setzte, versiegten die Tränen von Frau Schroeder gänzlich. Nur ein Schluchzen erschütterte ihren Körper noch ab und an.

»Nehmen wir also die Besatzung eines Schiffes und unterstellen, keiner der rohen Gesellen hätte je auch nur ein Wort von Schiffahrtskunde gehört. Zudem sei die Mannschaft, und das ist leicht vorzustellen, heillos zerstritten und kämpfe mit roher Gewalt den Kampf um die Macht über das Ruder aus. Uns beiden ist wohl klar, welch trauriges Los ein Schiffahrtskundiger unter solchen Menschen hätte.

Man würde ihn einen Wetterpropheten und Buchstabenkrämer schimpfen, ihn im besten Falle verhöhnen, im schlechtesten Falle sogar umbringen.«

Auch das Schluchzen verebbte: »Eh, bin ich denn nun gefeuert?«

»Und dieses traurige Los des Sehenden unter Blinden, wenn ich das eben noch ausführen darf, habe ich nun fast zweieinhalbtausend Jahre nach Platon gezogen. Verjagt von der Universität, ignoriert von den Staatsdienern, die im herrenlosen Schiff miteinander kämpfen, sitze ich hier und muß nun versuchen, auf Umwegen zum Ziel zu kommen. Ich muß, wenn Sie mir diesen Vergleich aus dem Bereich des Billards gestatten, über die Bande spielen.« Hauenstein stand wieder auf und strich nicht vorhandene Falten aus seinem Anzug.

»Herr Professor, kann ich denn meinen Fehler wiedergutmachen?« Frau Schroeder schaute in ihren Taschenspiegel und begann, die Wimperntusche abzutupfen.

»Liebe Frau Schroeder, Sie haben ja gar keinen Fehler gemacht. Rufen Sie doch bitte den Rennveranstalter an, und stellen Sie durch.« Hauenstein drehte sich noch einmal um, bevor er in seinem Büro verschwand: »Bis Montag dann, Frau Schroeder!«

KORN HEILT KEINEN PARKINSON

Da lag Helmuth Korn, Chef der Privatklinik für Chirurgie, also in einem Krankenbett, das noch warm war von seinem treuesten Patienten, und rauchte. Der Neurochirurg dachte an den armen Kerl, den die Parkinsonkrankheit zugrunde gerichtet hatte. Alles, was früher einmal beweglich gewesen war an seinem Körper, hatte nur noch gezittert. Vor einem halben Jahr hatte ihn Korn in eine Versuchsreihe aufgenommen und ihm, wie auch den anderen sechs Parkinsonkranken, fötale Hirnzellen eingepflanzt, die alle ausgefallenen Funktionen übernehmen sollten. Allerdings gab es Komplikationen. Bei drei Patienten wucherte plötzlich Knochengewebe im Hirn, da die mit einer von Korn eigens zu diesem Zweck entwickelten Operationsmethode eingeführten Zellen offensichtlich nicht sauber von ihrer Umgebung getrennt werden konnten. Die anderen beiden Versuchspersonen stießen das heilbringende Gewebe einfach ab. Sie lebten ein paar Wochen länger. Korn nahm einen tiefen Zug. Einzig bei jenem Mann, der nun vor zwei Stunden gestorben war, schien die Therapie anzuschlagen.

»Korn heilt Parkinson!« Ein solche Schlagzeile würde es nicht geben. Doch das war noch nicht das Schlimmste. Der Klinikdirektor drückte seine Zigarette am Gestänge des Bettes aus. Das Schlimmste war, daß die Ethikkommission sich für seine Versuche interessierte. Man hatte ihm eine Galgenfrist gesetzt, die nun jedoch abgelaufen war. Die Herren, die sich für das ärztliche Gewissen hielten, in Wirklichkeit jedoch nur, wie nicht nur Korn fand, den Fortschritt der Medizin hemmten, würden eine Hetzjagd veranstalten, die ihm keine unbeobachtete Minute mehr lassen würde. Und das gerade jetzt!

Eine Hand fuhr über seine Stirn und streichelte die Sorgenfalte zwischen seinen Augenbrauen, die sich sogleich glättete. Korn lächelte.

»Probleme, mein Liebster?« Kirsten Bringer sprang über das Metallgitter ins Krankenbett und schmiegte sich an den Neurochirurgenkörper.

»Vor zwei Stunden ist er abgeschmiert!« Korn legte seinen Arm um Kirsten und klopfte ihr mit der flachen Hand ein paarmal auf die Seite.

»Mein armer Helmuth!« Schon hatte Kirsten einen Kittelknopf in Brusthöhe geöffnet. »Hat er sehr gelitten?«

»Ich?«

»Er!!!«

»Was weiß ich.« Korn nahm die Knopfleiste fest in die Hand.

»Und nun?« Kirsten massierte Korns Faust ganz zart. Doch als sie sich nicht öffnen wollte, begnügte sie sich mit der kleinen Öffnung im Kittel und drükkte ihre Hand durch den Schlitz.

»Die EK hat sich schon angekündigt!«

»Diese Schmeißfliegen! Wer sich für so etwas hergibt. Als wenn Ethik in unserer Kultur noch begründbar wäre!« Kirsten kräuselte Büschel um Büschel des üppigen Brusthaars. »Alles ressentimentgeladene Versager, die zu schwach sind für die Beschleunigungskräfte der modernen Gesellschaft.«

»Ich habe nicht mehr viel Zeit.«

»Ach, Helmuth.« Kirsten wollte die Nachlässigkeit nutzen und fingerte am nächsten Knopf herum.

»Verstehst du, ich habe nicht mehr viel Zeit!« Korn schob die Hand von sich und nahm, als sie sogleich wieder über seinen Kittel lief, Kirsten an beiden Unterarmen. »Wenn die EK erst einmal ihre Hexenjagd veranstaltet, kann ich die Sache mit dem Chip vergessen!« Er rüttelte den Körper neben sich heftig durch.

»Ja, Helmuth! Nimm mich, jetzt!«

»Ich brauche jemanden, dem ich das Traumzentrum anzapfen kann!« Korn ließ Kirsten Bringer auf das Krankenbett fallen und zog seinen linken Arm aus dem Kittel.

»O, ja! Bitte!« Kirsten griff an den linken Bizeps des Neurochirurgen, der aber schüttelte die Frauenhand ab.

»Hast du verstanden?«

»Du bekommst alles von mir, was du willst! Helmuth, nimm mich doch endlich!« Kirsten bäumte sich gegen Korns Brustkorb und versuchte, noch einmal an seinem linken Oberarm zu landen.

»Wie willst du das machen?«

»Laß das meine Sorge sein. Helmuth, bitte!« Kirsten Bringer faßte dem Neurochirurgen in den Schritt. Doch dort tat sich nichts.

»Wann?« Korn lockte die unter ihm liegende NLP-Therapeutin, indem er ihr seine linke Seite zudrehte.

»Beim Rennen am Sonntag! Nun laß mich aber endlich ran!«

»Okay, aber wenn du es nicht schaffst, war es heute das letzte Mal!« Korn beugte sich zu ihr, und Kirsten tastete, nun ganz neurolinguistische Programmiererin, den linken Oberarm ihres Geliebten ab, bevor sie an einer Stelle fest zudrückte. An jener Stelle nämlich, wo sie vor etwa einem halben Jahr, als Korn immer schlechter in die Gänge kam, sexuelles Begehren gespeichert – oder wie sie sagte: geankert – hatte. Damals hatte sich Korn eine Situation vorstellen sollen, die ihn über Gebühr erregte. Als sich die Erregung nicht nur im Gesicht, sondern auch im übrigen Körper abzeichnete, hatte Kirsten geankert. Und jetzt drückte sie, und schon fetzte Korn die Knopfleiste seines Chefkittels auf, als ob es ein Reißverschluß wäre, machte sich über die kreischende Kirsten Bringer her und war nach nicht einmal zwei Minuten am Ziel.

»Und zu dem Typen lieferst du mir noch ein paar Stichworte aus einem Wissensgebiet, von dem der noch nie etwas gehört hat. Ach, was sage ich, von dem noch nicht einmal ich je etwas gehört habe.« Korn warf die Kittelreste in einen Mülleimer. »Garantiert noch nie!«

Kirsten Bringer lächelte selig und nickte nur schwach.

»Und digital. Digital muß das Ganze sein!«

DAS RENNEN

Die Morgendämmerung hing noch in den Bäumen zu beiden Seiten der zwei Komma vier Kilometer messenden Strecke. Start und Ziel lagen am Anfang der Beschleunigungsgerade, die Leo Schreiber gerade hinunterlief in Richtung Südkurve. Der Streckensprecher lief am Morgen vor dem Rennen die Runde ab, er mußte die Strecke riechen, die Strecke, nicht die Abgase der Autos. Deshalb lief er jetzt, Stunden vor dem Warm-up, als es noch still war, hier, wo sonst hunderte Autos pro Minute stadtauswärts fuhren.

Leo ordnete die einzelnen Gerüche, die von der Fahrbahn aufstiegen, nicht nach Bitumen, Teer oder Gummi, nein, er roch sich nach guter synästhetischer Manier in die Höchstgeschwindigkeiten ein, in die maximalen Beschleunigungen, die Bremswege, er roch Unfälle, Favoritenstürze, auf Leben und Tod geführte Duelle und schließlich auch glorreiche Siege.

Hier war etwas, kurz vor der Südkurve, die eigentlich gar keine Kurve, sondern eine Hundertachtziggradkehre war: Mike Sonder bremst, Johnny Cornell hält drauf, kracht ins Heck von Sonders A4, der dreht sich, lenkt leicht gegen, gibt Gas und fährt weiter. Cornell kommt mit seinem 320er ins Schleudern, und ... Nichts mehr zu sehen beziehungsweise zu riechen. Leo ging die kurze, so verführerische Gerade entlang. An der Schikane war er schon auf den Knien und fechelte sich die Streckengerüche mit seinem Basecap zu: Zweiter Gang, die Motoren drehen hoch bei hundertzwanzig, die Karosserien kippen hin und her zwischen extremen Schräglagen. Pierre Nodier verliert mit seinem 406er die Bodenhaftung, ein Dreher, er prallt mit der Fahrerseite gegen die Leitplanke. Aus.

Leo ging vorbei am Sitz der Rennleitung zur

Bremskehre an der Nordkurve, roch dort gleich im Stehen: Gestoße, Geschiebe, doch plötzlich löste sich das Gedränge auf, ein Wagen fuhr gesittet hinter dem anderen. Leo war längst wieder auf Knien und beschnupperte nun seine geliebte Nordkurve: Sonder geht nach innen, Kristensen nimmt die stärkste Beschleunigung mit, muß dadurch aber ganz außen fahren, schalten, schalten, das Kreischen der Motoren wie von Schweigesekunden unterbrochen … was ist das? Der Streckensprecher schüttelte den Kopf, roch wieder, doch es änderte nichts: Marc Merkus liegt nicht in Front mit seinem M5 Coupé! Merkus kommt erst als Dritter aus der Haarnadelkurve und versucht zwischen Sonder und Kristensen hindurchzuschlüpfen. Der M5 zittert, will ausbrechen, Merkus hält ihn in der Spur, ist schon mit der Schnauze auf Höhe des Hinterrades vom A4, plötzlich zieht Kristensen rüber und macht zu … Leo schniefte wieder und wieder, doch es wollten sich keine Bilder mehr einstellen. Seine Runde war beendet. Es würde ein spannendes Rennen werden. Leo drehte den Schirm seines Basecaps nach hinten und verschwand in der Boxengasse.

/

Im Fahrerlager wäre die Katerstimmung dieses frühen Morgens ungetrübt gewesen, wenn nicht Lucky das Gaspedal des M5 bis aufs Bodenblech durchgedrückt gehalten hätte.

»Diese verfickte Eierfeile spritzt rum wie 'n Achtzehnjähriger in der Peepshow!« Ed hörte in den Motorraum hinein, während Steve Last auf die Räder gab.

»Da gibt's noch Arbeit!« Steve rollte auf seinem Montierwagen unter das Auto und justierte die Gemischschraube.

Ed schüttelte den Kopf und winkte ab.

»Laß das den Computer machen!« Lucky sprang aus dem Cockpit des aufgebockten Wagens heraus. Der Motor tuckerte nun friedfertig, und schon kam Chris, als hätte er gewartet, bis seine Kollegen ihr Gelärme einstellten. Seine Montur war sauber und glatt wie ein Konfirmandenanzug.

»Wir haben heute nacht das gesamte Getriebe gewechselt.« Ed pulte mit einem seiner dreckigen Fingernägel zwischen den Zähnen herum.

»Jetzt spinnt die Einspritzautomatik!« Lucky warf mal wieder eine letzte Zigarette aus der Schachtel in die Höhe und fing sie mit den Lippen auf. Die zerknüllte Packung schoß er Ed ans Schienbein.

»Eh, mal langsam hier!«

Chris hatte seinen Laptop auf die Versteifungsstangen im Innenraum des Autos gestellt. Er steckte ein. Tusch, leises Schnarren. Daumen auf dem Trackball, Mittelfinger auf der Wippe.

»Hi, Leo!« Lucky winkte mit einem 19er Schlüssel und hatte den Streckensprecher [*Lio*] gerufen.

»Na, streikt die Kiste?« Leo fuhr mit seinen Fingern zärtlich über den Kotflügel.

»Ladedruckverlust, wir mußten das ganze Getr...«

»Alles im Griff!« Ed schob sich vor Lucky.

»Nervös?« Leo ging einen Schritt zurück und stellte damit den in der westlichen Welt geläufigen Gesprächsabstand wieder her.

»Verfickt noch eins! Niemand ist hier nervös. Merkus gewinnt heute die Scheißmeisterschaft, und das war's!«

»Da habe ich aber andere Stimmen gehört!«

»Mensch, Merkus hat die *pole position*, was soll'n

da schiefgehen?« Lucky arbeitete sich am gewaltigen Kreuz seines Kollegen vorbei und trat, wie zur Bekräftigung, seine Kippe aus.

»Hi, Steve, hast du Stoff für mich?«

»Aber klar doch, Mister Schreiber!« Steve hatte den Namen des Streckensprechers offensichtlich zu dessen höchster Zufriedenheit ausgesprochen (etwa [*sch*^{r}*e*^{i}*bö*^{r}]). Jedenfalls grinste er. Natürlich konnte es auch die Vorfreude auf Steves Ware sein, die Leos Gesichtshaut spannte.

»Hier ist irgend 'ne Scheiße im Gange!« Ed nahm Lucky die Fluppe aus dem Mund und rauchte.

»Du mit deiner ewigen Paronia!« Lucky steckte sich eine neue Zigarette an.

»*P a – r a – n o i – a.*« Chris zwinkerte Lucky aus dem Cockpit zu.

»Und?«

»War nur 'n Abstimmungsproblem im Steuerteil.« Der Laptop krächzte als das Bild zusammenfiel.

»Laß mal hören!« Ed steckte seinen Kopf wieder in den Motorraum. Chris startete, Lucky gab Last. Schon nach wenigen Sekunden schoß Eds Daumen in die Höhe.

/

Hauenstein hatte gerade zum zehnten Mal das Programmheft durchgelesen, da kam endlich ein weiterer Besucher auf die Ehrentribüne. Mit seinem grauen Anzug und der Clip-Karte an der Brusttasche wirkte er jedoch eher wie ein Angestellter. Als er schließlich die Reihen entlangkroch und die Unterseiten der Bänke abtastete, gab es darüber für Hauenstein keinen Zweifel mehr, und er vertiefte sich zum elften Mal in das Programmheft.

»Ich bin für die Sicherheit des Ersten Bürgermeisters zuständig. Warum sind Sie jetzt schon hier?«

»Ich bin ein Freund von Herrn Schreiber!«

»Mister Schreiber, aha.« Der Beamte hatte auch [*sch^{r}e^{i}bö^{r}*] gesagt. »Ich muß eine Leibesvisitation bei Ihnen durchführen.« Der Beamte stand auf Knien und schaute, als Hauenstein aufstand, schnell noch unter dessen Sitzbank.

»Dionysios von Syrakus ist Ihnen doch sicherlich ein Begriff?« Hauenstein streckte seine Arme hoch. »Dieser einst mächtigste Mann in Süditalien bat seinen Höfling Damokles eines Tages an eine königlich gedeckte Tafel. Er sollte sich nach Herzenslust von all den Köstlichkeiten nehmen, während senkrecht über seinem Haupt ein Schwert schwebte, das lediglich an einem Pferdehaar hing. So versinnbildlichte der Herrscher die Angst des Mächtigen, wie er sie selbst täglich empfand.« Hauenstein setzte, als der Beamte an seinem Knöchel herumtastete, seine Füße bereitwillig auseinander. »Was meinen Sie, lieber Freund, wenn Sie diese Geschichte hören, würden die Mächtigen dieser Welt gerne sorglos leben?«

»Selbstverständlich!« Der Beamte schaute flüchtig zu Hauenstein auf.

»Aber sie können es nicht!«

»Nein, sie können es nicht. Wie sollten sie ...« Jetzt hatte er einen Gegenstand in Hauensteins Hose ertastet. »Nehmen Sie das bitte ganz langsam raus.« Er lüftete sein Jackett. Für einen Moment war seine Pistole zu sehen.

Hauenstein griff vorsichtig nach dem Kästchen. Lächeln auf beiden Seiten, und der Philosoph gab dem Beamten zwei Visitenkarten aus seiner Schachtel.

»Kann man denn aber sagen, daß *der* wirklich mächtig ist, der nicht tun kann, was er sichtlich will?« Hauenstein hielt den verdutzten Sicherheitschef zurück. »Geben Sie dem Ersten Bürgermeister bitte eine Visitenkarte mit den besten Grüßen von mir.«

/

Merkus stieß sich mit dem linken Fuß in den Handstand, ließ sich nach vorne kippen, drückte sich mit den Armen ab und sprang so von der Massagebank auf die Füße. Er stand ohne einen nennenswerten Wackler. Das Püppchen, das ihn massiert hatte, schickte er mit einem Klaps auf den Po seinen Rennanzug holen und freute sich daran, wie es beim Laufen wild den silbernen Rock umherschmiß, daß es aussah, als störte sich der Hintern an dem Stoff. Er schaffte es jedoch erst, ihn für Momente gänzlich abzustreifen, als sich das Mädchen mit durchgedrückten Knien nach der am Boden liegenden Kopfmaske bückte. Ein schwarzer, auf Tanga-Art geschnittener Slip zeigte sich. Merkus wußte nicht, wo das junge Ding plötzlich hergekommen war. Sie heiße Linda, hatte sie ihm vorhin zugerufen, als er unter der Dusche stand. Ein wenig merkwürdig schien ihm die Sache schon, doch hatte er noch nie das Bedürfnis verspürt, Fragen zu stellen. Alle Dinge ereigneten sich einfach in seinem Leben, sie kamen ungefragt, wie das Püppchen gekommen war, und verstanden es, sein Glück zu vermehren, ohne daß er sich darum kümmern mußte. Ihm war es egal, ob ihm diese Aufmerksamkeit zuteil wurde, weil er sich in seiner ersten Saison im Supertourenwagencup als

Privatier den Gesamtsieg holen würde oder weil ihm die anderen Fahrer nun zeigen wollten, daß sie ihn akzeptierten, oder weil sich jemand bei ihm einschmeicheln wollte, egal, egal. Das Mädchen war da, es war niedlich, es war willig, und er würde es nach dem Rennen vernaschen. Es stand ihm ganz einfach zu. Wonach sollte er da fragen? Seinen Rennanzug über dem Arm, vergaß das Püppchen so zu laufen, wie es sich wohl einen aufreizenden Gang vorstellte, und schaute statt dessen auf Marcs Unterhose. Hat sie denn noch nie eine Unterhose von Kenneth Cole gesehen? Oder? – Oh, da hat wohl die Vorstellung, sie nach dem Rennen im Champagnerbad zu pimpern, für einige Versteifung gesorgt.

»Den Schutzanzug!« Merkus streckte seine rechte Hand aus, und Linda legte das starre, weiße Material hinein. Schon war er darin verschwunden.

»Kapuze!« Er beugte seinen Kopf leicht nach vorn. Sie stülpte ihm die Maske über und kreischte laut, als sie ihn wieder ansah, denn er hatte seine Iris samt Pupille aus beiden Augen verschwinden lassen, so daß nur noch weiße Lederhaut zu sehen war, die sich kaum von der Kopfmaske abhob.

»Was hast du mit mir gemacht?« Merkus tastete in den leeren Raum. Seine Knie waren leicht gebeugt, die Stimme weinerlich.

»Ins Krankenhaus, schnell, bring mich ins Krankenhaus.« Merkus ging auf sie zu.

»Hilfe, Hilfe!« Linda versuchte, ihn wegzustoßen.

»Ohrenschützer!« Merkus rollte seine Augäpfel wieder herunter und grinste das Püppchen an. Es lief nun so ohne jeden erkennbaren Formwillen, daß man genauso gut hätte sagen können, es stolperte zum Garderobenständer und nahm die Ohrenschützer vom Haken.

»Chris, alter Flatliner!« Merkus sprach in den Ohrenschützer hinein.

»Morgen, Chef! Ich lege dir Leo schon zum Warm-up auf, okay?«

»Roger!« Merkus schob die Ohrenschützer unter seine Maske.

Mit Beginn dieser Saison war es den Fahrern laut Reglement verboten, daß sie während des Rennens den Report des Streckensprechers mithörten. Zu viele Unfälle, so die Begründung, seien auf diese Weise verursacht worden, weil die Fahrer nicht nur unkonzentrierter, sondern vor allem waghalsiger führen. Doch was war für Merkus ein Rennen ohne den Kommentar von Leo Schreiber? Chris hatte sich also mal wieder etwas ausdenken müssen: Er holte sich die Worte des Streckensprechers in Signalform aus dem zentralen Verstärker – kein Problem – und strahlte sie mit einem kleinen Sender über die ganze Strecke – erst recht kein Problem. Der Stahlbügel, der die beiden Muscheln der Ohrenschützer zusammenhielt, diente als Antenne – überhaupt kein Problem. Er fing die Signale auf und – das war der eigentliche Clou an der Sache – franste an beiden Enden selbst zu einer Schwingspule aus. Mit dem winzigen Permanentmagneten in der Halterung des Stahlbügels und der ohnehin in jedem Ohrenschützer anzutreffenden Konusmembran arbeitete er als ein passabler dynamischer Lautsprecher und damit natürlich auch als Mikrophon. Wenn Merkus den Stahlbügel nur um wenige Millimeter herauszog, wickelte sich die Spule zu unverdächtigem Flachstahl ab, und die Jungs vom Technischen Überwachungsverein hatten ihren Stempel auf den Ohrenschützer gedrückt, aus dem schon bald wieder die Worte von Leo Schreiber kommen würden.

»Helm!« Merkus streckte seine Hand aus und zog

das Püppchen an sich. Ein langer Kuß. »Wir sehen uns nach dem Rennen, Baby!« Er setzte den Helm auf und ging.

/

Leo hatte seinen Schnee auf die Tischplatte geschüttet und schnupperte: Etwas Reineres gab es wohl kaum! Wo Steve dieses Zeug nur immer herbekam? Leo hackte mit einer Rasierklinge auf die Körner ein. Sie sollten zu Staub werden, damit sich der Stoff restlos in seinen Schleimhäuten verfing und er kein Molekül ungenutzt wieder ausniesen würde. Denn er mußte zu Höchstform auflaufen – heute beim letzten Rennen der Saison, von dem er schon so verheißungsvolle Bilder erschnuppert hatte. Leo schob den Koks zu einem gestreckten Rechteck zusammen und teilte dieses in drei gleiche Teile: Warm-up und Fahrervorstellung, Rennen, Siegerehrung und Interviews. Dann holte er aus der Innentasche seines Anzugs einen Tausender. »Professor Conrad Hauenstein – Philosophische Beratung« stand auf der Visitenkarte, die an den Geldschein gesteckt war. Leo legte sie neben sein Mikrophon, denn das Geld mußte er sich erst noch verdienen. Den Braunen im Nasenloch sog Leo den weißen Staub begierig ein. Tiefes Einatmen, säuselndes Ausatmen. Der Streckensprecher machte das Mikrophon auf:

»Die Tribünen füllen sich. Meine lieben Damen und Herren, messieurs-dames, Ladies and Gentlemen, ich darf Sie herzlich begrüßen. Wir erwarten heute einen neuen Zuschauerrekord. Kein Wunder bei der Hochspannung in dieser Saison. Der Favorit

Mike Sonder, letzte Saison nur ein einziges Mal geschlagen auf seinem A4, kann heute entthront werden. Doch nicht von Cornell, nicht von Nodier, nicht von dem unermüdlichen Canelli, sondern von einem Mann, dessen Namen vor einem Jahr bestenfalls der Polizeipräsident kannte: Marc Merkus. Wird er es schaffen? Wird er die Nerven behalten, so kurz vorm Ziel? Da unten sehe ich ihn. Mit seinem M5 Coupé kommt er gerade aus der Nordkurve und – schauen Sie sich das an – Sonder klebt an seiner Stoßstange. Das ist nicht zu fassen. Die beiden haben sich ineinander verbissen. Ich möchte nicht wissen, was passiert wenn Sonder und Merkus sich einmal auf der Autobahn treffen. Auf dem Weg nach Monaco vielleicht? Hahaha. Canelli fegt gerade bei Start und Ziel vorbei. Cornell und Nodier. Die beiden haben viel an ihren Autos experimentiert und, lassen Sie mich gucken, ja, beide keinen Sieg, keinen Sieg in dieser Saison zu verzeichnen. Cornelia Schulz, die Turbo-Conny aus dem Allgäu, die einzige Frau im Feld, sie ist immer tapfer mitgefahren auf ihrem Calibra, und da kommt Armin Kristensen, der sympathische Däne, auch er ist eine ordentliche Saison gefahren, ist keinem Duell aus dem Weg gegangen. Und was sehe ich da? Da scheint etwas nicht in Ordnung zu sein am M5 von Merkus. Er fährt in die Boxengasse. Ohohohoh. Die Techniker haben die ganze Nacht an seinem Auto geschraubt. Hoffentlich ist es kein größerer Schaden. Es bleiben nur noch zwanzig Minuten, dann ist das Warm-up beendet. Ja, hahaha, und der Sonder, das Schlitzohr, gibt noch mal richtig Gas. Aber, mein lieber Mike, das ist noch nicht das Rennen! Der Merkus, der wird dir das Leben schon noch schwermachen ...«

/

Die Warnleuchten drehten sich, die Sirene jaulte, ein Streckenposten mit Trillerpfeife fuchtelte aufgeregt mit seiner Fahne herum, ein anderer versuchte Merkus durch eine gebieterische, beidhändige Geste zu beschwichtigen. Die Fotographen und Kameramänner retteten sich im Sprung in die sichere Zone. Merkus bremste scharf in seiner Box.

»Ich komme nur auf siebentausendvierhundert Umdrehungen. Und die Slicks sind zu hart.« Merkus schob sein Visier hoch.

»Chris, du Schlaumeier, guck dir den Drehzahlbegrenzer an. Das Mistvieh riegelt tausend unter ab.« Ed zog seinen Kopf wieder aus dem Cockpit. »Steve, Lucky, macht die Mösengummis runter und die VH 37 B 10 rauf.«

Chris brauchte seinen Laptop diesmal nicht einzuschalten. Er war den ganzen Renntag online und speiste Insider-Informationen in seine Hompage im Internet ein, die man gegen Gebühr abfragen konnte. So schrieb er auch jetzt noch, als er schon im Fahrzeugcomputer eingesteckt hatte: +++ *Technische Probleme am M5 von Merkus* +++ *Drehzahlverriegelung kommt zu früh* +++ *erster Reifenwechsel* +++. Dann rollte und klickte er sich in den M5-Ordner und lud das Steuerungsmenü.

»Voll durchtreten, Chef!« Er wechselte in das Kontrollmenü. Der Motor fauchte, die Werte stiegen so schnell, daß sogar auf dem Aktiv-Display nur schwarze Rechtecke zu erkennen waren.

»Habt ihr 'nen Trip geschmissen, oder was?« Steve fiel der Akkuschrauber aus der Hand, weil er sich im Reflex das rechte Ohr hielt. Er arbeitete immer ohne Gehörschutz, obwohl (oder gerade weil) ihm in seiner Jugend drei Viertel der Empfindlichkeit seines linken Ohres von einem Lautsprecher, neben dem er bei Auftritten mit seiner Punkband gestanden hatte, verlorengegangen waren.

Ed sprang sofort hinzu und schraubte die fehlende Mutter auf das Gewinde der Radhalterung. Als er sah, daß Lucky seine Fluppe in die Rechte nahm und geruhsam zog, holte er die weiße Flagge raus und stellte sich vor den M5.

»Er verriegelt erst bei achttausendvierhundertachtundneunzig.« Die Zahlen auf dem Laptop waren zur Ruhe gekommen. Chris zeigte Merkus das Ergebnis. »Der Fehler muß in der Display-Ansteuerung liegen.« Er zuckte mit den Schultern und klappte ein neues Menü auf, um die Drehmomentkurve der letzten Runde abzurufen.

»Egal!« Merkus zeigte Ed seinen Daumen, Ed hob die Flagge und winkte den M5 in die Gasse hinein.

»Halt! Heh, Merk, halt an, verdammt!« Der M5 schleifte das Modemkabel vom Laptop, daran diesen selbst und an ihm wiederum Chris hinter sich her. Schon bewegte sich dieses ungleiche Trio mit etwa dreißig Stundenkilometern fort. Es gab keine Möglichkeit, die Reihe zu unterbrechen, denn das Kabel saß an beiden Seiten fest in der Zugsicherung, und daß der M5 nachgab war eher unwahrscheinlich. Noch unvorstellbarer hingegen, daß Chris seinen Laptop im Stich lassen würde. Und so rannte er neben dem Auto her, hielt sich noch immer auf gleicher Höhe. Rufen aber konnte Chris nicht mehr, dazu wurde ihm die Luft schon zu knapp. Da senkte sich eine rote Fahne mit der Endgültigkeit eines zufallenden Sargdeckels über die Motorhaube des M5, der daraufhin so abrupt stehenblieb, daß Chris am Auto vorbeirannte und hart in seinem seltsamen Zaumzeug stockte.

»Was wedelst du hier mit deinem Lappen rum?« Merkus war ausgestiegen und ging auf den Posten zu, der zurückwich, dabei aber die Fahne, die den Abbruch verkündete, hochhielt, als wollte er demonstrieren, daß er keinen Einfluß auf die Entscheidung hatte und nur als Medium unabhängig von seinem Wissen und Wollen gehorsam vollziehen mußte.

»Wo liegt das Problem?« Obwohl Merkus den Mann an der Jacke gegriffen hatte und ihn gehörig durchschüttelte, hielt dieser weiterhin die rote Fahne empor. Chris bog derweil die Ösen der Zugsicherung zurück und klinkte aus. Dann ging er, ohne seinen Chef noch einmal anzuschauen.

/

»Geschäftsführer?« Hauenstein schrie gegen die Motoren an, sein Gesprächspartner nickte. »Was stellt denn Ihre Firma her?«

»Nichts!«

»Und wofür zahlen Sie Steuern?«

»Für den Gewinn, den mein Call-Center abwirft.«

»Call-Center?« Hauenstein hätte nicht von neuem in den Lärm hineinschreien müssen, denn die Frage stand ihm im Gesicht.

»Direkt-Marketing!« Sein Gegenüber forderte auf dieses Stichwort hin ein strammes Heureka. Als das aber ausblieb, kroch er ins Ohr des Professors: »Eine Firma braucht mehr Aufträge, sie wendet sich an uns, wir erstellen eine Marktanalyse, und unsere charmanten Damen telefonieren mit den potentiellen Kunden, bis sie einen Auftrag oder einen Termin für den Vertreter haben. Bei Abschluß gibt es Provision für uns. Voilà! In zwei Jahren bin ich reich.«

»Ist Ihrer Meinung nach denn Reichtum gleichzusetzen mit Glück?« Endlich schwiegen die Motoren.

»Ja, selbstverständlich!«

»Und meinen Sie denn, daß Reichtum sich selbst genügt?«

Ungläubiger Blick.

»Ich meine, lieber Freund, ob Sie denken, daß Reichtum etwas ist, was, einmal entstanden, immer gleichbleibt, oder ob Reichtum sich selbst nicht genug ist und nach mehr Reichtum verlangt?«

»Reichtum verlangt nach mehr Reichtum, natürlich!«

»Und wie verhält es sich, wenn Reichtum nach mehr Reichtum verlangt? Ist dann nicht der Reiche ständig in Sorge und in Spannung, seinen Reichtum zu vermehren?«

»Das sollte er sein!«

»Und lebt er nicht auch immer wieder in Angst, seinen Reichtum durch Schicksalsschläge zu verlieren?«

»Auch das.«

»Wie aber, und das müssen Sie mir verraten, kann einer, der in Sorge, in Spannung und Angst lebt, als ein Glücklicher bezeichnet werden? Entbehrt dieses Leben nicht vielmehr aller Glücksmomente?«

»Na ja, aber ...?«

»Wenn Sie weitere philosophische Aufhellung brauchen ...« Hauenstein unterbrach sich selbst, um seine Visitenkarte herauszuholen. Als er sie seinem Gesprächspartner geben wollte, legte der seine Hand auf den Unterarm des Philosophen und deutete auf den Lautsprecher:

»Tja, der Merkus ist nicht noch einmal auf die Piste gekommen. Was hat das zu bedeuten? Es waren keine technischen Probleme, wird mir aus der

Box signalisiert. – Nein, nein, nein, das kann doch nicht wahr sein, eine Disqualifikation für das Warm-up haben sie ihm aufgebrummt wegen, und nun halten Sie sich fest, wegen überhöhter Geschwindigkeit in der Boxengasse. Und zweitausend Mark Geldstrafe dazu wegen tätlichen Angriffs auf einen Streckenposten. Na gut, die wird er wohl verkraften. Aber meine lieben Freunde von der Rennleitung, so etwas habe ich ja noch nie gehört. Uns kann es nur recht sein. Denn der Merkus wird ein Rennen auf Leben und Tod fahren, das kann ich Ihnen versichern. Ohohoh, wird der jetzt kochen. Aber wie soll denn der Junge nun seine Reifen warm bekommen, werden Sie sich fragen. Durch einen Streckenrekord, das wird seine Antwort sein. Also, wenn das keine mißlungene Generalprobe war! Na ja, aber die harte Entscheidung der Rennleitung kann man schon verstehen. Sie haben angekündigt, daß sie für die Einhaltung der Höchstgeschwindigkeit von fünfzig Stundenkilometern in der Boxengasse sorgen werden, nachdem beim vorletzten Rennen ein Fotograph angefahren wurde. Der liegt übrigens immer noch im Koma. Ich kann Ihnen das hier alles erzählen, weil sich das Warm-up der Junioren verzögert hat. Doch hier kommen Sie, die jungen Heißsporne ...«

Hauenstein schob dem Call-Center-Besitzer seine Visitenkarte in die offene Hand. Der guckte lange auf das Vexierspiel, in dem die Anschrift der Philosophischen Beratung wechselte mit einem Gruppenbild der Büsten aller wichtigen abendländischen Denker.

»Wird er es schaffen?« Er schaute noch immer nicht auf.

»Natürlich! Selbstverständlich! Unbedingt!« Hauenstein empörte sich, daß dieser Mann noch daran zweifelte, nachdem er ihm eine Kostprobe seiner philosophischen Gewandtheit gegeben hatte.

»Ich glaube es auch, wenn es keine technischen Probleme gibt, kommt keiner an Merkus vorbei!« Er steckte die Visitenkarte in seine Anzugtasche.

/

Kirsten Bringer lag auf der Massage-Bank in der VIP-Lounge von Marc Merkus. Sie hatte den Kopf auf ihre linke Armbeuge gelegt und drückte mit der rechten Hand ihr Handy ans Ohr. »Nein, nein, das kommt überhaupt nicht in die Tüte. Vorkasse und cash, auf was anderes lasse ich mich gar nicht ein.« Sie drehte eine ihrer Haarsträhnen um den Zeigefinger, während ihr Gesprächspartner antwortete. Doch als ob *sie* hier die Redezeit vergeben würde, hustete Kirsten Bringer, kaum war die Locke durchgewickelt und wieder kraftlos auf die Kopfhaut gefallen, ein barsches »Nein!« in die Muschel. »Sie glauben doch nicht im Ernst, daß ich mit Ihren Topmanagern ein Seminar abhalte, ohne selbst vorher Knete zu sehen?« Sie mußte erneut husten. Sogleich ließ sie sich auf den Rücken rollen und holte Zigarette und Feuerzeug aus der Jackentasche.

»Ich mache euch fertig! So etwas könnt ihr mit mir nicht machen, nicht mit mir, verdammt!« Die Tür sprang auf, ohne daß sich die Klinke bewegt hätte. Marc Merkus riß sich seinen Helm vom Kopf und schoß ihn mit einer Wucht, als wäre es ein Fußball und er ein Torwart beim Abschlag, an die gegenüberliegende Wand.

»Behelligen Sie mich doch nicht mit Ihrer Buchhaltung!« Kirsten Bringer aschte in ihren goldenen Taschenaschenbecher. »Das ist doch alles Ihr Problem, und wenn wir tatsächlich zusammenarbeiten wollen, erwarte ich von Ihnen, daß Sie das auf eine professionelle Art lösen.«

Merkus schob alle herumliegenden Gewichte auf eine Hantel, dann legte er sich unter die gehörig beschwerte Eisenstange und stieß sie in die Höhe.

»Wir brauchen da gar nicht weiter zu diskutieren. Sie kennen meine Prämissen. Und wenn Sie mich haben wollen, dann sorgen Sie für cash und Vorkasse. Auf Wiedersehen.« Kirsten Bringer nickte, während sie ihre Zigarette ausdrückte, dann steckte sie den Aschenbecher ein und schlenderte zu Marc Merkus hinüber. »Nun lassen Sie die Hantel mal in Ruhe, und sagen Sie mir, welche Situation Sie derart erbost hat!«

»Also, die Rennleitung ...«

»Danke schön! Ich habe gesehen, was ich wollte. Ihre Augen irren noch immer im emotionalen Sektor herum. Sie stecken also noch voll im Gefühl. Separieren Sie sich, stemmen Sie weiter Ihre Hantel.«

Merkus brachte die Gewichte noch zehn Mal zur Hochstrecke: »So, das muß reichen! Fangen Sie an mit Ihrem Psychokram.«

»NLP hat nichts mit dem Psychogelaber zu tun. Das habe ich Ihnen doch schon oft erläutert. Uns geht es einzig um erfolgreiche Intervention in Systemen, egal ob das System Mensch oder Unternehmen heißt. Wichtig ist nur, daß es lernende Organisationen sind ...«

»Jaja!«

»Wie sah denn der Typ von der Rennleitung aus, der mit Ihnen gesprochen hat?«

»Wie sah der aus? Na, er hatte eine Brille ...«

»Ja gut, Ihre Augen sind endlich da, wo sie hingehören! Ich werde nun die ungeheure Kraft, die Sie in Ihrem Zorn hatten, auf das bevorstehende Rennen modellieren.« Kirsten Bringer schob Merkus auf einen Stuhl. »Wann war Ihr Zorn am größten?«

»Aber nicht wieder unterbrechen.«

»Erinnern Sie sich, lassen Sie die Augen auf, und schlagen Sie bitte Ihre Beine nicht übereinander!«

»Als der Typ von der Rennleitung überhaupt nicht auf meine Drohungen reagierte und sich einfach umdrehte und ging.«

»Okay. Also stellen Sie sich diese Situation noch einmal intensiv vor. Der Typ kommt an, sagt Ihnen irgendwas, Sie wollen etwas entgegnen, und er dreht sich einfach weg. Sie werden zornig. Und jetzt malen Sie sich aus, was Sie mit ihm machen würden, wenn Sie, egal was Sie tun, garantiert straffrei bleiben würden.«

»Also, den würde ich als erstes ...«

»Malen Sie es sich aus, ich will es nicht wissen. Da brauchen Sie Ihre Phantasie wenigstens nicht zu zügeln!« Kirsten Bringer schaute auf ihren Klienten. Seine Gesichtshaut wurde rosig, die Mundwinkel zuckten bewegt, zogen die Lippen schließlich zu einem eiskalten Lächeln, und als nun auch noch tiefer Atem im gesamten Oberkörper arbeitete, legte sie ihre Hand auf den Bizeps des Rennfahrers. »Danke schön. Kommen Sie raus aus diesem Gefühl. Schütteln Sie Ihren Körper durch!«

»Das war nicht schlecht, meine Liebe!« Merkus sprang auf, kniete nieder und schoß wieder in die Höhe.

»Gut, setzen Sie sich. Denken Sie an das bevorstehende Rennen. Ganz spontan, welche Situation fällt Ihnen ein?«

»Soll ich es sagen?«

»Nein, nein. Machen Sie ein Foto von der Situation. Wenn Sie soweit sind, nicken Sie.«

Merkus nickte.

»Sehen Sie sich selbst in dieser Situation?«

»Ja!«

»Dann schlüpfen Sie in sich hinein und gucken Sie, was Sie aus dieser Perspektive sehen. Haben Sie das? Gut, dann holen Sie das Bild ran. Nah und in Farbe. Und jetzt lassen Sie ein paar Sekunden Film ablaufen!« Die Anspannung im Gesicht von Merkus stieg. Kirsten Bringer legte ihre Hand auf den anderen Rennfahrerbizepsmuskel. »Gut. Stop! Und wieder raus aus dem Film. Kurz durchschütteln!«

»Na schön. Und nun?« Merkus ließ sich, nachdem er seine Lockerungsübungen gemacht hatte, wieder in den Stuhl sinken.

»Entspannen Sie sich, atmen Sie tief und ruhig! Ich habe die beiden Zustände geankert und werde nun die Kraft des befreiten Zorns in die Situation des Rennens, die Sie am meisten beschäftigt, hineinmodellieren.« Kirsten Bringer drückte den rechten Bizepsmuskel, und schon zuckte jenes eiskalte Lächeln um den Rennfahrermund. Als sie ihre linke Hand zurückzog, verschwand es sogleich. Nun drückte sie den linken Klientenarm. Merkus schien die Anspannung kaum aushalten zu können, und doch wich sie im Moment, da die NLP-Master-Practitionerin ihre rechte Hand wieder fortnahm.

»Wunderbar! Atmen Sie bitte ein wenig tiefer. Ja, gut so.« Kirsten Bringer berührte nun die beiden Anker auf den Armen von Marc Merkus gleichzeitig. Ein schauerliches Grimassieren flog über sein Gesicht, ließ schließlich aber nur ein unbeteiligtes Lächeln zurück. »Das war's. Setzen Sie sich in Ihren Wagen und siegen Sie.«

»Das werde ich!« Merkus legte fünf Hundertmarkscheine und eine Karte für die Ehrentribüne in die ihm entgegengestreckte Hand und ging zur Tür.

»Heh, vergessen Sie Ihren Helm nicht.«

»Brauche ich den denn überhaupt?« Merkus hob den Helm auf und drückte seinen Kopf in das Loch.

/

»Hier ist irgend 'ne Scheiße im Gange, sag ich euch!« Ed schlich um den M5 herum, wie auf der Suche nach einer Spur, die ihn ins Zentrum der Verschwörung führen könnte. »Mach die Kippe aus, Mensch! Oder willst du uns alle in die Luft jagen?«

»Bleib cremig, Eddi!« Lucky schnipste seine Fluppe fort.

»Pinsel das Zeug mal über die Pneus, aber dünn, sonst lösen sie sich auf.« Steve trug den Erlenmeyerkolben mit gestrecktem Arm vor sich her, die Hand in einem riesigen Schweißerhandschuh, die Augen hinter der Schutzbrille.

»Is'n da drin?«

»Wissen belastet!« Die trübe Flüssigkeit fauchte, als Steve sie in einen alten Farbtopf goß.

»Vielleicht sollte ich auch 'ne Schutzbrille tragen!?«

»Du sollst die Plörre auf die Reifen schmieren, nicht in deine Augen!«

»Blöder Kiffer!« Lucky setzte sich seine Fernsehbrille auf und wollte gerade mit dem Pinseln beginnen, als Ed auf ihn zugeschossen kam:

»Eh, was machst'n da?«

»Ich pinsele die Reifen ein, siehste doch!«

»Is'n das für 'n Mösensaft?« Ed riß den Farbbehälter an sich und roch hinein. Noch bevor er wieder ausatmen konnte, zog ihm seine Halsmuskulatur eine zitternde Krause unters Kinn. Er krümmte sich und stieß unverständliche Worte aus, während er die Teufelsbrise aushustete, die er von Steves Gebräu genommen hatte. Zwei Züge frischer Fahrerlagerluft genügten:

»Du mieser Junkie, ich stopf dir dein verkifftes Maul!« Ed stürzte in Steves Labor.

»Willst du uns die Kommissare auf den Hals hetzen?« Steve stand im Rauch und fing gerade tropfenweise eine bläuliche Flüssigkeit auf, die in einem Schlangenkühler kondensierte. »Oder warum schreist du hier so rum?«

»Sei einmal in deinem verschissenen Leben ehrlich: Steckst du mit denen unter einer Decke?« Ed hielt Steve am Ärmel, schüttelte jedoch nur sehr verhalten, schien voller Respekt vor dem Chemiker im Kiffer.

»Mit wem?«

»Nun tu nicht so: Mit den Arschfickern, die Merkus fertigmachen wollen, Mensch.«

»Laß mich zufrieden mit deiner Para...dingsda.« Steve hob die Schulter, wodurch seine Montur aus Eds Fingern rutschte.

»Und wonach riecht die Erwärmungsbrühe? He?«

»Ach, Ed«, Steve drehte sich zu seinem Kollegen ein und legte ihm väterlich den Schweißerhandschuh auf die Schulter, »die Reifen sind kalt, mit dem normalen Zeug kriegst du da nichts gebacken. Ich habe nur ein bißchen Chemie hineingemacht. Da ist in ein paar Minuten kein Atom mehr von nachweisbar. Und die Slicks haben ihre fünfundsiebzig Grad!«

Chris hatte sich in einem Campingliegestuhl ausgestreckt. Sein Mittelfinger lag auf dem Trackball, der Daumen auf der Wippe. Die rechte Hand formte unentwegt Meldungen für seine STW-Homepage. Knapp tausend zahlende User hatten sich bereits eingeloggt.

»Miß och ma de Reiwen ...« Lucky verdrehte die

Augen und brach vor dem Liegestuhl zusammen. +++ *Techniker von Merkus arbeiteten die Nacht durch* +++ *Neue Probleme vor dem Rennen* +++ schrieb Chris noch, dann stand er auf und steckte im Zentralmodul des M5 ein. Die Zugsicherungshaken ließ er unbenutzt.

»Stimmt der Mist?« Ed schaute ihm über die Schulter auf das Display, als könnte *er* dort etwas erfahren.

»Sechsundsiebzig Grad!« Chris steckte wieder aus, während sich Ed unter das aufgebockte Auto legte und die Reifen beschnüffelte.

»Ein genialer Sack!« brabbelte er vor sich hin, »Verflucht genial!« Seine massigen Finger streichelten den glatten Gummi. Ed begann, die Hornhaut als Schutzhandschuh, die Reifen zu massieren.

/

Leo Schreiber stibitzte etwas von dem Kokshaufen, den er sich für das Rennen zugeteilt hatte und hackte noch einmal mit der Rasierklinge in den Staub. Während er den Tausender zum Röhrchen rollte, schaute er auf die angeheftete Visitenkarte: Philosophische Beratung. Was sich die Leute alles einfallen ließen! Ihm sollte es recht sein. Mikro auf: »Nun ist es wieder soweit, meine lieben Freunde. Es ist wie Weihnachten in der Kindheit. Man wartet und wartet, und dann ist das Fest da, und man kann die ganze Herrlichkeit gar nicht fassen. Also Schluß mit dem Träumen, hier und jetzt passiert es. Die Autos stehen schon am Start. Auf der pole position ein Mann, den ich Ihnen nun nicht mehr vorzustellen brauche, der Überflieger, *jetzt* schon der erfolgreichste Privatier in der Geschichte der Supertourenwagen-Rennen überhaupt, ja und da bricht schon der Jubel los, Marc ...«

Die Zuschauer vollenden: »Merkus« und applaudieren.

»Er fährt mit seinem BMW M5 Coupé und der Startnummer fünfzehn für das Merkus-Team. Hinter ihm Mike Sonder, Startnummer einundzwanzig. Tja, er hat gestern im Zeittraining wieder das Nachsehen gehabt, ist nur in die erste Startreihe gekommen. Und jetzt wird es eng für den erfolgsverwöhnten Star vom Audi-Team. Er muß heute gewinnen, ansonsten ist der Gesamtsieg dahin für die Jungs aus Ingolstadt. Neben ihm Cornelia Schulz, Nummer zwei, für das Opel-Team. Sie kann nicht mehr mitreden, wenn es um die ersten drei Plätze der Gesamtwertung geht. Aber dann die zweite Reihe: Johnny Cornell, Startnummer sieben mit seinem 320i, der Mann mit Formel-I-Erfahrung, und Pierre Nodier, der mit seinem 406er und der Startnummer acht für das Peugeot-Team fährt, ja diese beiden werden sich nichts schenken. Sie könnten sogar noch Sonder abfangen. Dann Armin Kristensen mit der Startnummer siebzehn, der zweite Fahrer des Audi-Teams, er hat auch noch Ambitionen auf den dritten Platz in der Gesamtwertung, dahinter ...«

/

»Komm nach dem Rennen in meinen VIP-Raum.« Merkus winkte Linda zu, die das Schild mit der Nummer 15 zwischen Hand und Brust hielt. Sie malte ihm einen roten Kußmund.

»Zeig das der Security.« Merkus warf ihr eine von seinen Visitenkarten mit Wasserzeichen zu und schaute sich an, wie das Püppchen in die Luft griff. Linda bückte sich und blieb, als ihr Rock den Blick auf den Tanga-Slip freigab, lange unten.

»Hör ma', Merk, heh, Merk. Was ist los mit dir?

»Ach, Ed!« Merkus schaute zu seinem Techniker.

»Ich hab die Batterie drangepoppt.«

»Danke!« Merkus startete.

»Ist alles in Ordnung?«

»Hörste doch!«

»Ich meine ... Ach, scheiß drauf.« Ed konnte das Victory-Zeichen nur andeuten, weil vor Jahren ein Kollege, der nur unzureichend mit der Funktionsweise des Flaschenzugs vertraut war, einen Motorblock auf seiner Handwurzel abgestellt hatte und Ed seitdem Mittel- und Zeigefinger kaum mehr auseinander bekam. »Komm gut durch!«

»Bleib sauber, Ed!«

/

»Has u no wahs won den Zeuch für de Reewen?« Lucky umarmte Steve und legte seinen Kopf auf dessen Schulter.

»Nach dem Rennen habe ich noch etwas Besseres!« Steve drückte Lucky sanft von sich.

»Pas auw: Ich hab Cornell en Ei jelejt!«

Und schon züngelte ein Blitz aus Cornells Wagen. Der Techniker fiel rittlings über seine Batterie ins Gras. Nun war es Steve, der Lucky umarmte. Sie kicherten in den dunklen Raum zwischen ihnen hinein.

/

»Oje oje oje ...« Leo schniefte auf nervöse Kokserart, »die Aufregung ist groß, meine Damen und Herren. Da hat doch tatsächlich der Schrauber vom Johnny Cornell die Pole verwechselt. Wie ist denn so was möglich? Das weiß doch jede Hausfrau! Zur Strafe ist ihm der Blitz voll zwischen die Hörner gefahren.«

Gelächter.

»Das Kreuz steht für den Pluspol, sag ihm das doch mal einer. Ja, jetzt kommt ein Kollege mit einer neuen Batterie. Na, an der Batterie wird's nicht liegen. Und der Wagen läuft, der Wagen läuft, meine Damen und Herren. Noch eine Minute bis zum Start. One minute to go. One minute to go. Zum Rennen darf ich hier und heute herzlich den Ersten Bürgermeister begrüßen. Er ist ja Schirmherr der ganzen Veranstaltung und läßt sich diesen Nervenkitzel natürlich nicht entgehen. Wen sehe ich da noch auf der Ehrentribüne? Rennsportprominenz vergangener Jahre, auch der Vorstand eines großen Autokonzerns ist komplett anwesend. Und zwischen diesen Honoratioren springt der Philosoph umher, Professor Hauenstein, philosophische Beratung.« Hastiges Schniefen. »Jetzt wird es heiß. Nur noch zwanzig Sekunden bis zum Start, twenty seconds to go. Der Starter hat die Fahne schon oben, noch steht die Ampel auf rot. Erschrecken Sie nicht meine Damen und Herren, gleich wird ein biblisches Tosen über uns kommen, wenn die Fahrer ihre Motoren hochlaufen lassen, um nach dem Start schnell wegzukommen und sich dabei um Plätze nach vorne zu schieben. Zehn Sekunden, ten seconds to go. Und viele werden mich nun gar nicht mehr verstehen.

Drei, zwei, eins – Start! Merkus ist gut weggekommen, dahinter Sonder, Cornelia Schulz, ohohoh, da wollte der Cornell gleich auf der ersten Gerade an ihr vorbei, hat sich dann aber zum Glück noch besonnen, Nodier und Kristensen sind dicht auf. Jetzt fädelt sich das Feld durch die Schikane ... und was ist nun los? Eine Strafe für Merkus, eine Stop-and-go-Strafe für Merkus. Er soll beim Start gezuckt haben. Das kann doch nicht wahr sein. Also Merkus muß in die Boxengasse fahren und wird erst wieder auf die Strecke gewunken, wenn das ganze Feld vorbei ist. Junge, Junge, Junge, der wird kochen. Eines ist klar, meine Damen und Herren, einen Start-Ziel-Sieg von Merkus wird es heute nicht geben. So – der M5 fährt in die Boxengasse und, schauen Sie sich das an, Sonder dreht gleich auf, hat schon eine Wagenlänge Vorsprung, dahinter Cornell, er ist an Cornelia Schulz vorbei, Nodier, Kristensen, der Rest des Feldes. So, jetzt sind alle durch, ganz hinten Canelli, der hatte gestern beim Sprint schon Probleme mit seinem Mondeo und steht jetzt im Rennen auch wieder völlig auf der Seife. Nun wird Merkus herausgewunken. Und da schießt er mit rauchenden Reifen los. Jetzt wird er es ihnen zeigen. Er hat noch vierunddreißig Runden Zeit. Doch, seien wir realistisch, das wird auch Merkus nicht mehr schaffen ...«

/

»NLP!«

»NLP?«

»Ja! Neurolinguistisches Programmieren!«

»Ach ja, dann gehören Sie doch zu jenen Leuten, die mit diesem markigen Korzybski-Aphorismus um sich werfen.« Hauenstein schaute seiner Gesprächspartnerin direkt in die Augen.

»Was haben Sie gegen das Korzybski-Theorem?« Kirsten Bringer machte eine ausholende Handbewegung, der Hauensteins Blick folgte.

»Ist Ihnen denn schon einmal aufgefallen, daß dieser Spruch falsch ist, wenn er wahr sein soll?« Hauenstein brauchte einige Zeit, um die NLP-Therapeuten wieder zu fixieren.

»Wieso? Er sagt mit eingängiger Klarheit aus, daß wir immer nur mit Landkarten, also mit Modellen wahrnehmen können. Diese Modelle aber ...« – Kirsten Bringer ließ das Feld vorüberziehen und schaute auf die einzelnen Wagen – »... sind in jedem Individuum auf je eigene Art gebrochen und können daher nicht den Anspruch erheben, etwas Allgemeingültiges über das auszusagen, wovon sie sich ein Bild, ein Modell, oder eben eine Landkarte machen. Doch die Neigung des Menschen ist stark, sein Bild von der Welt für verbindlich, ja, für die Welt selber zu halten. Was könnte für die Aufdeckung dieses Mißverständnisses überzeugender sein als die Analogie mit der Landkarte und dem Gebiet? Die Landkarte ist nicht das Gebiet!«

»Von Ihrer recht artigen Interpretation ist nur noch ein winziger Sprung nötig, um das Falsche an dem Korzybski-Spruch sehen zu können. Wenn Sie sagen, daß wir uns nur Landkarten vom Gebiet anfertigen können, dorthin aber aufgrund unserer Wahrnehmungsstruktur nie vordringen werden, dann müssen Sie doch bitte auch zugestehen, und zwar sans phrase zugestehen, daß es für uns aus denselben Gründen das Gebiet gar nicht geben kann. Wenn wir trotzdem vom Gebiet reden wollen, können wir deshalb nur sagen: ...« – Hauenstein klemmte die unablässig gestikulierende rechte Hand zwischen seine Schenkel – »... Wenn die Landkarte nicht das Gebiet ist, muß die Landkarte das Gebiet sein. Der Spruch ist also falsch, wenn er wahr sein soll!« Vorsichtiges Lächeln.

»Mir geht es da gar nicht so sehr um philosophische Genauigkeit. Der Inhalt des Korzybski-Theorems ist mir wichtig. Aber wie wäre denn Ihrer Meinung nach richtig ausgedrückt, was damit gemeint ist?«

»Ganz einfach. Das Problem liegt ausschließlich darin, daß Ihr Spruch eine Beobachtung mitzuteilen versucht und sich dabei selbst von der Beobachtung ausgeschlossen wähnt. Das sind die typischen zirkulären Probleme, in die sich kausallogische Aussagen der sogenannten ersten Ordnung verfangen. Sie brauchen, um auszudrücken, was Sie meinen, nur die Beobachtung selbst mitzupräsentieren, also eine zweite Ordnung zu erzeugen. Das, was man dann als Korzybski-*Hauenstein*-Theorem bezeichnen könnte, müßte demnach heißen: Die Landkarte der Landkarte ist nicht die Landkarte des Gebietes!«

»Hmmm!?«

»Aber ansonsten finde ich die NLP-Methode sehr patent.« Hauenstein hatte plötzlich eine seiner Visitenkarten in der Hand. »Vielleicht können wir ja mal etwas zusammen machen!?«

»Ich habe da ganz spontan eine Idee!« Kirsten Bringer drückte Hauenstein wieder in den Sitz.

/

»Der Merkus, der fährt jetzt mit dem Messer zwischen den Zähnen. Rundenrekord. Rundenrekord! Und da hat er den Canelli schon überholt. Ja, der wird auch gedacht haben, ein Starfighter fliegt an ihm vorüber, aber nein, es war Merkus. Der Junge ist jetzt heiß, der rollt das Feld von hinten auf. Vorne immer noch Sonder, der Lenkradterrier aus Venezuela, dahinter Cornell, Kristensen hat sich an Nodier vorbeigeschoben. Noch fünfundzwanzig Runden. Oh, Vorsicht, Vorsicht, da geht Cornelia Schulz vor der Südkehre quer und trifft den Calibra ihres Teamkollegen, der schießt auf Merkus zu, aber Merkus drückt sich ganz nah an die Planke, und er kommt noch vorbei. Das Rennen geht weiter. Merkus ist jetzt schon Neunter. Also, mein Libber, mein Libber«, Leo Schreiber fiel kurz in den Köl'schen Dialekt, »da hat es gebrannt, unten, in der Südkehre. Ja, muß denn das sein? Die beiden Calibra können weiterfahren. Jetzt geht das Feld durch die Schikane, Sonder ist schon durch die Bremskehre durch, Einfahrt in die Nordkurve, und da macht der Cornell Betrieb, ja wo nimmt der denn die PS plötzlich her, der Vollgas-Johnny? Aber der Sonder hält dagegen, ohohohoh, der hält dagegen, der hat auch vierhundert PS. Teufel noch eins, der alte Fuchs, der macht sich breit, der baut seinen A4 aus. Gucken Sie sich das an, wie Sonders A4 zum Sattelschlepper wird. Aber jetzt geht es auf die Gerade, sie fegen hier am Start und Ziel vorbei, und der Sonder legt auch noch was drauf. Er hält seinen Vorsprung, und der Johnny greift noch mal an, aber da sind sie schon an der Südkehre. Sonder bremst, Cornell will die Innenbahn, aber er hat noch zuviel Dampf drauf, und da raucht er dem Sonder in die Seite rein, schleudert ihm das Heck rum. Und Sonder hält seinen Wagen, das gibt es doch nicht. Aber Cornell kommt nicht mehr rum. Er rauscht in die Strohballen. Aus und vorbei für ihn, aus und vorbei mit dem zweiten Platz. Also, mein Libber, mein Libber, die Südkehre da unten, die hat es heute in sich. Aber wie der Sonder seinen Wagen wieder eingekriegt hat, das war ganz große Extraklasse. Es schien ja fast, als würde er sich bedanken beim Johnny, daß der ihn noch mal angeschubst hat. Aber hoffentlich ist da nichts am Auto von Mike Sonder passiert. So, damit neuer Stand: Sonder, Kristensen, Nodier, dahinter Cornelia Schulz, die den Turbo wieder reingelegt hat, und, es ist nicht zu glauben, mein lieber Herr, dann kommt Marc Merkus! Merkus auf Fünf. Doch weit, weit ist der Weg bis an die Spitze, und da wird er wohl nicht mehr ganz hinkommen. Also wenn der Junge das doch noch schafft, dann nenne ich mich öffentlich einen Volltrottel, das ist hiermit versprochen! Noch zwanzig Runden, wenn das Feld wieder an Start und Ziel vorbeikommt ...«

/

Chris saß auf seinem Liegestuhl und tippte Nachrichten für seine Homepage: *+++ Canelli überfährt Schikane +++ Ölwanne aufgerissen +++ Auto steht in Flammen +++ Ölspur in der Nordkurve +++ Safety-Car auf der Strecke +++ Rennen neutralisiert +++.*

Aus dem Laptop kam ein heller Dreiklang, und im selben Moment erschien die Wetterkarte auf dem Display. In der Mitte des Schirms blinkte es rot: »In dreieinhalb Minuten ergiebige Regenschauer.« Chris klickte das Radarbild an und zoomte hinunter bis auf Straßengröße. Einen Kilometer von der Rennstrecke entfernt regnete es bereits, und das Grau waberte, wie angezogen von dem Gebiet, das er markiert hatte, direkt auf die Boxengasse zu.

»Du bist ein verfluchter Schatz!« Ed küßte Chris auf die Wange.

»Hau ab, du Idiot!« Chris trocknete sein Gesicht an der eigenen Schulter. Dann drückte er seine Hand gegen die Wange: »Könntest dich ruhig mal rasieren!«

Lucky und Steve hatten die Nasen über einer protzig blauen Flüssigkeit zusammengesteckt, Ed steckte seine hinzu: »Macht mal sofort die Regenpneus fertig. Aber keine Sau darf was merken!« Die Schnüffler gingen an die Arbeit, während Ed die Tafel mit der Nummer fünfzehn über die Mauer der Boxengasse hielt.

/

»Sagen Sie, mein Guter, meine Frau wird jetzt fünfundfünfzig.« Ein feistes Gesicht, an dem ein Vorstandsanzug und ein weißes Hemd mit dem Logo eines Autounternehmens klebte, setzte sich zu Hauenstein. Als der Philosoph vor dem säuerlichen Atem zurückweichen wollte, merkte er, daß auch mindestens ein Arm zu dem Gesicht gehörte, und der lag fest um seine Schulter. »Und sie ist so verzweifelt. Sie braucht was, das sie aufbaut. Sie beschäftigen sich als Philosoph doch sicherlich auch mit Sternzeichen und so'm Zeug. Können Sie ihr nicht so 'ne Sternanalyse machen, die ihr noch dreißig oder sagen wir fünfundzwanzig gute Jahre voraussagt?« Blinzeln, Grinsen. »Finanziell soll das nicht Ihr Schaden sein!«

»Die Philosophie habe sich nicht für Planetenbahnen, sondern für die Belange der Menschen zu interessieren, sagte Sokrates. Alle Astrologie ist für mich nicht mehr als ein dem Aberglaube verpflichteter, hilfloser und ängstlicher Versuch, der grundsätzlichen Zukunftsoffenheit der Existenz zu entfliehen. Trotzdem möchte ich jetzt nicht rückhaltlos der Unvorhersagbarkeit das Wort reden. Man kann durchaus nach scharfsinniger Beobachtung der Strukturen auf Tendenzen einer Systementwicklung aufmerksam machen.« Hauenstein merkte, wie das Gesicht seinen Arm einzog. »So kann ich Ihnen beispielsweise sagen, was sich in ihrem Konzern in naher Zukunft ändern wird!«

»Änderungen? Was für Änderungen?«

»Die Arbeiter schließen einen Vertrag ab, der sie zu verschiedensten Arbeiten verpflichtet.«

»Allerdings!«

»Sie verkaufen einen Teil ihrer Freiheit, aber damit eben auch einen Teil ihrer Interessiertheit an den Betrieb.«

»Tja, leider, leider!«

»Das wird gemeinhin die Indifferenzzone genannt.« Hauenstein sagte: [*Indifferongs...*]. Seit der Unterbrechung des Rennens war der Geräuschpegel so niedrig, daß ihm die Feinheiten des Französischen durchaus angebracht schienen. »Doch das ist neunzehntes Jahrhundert. In den nächsten Jahren werden in allen großen Konzernen, und natürlich auch in Ihrem, die Hierarchien gekippt, und die Indifferenzwird in eine Differenzzone überführt« ([*ongs*], [*ongs*]). Hauenstein streckte dem Gesicht seine Visitenkarte entgegen.

»Das Paradeigma« – nun hielt Hauenstein sogar die Zeit für das Griechische gekommen – »für diese Wandlungen ist natürlich das Silicon Valley. Um es auf eine prägnante Formel zu bringen. Arbeitsorganisation im neunzehnten Jahrhundert heißt: Es ist pyramidisch geordnet und damit vorhersagbar, wer wen bei der Arbeit stören darf. Dagegen heißt Arbeitsorganisation im dritten Jahrtausend: Jeder darf jeden bei der Arbeit stören.«

»Na, jetzt aber!«

»Ich wäre gerne bereit, in Ihrem Werk ein paar Worte darüber zu sagen!«

»Nichts für ungut.« Das Gesicht stand auf und zog dabei den Vorstandsanzug in die Länge. Sein Arm klopfte heftig auf Hauensteins Wirbelsäule, dann tasteten schwitzige Finger nach der Karte.

/

»Was ist jetzt los?« Kurze Schniefer. »Merkus ist in der Boxengasse. Solange das Safety-Car noch auf der Strecke ist, braucht er keine Runde nachzufahren, doch er gibt seine gute Position für den Re-Start auf. Er muß sich dann das zweite Mal hinten anstellen. Nun, dann brauche ich wenigstens nicht mein öffentliches Bekenntnis abzulegen. Doch warum hat er das gemacht? Es gibt noch keine Informationen aus der Box. Also, wir haben noch zwölf Runden zu fahren. Und daran ändert sich nichts, solange das Safety-Car auf der Piste ist. Die Streckenposten trocknen die Ölspur ab. Es sind übrigens alles Freiwillige, die hier mitarbeiten. Ich denke, sie haben sich einen kräftigen Applaus verdient.«

Applaus.

»So, jetzt gehen die Warnleuchten vom Safety-Car aus, das Feld beschleunigt. Sie jagen jetzt den siebenhundertfünfziger. Aber natürlich darf ihn keiner überholen. Jetzt geht es noch mal durch die Nordkurve, und das Safety-Car verschwindet in der

Boxengasse. Das Rennen geht weiter. Re-Start. Sonder vorne, und Nodier zieht mit Kristensen gleich, setzt sich neben ihn in der Südkehre, und sie fahren Kotflügel an Kotflügel zusammen um die Hundertachtziggradkurve. Nun schauen Sie sich das an, da schiebt der Nodier den Kristensen raus und setzt sich vor ihn. Zweite Position für Pierre – Rambo – Nodier.« Leo Schreiber sang das Wort »Rambo« so, wie es ansonsten nur Michael Buffer beherrscht. »Hahaha, da hat er seinem Spitznamen mal wieder alle Ehre gemacht. Das war kühn, das war hart. Und Kristensen klopft auch gleich nochmal bei Nodier am Heck hinten an, als wollte er sagen, die Sache ist noch nicht ausgestanden. Doch vorerst bleibt die Tür zu. Der Däne setzt sich in den Windschatten des französischen Haudegens. Das Feld geht durch die Schikane. Und, meine lieben Damen und Herren, jetzt wird ja der Hund in der Pfanne verrückt: es beginnt zu regnen! Ja, da ist die gelbe Fahne mit den senkrechten roten Streifen oben, und die Streckenposten heben zusätzlich die linke Hand. Das heißt: wet race. Die Rennleitung hat also die Reifenwahl freigestellt. Zu Beginn des Rennwochenendes müssen ja zehn Reifenpaare gekennzeichnet werden. Und nur die darf man dann auch aufziehen. Dieses Reglement wird natürlich bei Regen aufgehoben. Jetzt geht es in die Boxen, und Merkus ist wieder auf der Strecke! Also, dieses Schlitzohr. Kaum war die gelb-rote Fahne oben, fuhr er auf die Piste. Der muß den Regen gerochen haben. Und während das ganze Feld brav hinter dem Safety-Car hergefahren ist, hat der sich schon die Regenreifen aufziehen lassen! Da hat er uns alle genarrt, dieser Tausendsassa. Aber er hat noch eine halbe Runde aufzuholen, fährt jetzt durch die Schikane, ohohoh, da fliegt er beinahe ab, die Strecke ist schon sehr rutschig. Das wird er sich merken. Jetzt Einfahrt in die Nordkurve, und da ist Sonders Auto fertig. Er wird rausgewunken, auch Kristensen wieder auf der Strecke. Und jetzt kommt Merkus. Die drei feuern zur Südkurve runter, sind fast gleichauf, und sie verschwinden in der Nebelspur, die sie hinter sich herziehen. Ich muß auf den Monitor der Kollegen vom Fernsehen schauen, um weiter kommentieren zu können. Kristensen kam als erster hier hinten an, aber Sonder hatte sich die bessere Position für die Hundertachtziggradkurve gesichert und kommt als erster raus. Merkus versucht, an Kristensen vorbeizukommen, doch der holt alles aus seinem A4 raus und hat jetzt natürlich Vorteile mit dem Quattroantrieb. Da sind sie schon an der Schikane, da wird es verdammt eng werden, und da zieht der Merkus gerade noch zurück und klebt sich direkt an die Stoßstange von Kristensen. Ohoh, solche Windschattenspiele sind bei diesem Wetter sehr gefährlich. Der Merkus müßte das eigentlich am besten wissen, nachdem er sich in der letzten Runde beinahe gedreht hätte. Wo ist Nodier? Jetzt kommt er erst aus der Boxengasse. Er hat eine dreiviertel Runde Rückstand, da haben seine Schrauber aber geschlafen, meine Herren! Jetzt scheucht er seinen 406er um die Spitzkehre. Und rein in die Schikane. Ohohoho, da hat er noch zuviel Dampf drauf, und jetzt steigt er aber in die Eisen, nachdem er schon um die ersten Poller herum war, und er kommt ins Schleudern, er dreht sich und knallt gegen die Leitplanke. Aus und vorbei. Das war nur noch eine kurze Vorstellung. Noch zehn Runden ab Start und Ziel für Sonder. Dahinter Kristensen, der nun seinen Teamkollegen abschirmt. Ja, er nimmt das Tempo hier in der Nordkurve raus, wo Merkus nicht überholen kann.

Und Sonder hat bei Start und Ziel schon fast zwei Wagenlängen Vorsprung. Ja, wenn es so bleibt, dann hat Sonder den Titel. Aber der Merkus will es wissen, der beißt jetzt. Er schiebt und drückt, deutet jetzt auf der Geraden an, daß er links vorbeigehen will, zieht dann aber nach rechts, Kristensen hält dagegen und bringt seinen knappen Vorsprung in die Spitzkehre mit. Da ist ihm aber warm geworden in seinem A4. Wieder die kurze Gerade bis zur Schikane, nein, da kommt er nicht vorbei. Aber Merkus macht Betrieb dahinten. Er hat den Kristensen schon wieder auf eine Nasenspitze an Sonder herangetrieben. Jetzt die Nordkurve. Sonder innen, Kristensen außen, und Merkus fährt in der Mitte. Da will er durch, und er hat schon die Hinterachse von Sonder, doch die Audi-Armada macht zu. Merkus geht jetzt nach innen. Gleich kommen sie auf die Gerade. Ohohohoh, oh Gott, Merkus knallt gegen die Betonmauer, oh Gott, er überschlägt sich und landet auf dem Dach. Jetzt schießt er noch mal in die Leitplanke, oh, das sieht böse aus. Und Vorsicht, Mensch, warum schwenkt denn da keiner die gelbe Fahne, Cornelia Schulz rast in den Blechhaufen hinein, der vom M5 noch übriggeblieben ist. Feuer!!! Endlich die rote Fahne. Das Rennen ist abgebrochen. Meine Damen und Herren, wir müssen wohl das Schlimmste vermuten. Was war passiert? Hat sich Merkus da verschätzt, oder ist der Sonder doch noch ein Stück rübergezogen? Wir werden uns gleich die Zeitlupe anschauen.«

HELMUTH, LENA UND EVA

»Danke, Helmuth!« Eva Korn wischte mit den Lippen über die Wange ihres Mannes.

»Aber das mache ich doch gern, Liebes. Du mußt auch mal wieder was anderes sehen!« Er nahm ihre Hände, die warm und willenlos waren, und schaukelte sie ein wenig.

»Mama, Mama, Mama!« Die kleine Lena kam angerannt, umschlang das rechte Bein ihrer Mutter und begann sofort zu weinen. Eva hockte sich nieder, wodurch das Kind gezwungen wurde, den Mutterunterschenkel freizugeben, wollte es nicht seine schwachen Arme zerquetschen lassen. »Na, was hast du denn wieder?«

Lena antwortete auf ihre Weise, indem sie »Mama! Mama!« sagte und weinte.

Frau Korn tupfte ein Papiertaschentuch in das Kindergesicht. »Was soll denn dein Papi von dir denken?«

Auf diese Frage wußte Lena nur mit noch stärkerem Weinen und verzweifelteren Rufen zu reagieren. Zudem versuchte sie sich an den Mutterhals zu hängen.

»Sie ist ja vollkommen auf dich fixiert! Ich muß mehr Zeit mit meiner Tochter verbringen!« Vater Korn faßte Lena bei den Achselhöhlen und wollte sie hochheben.

Nun aber legte Lena erst richtig los, schrie so ungebärdig und hörte erst auf, als Korn sie wieder losließ: »Ich bin ein Fremder für meine Tochter, ich kann es einfach nicht glauben.«

»Ich bleibe hier!« Eva Korn strich den Riemen der Handtasche von ihrer Schulter, und Lena beruhigte sich sogleich.

»Nein, um Gottes willen. Das kommt überhaupt nicht in Frage. Da müssen wir alle drei durch. Geh du nur! Wir beide kommen schon klar.« Korn fuhr mit seiner Hand über Lenas Haar, das in einem Pferdeschwanz zusammenfloß, und schon fing seine Tochter wieder zu weinen an.

»Meinst du wirklich?« Eva tastete nach ihrer Handtasche. »Ich kann aber nicht!«

»Wenn du jetzt nicht gehst, dann mußt du jeden weiteren Abend hier verbringen. Bis sie fünf ist, dann bis sie zehn ist, bis sie vierzehn wird, bis sie auszieht, schließlich, bis du stirbst.« Helmuth suchte die Wirkung seiner Worte zu verstärken, indem er die Brille abnahm, über die hinweg er seine Frau die ganze Zeit angeschaut hatte.

»Vielleicht hast du recht!« Eva knotete die Arme und Finger von ihrem Hals und nutzte die Sekunde, in der ihre Tochter vor Schreck nicht weinte, um die Handtasche, ihre Pumps und einen Blaser zu greifen. Erst als die Wohnungstür zuklappte, besann sich Lena wieder, schrie »Mama, Mama, Mama« und heulte. Die Tür aber blieb zu.

Vater Korn schätzte mit einem Kennerblick ab, daß seine Tochter nicht an die Klinke heranreichte, riegelte aber trotzdem das Sicherheitsschloß zu.

Bier, Salzstangen, eine Zeitung, die Beine auf den Tisch, und schon konnten ihm Lenas Schreie nichts mehr anhaben. Sie klangen sogar hell und freundlich wie die Hintergrundmusik in einer Kaufhausbar, und sie beruhigten Vater Korn, wußte er doch, daß seiner Tochter, solange sie schrie, nichts Ernstliches zugestoßen sein konnte.

Korn griff nach der Zeitung, faltete sie aus, drehte sie, schüttelte sie schließlich zu voller Größe auf, bevor er die Blätter von der einen in die andere Hand sortierte. Auf der ersten Seite stand etwas über einen Flugzeugabsturz, über Sparpläne der Regierung und über neue Schritte auf dem Weg zur Europäischen Einigung, auf der letzten wurde über das Wetter berichtet. Das Telefon läutete. Für Korn nur eine neue Klangfarbe im Soundteppich und die Aufforderung, das Bier rhythmisch hinunterzuschlucken. Korns linke Hand rutschte träge über den Tisch, bis sie eine weitere Dose zu fassen bekam, steckte sie zwischen Oberschenkel- und Bauchansatz und legte die Metallasche um. Stöhnen aus der Dose. Korn goß sein Glas voll, ohne hinzuschauen, prüfte aber mit dem Zeigefinger den Schaumstand.

Wie schön das Leben doch sein konnte! Korn nahm die Beine vom Tisch und ließ die Zeitung neben sich fallen. Irgendeine Kleinigkeit aber fehlte noch zur vollkommenen Glückseligkeit. Er schaute zu Lena hinab. Sie war das Schreien müde geworden. Seine Tochter. Seine Tochter?! Schweigend saß sie auf dem Teppich und staunte an ihm empor. Er hatte sie ihre Grenzen gelehrt, hatte sie also erzogen.

Lena krabbelte auf seine Füße, staunte wieder, als hätte sich die ganze Welt verwandelt. Sie zog an den Bündchen seiner Socken so kräftig sie konnte. Doch schon nach wenigen Zentimetern riß der Spanngummi den Stoff aus ihren Händen, und der kleine Körper schwankte zurück. Korn mußte die Zehen emporstellen, damit seine Tochter nicht hintüber fiel. Lena lachte kurz auf, widmete sich aber sofort wieder mit großem Ernst den väterlichen Sockenbündchen: Zog, verlor die Kontrolle über den Strumpf, wurde zurückgeschleudert und von Korn aufgefangen, zog erneut und immer so weiter, bis die Jogginghose interessanter als die ausgeleierten Socken schien. Sie grapschte in die Falten des braunen Stoffs hinein, knetete in ihm herum und demonstrierte ihrem Vater lachend, wie leicht sich die Jogginghosenberge eindrücken und wieder aufrichten ließen. Korn wollte zusammenzucken, als sein

Schienbeinhaar ziepte, doch beherrschte er sich gerade noch rechtzeitig und verhinderte so, daß seine Tochter von ihrem Spiel abgelenkt wurde.

Seine Tochter? Seine Tochter!! Da war etwas in dieser Berührung. Er hätte nicht sagen können, was. Und das machte ihn nur um so neugieriger.

Lena arbeitete die Jogginghose beharrlich durch und gelangte schnell in die gefährlichen Regionen um das Vaterknie herum. Dort turnte sie ungesichert aber heiter in einer Höhe von gut anderthalb Körperlängen.

War es das Ungewollte, ja Tollpatschige an der Zärtlichkeit seiner Tochter, das ihn fesselte?

Damit Lena jetzt nicht durch einen Sturz von ihm gerissen wurde, ließ er seine Arme unauffällig hinunterbaumeln und hielt die Hände griffbereit, schob dann noch beide Beine zusammen und streckte sie zu einer Rutsche aus, einer stumpfen Jogginghosenrutsche allerdings.

Lena kniff sich mit beiden Händen im Stoff fest, doch sie konnte sich nicht emporziehen. Also drückte sie mit den Füßen ihren Körper hoch. Als sie ein Stück vorangekommen war, suchte ihre rechte Hand nach einem neuen Jogginghosenberg, doch bevor sie hineingreifen konnte, rutschten die Füße hinab. Ihr ganzer Körper hing nun an ihrem linken Arm, so daß Lena zwar nicht abstürzte, sich aber ordentlich erschöpfte.

Das konnte Vater Korn genießen! Wie sich die Hände seiner Tochter an seinen Oberschenkeln hocharbeiteten, wie sie an immer empfindlicheren Stellen Halt suchten, wie sie verzweifelt an seinen Körperhaaren rissen und sich verfingen, und wie schließlich die erstaunlich scharfkantigen Schuhsohlen seine Schienbeine hinunterrutschten. Seine Tochter! Diese Unschuld! Doch plötzlich ließ sie von ihm ab, stellte ihre Greifbewegungen ein, und er mußte mitansehen, wie sie von seinen Beinen herunterkippte. Er fing das weiche Bündel mit seiner rechten Hand auf und trug es ins Badezimmer.

Das Funktelefon zirpte, als Korn die Einlaufdüsen des Whirlpools schloß. Doch er mußte sich jetzt um seine Tochter kümmern, die mit willig emporgestreckten Ärmchen vor ihm stand. Der weiße Pullover glitt anstandslos über ihren Kopf. Und als ihr Korn die Träger des schwarzweißen Kleides von den Schultern streifte, fiel es schon zu Boden. Den Slip zog sich Lena selbst aus, während Korn aus seinem Jogginganzug schlüpfte und dabei die Unterhose gleich mitgriff. Er stand in Socken und Hemd vor seiner Tochter, die wieder zu staunen begonnen hatte. Erst als sein doch recht beachtlicher Bauch unter dem Stoff hervorsprang, schrie sie kurz auf und suchte Schutz am Unterschenkel ihres Vaters, der sich seinerseits behutsam in Richtung Whirlpool vorschob.

»Nun komm!« Vater Korn tätschelte den Lena-Po, der noch immer, wie in Babyzeiten, eine Falte in den Oberschenkel schnitt. Er nahm seine Tochter hoch, trug sie wie einen Säugling auf dem Arm, sprang ins Wasser und hielt sie auf seiner Brust, während er sich langsam in den Whirlpool gleiten ließ, tiefer und tiefer.

Lena rutschte auf Korns Bauch hin und her und lachte. Dann versuchte sie sich hinzusetzen, doch kaum hatte sie Halt gefunden, schwamm die Unterlage auch schon wieder davon. Korn zog seine Tochter an ihren Händen hoch, so daß sie auf seinem Bauch herumlaufen konnte. Lena versuchte es mit vorsichtigen Schritten, rutschte aber immer wieder aus und stolperte. Als ihr Fuß schließlich gegen den Wannenrand schlug, schlichen sich leise Schluchzer in Lenas Lachen.

»Na, na, na! Bis du heiratest, ist alles wieder gut.« Vater Korn rüttelte aufmunternd an dem kleinen Körper, doch Lena schrie nun, schrie so laut, daß beinahe das Aufheulen des Piepers untergegangen wäre.

Die Klinik, der Korn vorstand, hatte ihre Rufgeräte originellerweise mit jenem Sirenenton ausgestattet, der alle Menschen aufhorchen und ihr gegenwärtiges Tun unterbrechen ließ. Natürlich verfehlte der Zweiklang auch bei Professor Helmuth Korn die erwünschte Wirkung nicht. Seine schreiende Tochter legte er hastig auf ein Badetuch, dann stürzte er zu seinem Mantel, riß das Gerät aus der Innentasche und drückte. Auf dem Display erschien die Nummer des vierten Operationssaales. Dort kamen nur Notfälle auf den Tisch. Heute war wohl sein Glückstag:

»OP, Saal vier, Schwester Inge!«

»Roth, sofort den Roth ans Telefon!« Korn schoß die Badtür zu, damit Lenas Geschrei nicht seine Autorität untergrub.

»Herr Professor, entschuldigen Sie vielmals, daß wir Sie an ihrem wohlverdienten freien Tag ...«

»Schießen Sie los, Mann.«

»Unfall beim Rennen. Schädelbasisfraktur. Beschädigungen bis ins Stammhirn.«

»Verflucht! Ist etwa das Traumzentrum beschädigt?«

»Ich weiß nicht, Herr Professor.«

»Ach, Roth! Sie wissen auch nie etwas! Was haben Sie bisher gemacht?«

»Künstliches Koma eingeleitet, Kreislaufstabilisierung, Hypothermisierung.«

»Ich brauche fünfunddreißig Minuten. Lagern Sie ihn normal, Oberkörper 45 Grad anheben.« Korn knallte den Hörer auf. Im Bad knackte er seine Fingergelenke eines nach dem anderen durch, als wollte er jetzt schon zu operieren beginnen. Lena zitterte vor Kälte und schrie aus einem schleimigen Tränen-Rotz-Gemisch heraus.

»Komm, mein Schatz, sei brav, der Vati hat jetzt nicht mehr viel Zeit.«

DIE BRÜDER VON MARC MERKUS

Leo Schreiber kroch, die Nase zwischen Scherben, Öl und Benzin, die Nordkurve entlang Richtung Beschleunigungsgerade und schnüffelte nach Bildern. Er fühlte sich verpflichtet, den Unfallhergang aufzuklären. Aus Schuldgefühlen? Nein, er hatte sich nichts vorzuwerfen, doch er war von Presse und Veranstalter in die Pflicht genommen, eine schauerliche, publikumswirksame, auflagensteigernde Version zu liefern, mußte dabei aber darauf achten, daß er nicht jene Pedalenneurotiker, Fleischverächter, Regenwaldschützer und Vogelfetischisten, all jene Emanzen und Schwuchteln auf den Plan rief, die sich vor übermenschlichen Kräften, seien es die der Atome, der Düsen, ja selbst die der Motoren fürchteten und keine Gelegenheit ausließen, technische Höchstleistungen als Bedrohung für die Kultur hinzustellen. Für diese Gratwanderung konnte es sehr nützlich sein, die wahre Unfallursache zu kennen. Leo roch: Merkus versucht sich in der Mitte zwischen Sonder und Kristensen hindurchzuschummeln. Kristensen zieht kaum merklich rüber, Merkus muß zurückziehen, geht aber sofort nach innen und ... – Leo schnaubte Koksreste aus, dann beugte er sich wieder hinunter – ... und plötzlich ist er an der Betonmauer und fliegt ab. Fahrfehler! Leo versuchte aufzustehen, doch er kam nicht hoch. Hexenschuß? Ischiasanfall?

»So, du Flitzpiepe, nun erzähl mir mal alles!« Eds Pranke drückte Leo die Nase vom Genick aus in die Scherben.

»Eddi, komm, bleib freundlich!« Schreiber spürte, wie etwas Warmes in seinen Mund lief. Er stellte die Hände zum Liegestütz auf und drückte gegen die Gewalt in seinem Nacken an, doch sein Kopf lag fest wie auf dem Schafott – nur gerade andersherum.

»Fang an, oder ich breche dir alle Knochen.« Ed schlug Leo die linke Liegestützhand weg, wodurch die Schulter des Streckensprechers auf den Asphalt federte und es vernehmlich in seinem Genick knackte. Leo kannte dieses Geräusch von den Massagen seines Körpertherapeuten her, der behauptete, daß sich Verspannungen im Knistern der Gelenke auflösten, hegte aber starke Zweifel, daß auch Ed solche Wohltaten bezweckte. Also schrie Leo einfach, einfallslos wie ein kleines Kind.

»Wir ham uns wohl nicht richtig verstanden? Du sollst erzählen und nicht rumjammern wie 'n altes Waschweib, Mensch.«

»Heh Ed, laß Leo los!« Steve betonte beide Silben gleichstark – [*Li-o*] –, als hätte der Streckensprecher bei Ed einen Bonus auf die amerikanische Aussprache seines Namens, den man ihm nur wieder in Erinnerung rufen müßte. Tatsächlich lockerte das Rauhbein seinen Griff ein wenig, gerade genug, daß Steve das Blut sehen konnte, das aus der alten Koksernase geflossen kam.

»Ed!! Wie soll er uns denn mit dem Maul voller Scherben was erzählen?« Steve versuchte, Eds massigen Oberkörper von Leo fortzuziehen, was sehr zaghaft, fast albern wirkte, im besten Fall wie eine freundschaftliche Geste.

»Ich sage euch alles, was ich weiß.« Wo man ansonsten jederzeit eine satte Stimme mit wohlklingenden Lauten jonglieren hören konnte, war jetzt nur noch kehliges Gurgeln zu vernehmen. Ed öffnete die eiserne Manschette, die seine Rechte für Leos Nacken war, und der Streckensprecher schlüpfte heraus. Kaum hatte er sich aufgerichtet, drückte ihm Steve ein Papiertaschentuch auf das wertvolle Organ.

»Und?« Ed boxte Leo aufmunternd in den Magen.

»Woher wußtest du schon vor dem verfickten Rennen, daß Merk es heute nicht schaffen wird?«

»Das habe ich errochen!«

»Geh mir nicht auf'n Sack mit diesem Idiotenkram!« Er hatte Leo schon wieder am Jackett.

»Nun laß ihn doch mal erzählen!« Steve konnte die riesige Schrauberpranke für den Moment beschwichtigen.

»Also.« Wo ist denn nur die Security? »Eben habe ich versucht, den Unfall noch einmal zu riechen. Kristensen hat zugemacht, Merkus mußte zurückziehen, und dann ist er nach innen gegangen und plötzlich war er an der Betonmauer.« Wofür werden diese Wachdienst-Idioten eigentlich bezahlt? Die riegeln den Unfallort ab und mitten in der Sperrzone werde ich verprügelt! »So, wie ich es gerochen habe, gab es weder eine Berührung mit Sonder noch einen Steinschlag oder eine Ölspur. Nichts!«

»Hör ma', du Schmierenschaupieler, willst du damit sagen, daß Merk aus Blödheit gegen die Mauer gerast ist?«

Leo zuckte mit den Schultern. Woher wußte dieses aufdringliche Fleischpaket eigentlich, daß er mal Schauspieler war? Er hatte doch nicht ein einziges Engagement bekommen!

»Dann rück mal die Fernsehaufnahmen raus, Schreiber!« Ed war einer der wenigen, die den Namen des Streckensprechers deutsch aussprachen.

»Das dürfte nicht möglich sein!«

»Komm, komm, komm, ›geht nicht, gibt's nicht‹ ist unser Motto!« Steve klopfte auf seine linke Brusttasche: »Heh, Leo, ich hau einen rein!« Er fingerte ein Päckchen Koks heraus, das im Blaulicht unwiderstehlich weiß strahlte.

Doch Leo schüttelte den Kopf. Da er das Taschentuch noch immer an seine Schnittwunden hielt, sah es aus, als ob die Verneinungsgeste von seiner Hand ausging.

»Es gibt keine Fernsehaufzeichnung vom Unfall!«

»Ich würde ja mein Leben nicht so einfach wegschmeißen!« Ed schob sich ganz nah an Leo heran, beziehungsweise zog er Leo auf Atemlänge zu sich, und ließ sich nun auch von Steve nicht mehr zurückhalten.

»Die beiden Kameras in der Nordkurve sind ausgefallen, als Merkus aus der Bremskehre kam.« Leo schaute Ed in die Augen und strich dessen Hände von seinem Anzug. »Da mußt du dir wohl einen anderen Prügelknaben suchen.«

»Ich hoffe für dich, daß es stimmt, ansonsten ...« Eds Drohgebärde lief ins Leere, flog zwischen Leo und Steve hindurch und schwappte dann kraftlos über die Zuschauertribüne hinweg in die sternenlose Großstadtnacht.

»Macht mal Platz da, oder wollt ihr mit eingescannt werden?« Chris winkte seine Kollegen von der Bahn herunter.

»Nö, nö. Da gehen wir lieber mal einen trinken.« Steve hakte Ed unter.

/

Chris fotografierte mit seiner Polaroidkamera den Unfallort aus verschiedenen Winkeln und Entfernungen. Die Bilder wollte er einscannen, damit sein Computer die Strecke in der virtuellen Welt noch einmal nachschaffen konnte. Das Programm würde verfeinert werden, bis der Unfallhergang erklärt und die Ursache bewiesen war. Er wußte, daß er sich an eine ehrgeizige Unternehmung heranwagte, denn er mußte die Beschleunigungs- und Bremswege, die Wendekreise, die Reifentemperaturen, die Nervenlaufzeiten der Fahrer und die Straßenhaftung nach sechseinhalb Minuten mittelstarkem Regen berechnen. Bei hundertachtzig Stundenkilometern durfte der M5 mit Regenreifen auf nassem Untergrund nur ein wenig schlingern, so daß ihn ein Merkus noch in der Bahn halten könnte, mit hundertfünfundsiebzig dagegen sollte er ruhig in der Kurve liegen, bei hundertzweiundachtzig aber, egal, wer hinter dem Steuer saß, gnadenlos abfliegen. Da hatte er es mit einem Haufen nichtlinearer Differentialgleichungen zu tun, die kein Mensch lösen konnte. Auch sein Computer nicht, doch der bemühte sich zumindest und zog unermüdlich seine Bahnen, kreiste das Resultat bis ans Ende seiner Tage ein, wenn man ihn nicht unterbrach. Für die bevorstehende Rechenarbeit bräuchte sein PC jedoch Unterstützung, am besten die des Großrechners der University of Illinois. Die Jungs dort aber veränderten per Zufallsgenerator im Minutentakt die Zugangscodes, und selbst ein erfahrener Hacker wie Chris brauchte oft Stunden, bis er im System war. Die Telefongebühren kümmerten ihn dabei nicht, denn die legte er auf die Konten anderer Teilnehmer um. Jedem wurde nur eine der verbrauchten Einheiten abgebucht, so daß die Umverteilung keinem Kunden auffiel. Geld spielte also keine Rolle. Einzig die langen Wartezeiten, die entstanden, bis er sich eine Zugangsberechtigung erarbeitet hatte, hielten ihn häufig davon ab, den transatlantischen Computer an sein Motherboard zu bitten. Statt dessen hackte er dann in den CERN-Zentralcomputer, oder wenn er gar keine Zeit hatte, tat es auch die Rechenanlage der Universität Heidelberg.

Chris untersuchte in der Schnüffelhaltung eines Leo Schreiber die Straße nach Bremsspuren. Erst einen halben Meter vor der Betonmauer hatten die Slicks zu zeichnen begonnen. Hieß das nicht, daß Merkus den M5 bereits am Ausgang der Kurve nicht mehr unter Kontrolle hatte? Und wenn – was sagte das schon aus? Die eigentliche Frage war doch, *warum* Merkus das Auto nicht mehr hatte beherrschen können. Chris verbot sich alle weiteren Mutmaßungen, die haltlos bleiben mußten, bis sein Computer in der Lage war, den Unfall nachzuspielen. Er holte ein Lineal aus seiner Fototasche, legte es als Maßstab neben die Bremsspur und fotografierte.

/

»Hier ist irgend 'ne verfluchte Scheiße im Gange!« Ed warf eine leere Bierflasche über seine Schulter. Dumpfer Knall, hell schrie jemand auf.

»Volltreffer!« Steve wurde durch einen Lachanfall vom Kasten, den er sich zum Hocker aufgestellt hatte, heruntergeschüttelt.

»Die Kameras sind ausgefallen! Das kann mir Idioten-Schreiber doch nicht erzählen. Die zahlen zehn Millionen für die Übertragungsrechte, und dann fallen einfach so zwei Kameras aus! Ha!« Der Wodka gluckerte in Eds Mund. »Und Schreiber, das Arschloch, steckt mit drin! Ich weiß es!«

»Quatsch, er hat uns doch alles erzählt!« Steve hebelte zwei Kronverschlüsse aus und warf Ed eine offene Bierflasche hinüber.

»Mensch, die haben Merk abfliegen lassen, damit er die Scheißmeisterschaft nicht gewinnt. Kapierst du das denn nicht?« Ed versuchte, Steve zu greifen, doch der konnte ausweichen und schaffte es zudem noch, seine Bierflasche auf die des Kollegen zu schlagen.

Zwei, drei, vier: Der Schaum schoß in die Höhe. Ed steckte die Flasche in den Mund, und seine Backen blähten sich zu bedenklicher Größe auf. Irgendwie schaffte er es jedoch, den gewaltigen Überdruck hinunterzuschlucken und trank bei der Gelegenheit auch gleich das Bier aus. Die Flasche flog wieder über seine Schulter in die Nacht hinein. Diesmal aber hörten die beiden Schrauber keinen Aufschlag und keinen Schmerzensschrei, weil Ed tief, laut und langanhaltend rülpste.

»Alles Quatsch. Merk kann man doch nicht so einfach abfliegen lassen! Wir haben schließlich sein Auto bis zum Rennen betreut!« Steve schoß einen weiteren Kronverschluß gen Himmel.

»Scheiße, Scheiße, Scheiße! Die können alles, wenn sie wollen. Vielleicht war es ja auch einer von uns!?«

»Nun krieg dich wieder ein, Eddi!«

»Ich möchte zu Marc Merkus.« Linda zeigte Steve die Visitenkarte mit Wasserzeichen.

»Der is ...« Steve konnte seinen Blick nicht von Lindas langen, langen Beinen wenden, die weder unter ihrem kurzen Rock, noch in den High heels wirklich zu enden schienen.

»... is noch nicht da.« Ed streckte seine Hand nach der Karte aus, Linda gab sie ihm bereitwillig. »Setz dich, wir warten auch auf ihn.« Es hätte nur noch etwas Schamröte Eds Wangen hinaufkriechen müssen, schon wäre der Persönlichkeitswandel vom Schlagetot zum Pennäler vollzogen gewesen. »Steve, schenk der Lady mal 'n Glas Sekt ein.«

»Hat er denn nun gewonnen?« Linda trank einen

kleinen Schluck, nahm dann aber sofort ihren Taschenspiegel zur Hand und schaute hinein. Mit einer Serviette tupfte sie an ihrer Lippe entlang. »Ich habe mich nämlich während des Rennens umgezogen und geschminkt!«

»Und bitte recht freundlich!« Chris hielt mit seiner Polaroid in die seltsame Dreierrunde hinein. Während Ed den Blitz, wahrscheinlich aus dem Unbehagen heraus, eingescannt zu werden, mit beiden Händen abwehren wollte, blickte Steve unbeeindruckt vom zuckenden Licht weiterhin auf Lindas Beine, die übergeschlagen noch länger wirkten.

»Sind Sie Fotograf?« Linda zog ihr linkes Bein vom rechten herunter und ließ für einen Moment die Oberschenkel auseinanderklaffen, daß Chris, wäre er daran interessiert gewesen, hätte sehen können, wie wenig Wert Linda darauf legte, einen Slip zu tragen.

»Nein, er ist der erbarmungsloseste Einscanner, den es unter der Sonne gibt!« Ed lachte!

Linda schlug nun das rechte Bein über, und Steve schwankte im ganzen Oberkörper mit.

»Schön trockenpusten und nicht rauffassen.« Chris schob Linda das Foto zu, dann setzte er sich und begann, die Aufnahmen, die er von der Strecke gemacht hatte, einzuscannen. Sein Computer und er, sie waren die einzigen, die den Unfall aufklären konnten. Denn es gab keinen Film, der das Geschehen hätte erhellen können, und der Zentralcomputer des M5 war mit dem Rundenschreiber zu einer wenig aussagekräftigen Masse verschmolzen, wie überhaupt das zerknitterte, verkohlte und von den Feuerwehrmännern aufgetrennte Autowrack bestenfalls noch beweisen konnte, daß man es mit einem lupenreinen Wunder zu tun hatte, wenn Marc Merkus überleben würde. Für Chris wäre es jedenfalls eine Genugtuung, daß der Mann, der sich so hartherzig gegen seinen Laptop benommen hatte, dem Computer Abbitte leisten müßte. Während die Festplatte unter all den Nullen und Einsen, die von den Fotos übriggeblieben waren, geschäftig ratterte, blätterte Chris rasch noch einmal seine STW-Homepage auf. Seit dem Unfall hatte sich die Zahl der Nutzer mehr als verdreifacht. Grund genug, ein paar Zeilen zu schreiben:

+++ Unfallursache noch immer ungeklärt +++ Rennen wird in zwei Wochen wiederholt, daher heute keine Punkteverteilung +++ Merkus führt in der Gesamtwertung weiterhin, Sonder hat aber nach wie vor Chancen auf Titel +++.

Ein einträglicher Renntag. Chris aber würde gerne auf den Nebenverdienst oder zumindest auf den Teil davon, den er dem Crash zu verdanken hatte, verzichten, wenn er damit den Unfall ungeschehen machen könnte. Denn falls am Ausgang der Nordkurve Marcs Leben und damit wohl auch seine Rennlaufbahn zu Ende gegangen sein sollte, wäre auch sein Schicksal, wie das der anderen Pferdeärsche besiegelt. Die vier hatte letztlich der Mißerfolg zusammengebracht, waren sie doch alle bei den großen Rennställen fast zur selben Zeit rausgeflogen: Ed hing ein Verfahren wegen Körperverletzung an, nachdem er einen PR-Manager, der die Arbeit der Techniker öffentlich kritisierte, krankenhausreif geschlagen hatte, Steve hatte das Labor und die Lagerhallen des Autokonzerns, bei dem er beschäftigt gewesen war, zweckentfremdet und mußte sich wegen Rauschgifthandels und Verstoßes gegen das Betäubungsmittelgesetz verantworten, Lucky war wohl wegen einer Reifenverschiebung, über die er nicht gerne sprach, fristlos entlassen worden, und ihn selbst hatte man wegen

Industriespionage und Vorteilsnahme dran, weil er alle Insiderinformationen, die er im Computer der Forschungsabteilung aufstöbern konnte, über Aktiengeschäfte in bare Münze verwandeln wollte. Merkus kümmerten die Vergehen seiner Mitarbeiter nicht, solange er zu jedem Rennen ein Siegerauto hingestellt bekam. Und das hatten sie geschafft. Wenn aber jetzt die Unfallursache nicht geklärt werden konnte, dann wäre auch noch ihr fachliches Geschick in Zweifel gezogen, und niemand, auch nicht der argloseste Privatier, würde sie mehr an ein Auto heranlassen.

Wozu hatte ein Motorrad eigentlich zwei Räder, wenn die Kette ohnehin nur das hintere drehte? Lucky führte es vor: Zum Beschleunigen benötigte man natürlich nur *ein* Rad, eine andere Fahrweise schien gar nicht vorstellbar, sah man ihn mit hochgezogenem Lenker auf die Box von Marc Merkus zurasen, doch als sich beim Bremsen das Hinterrad in die Luft hob, mußte das Vorderrad die gesamte durch die Beschleunigung gehörig vermehrte Last abfangen und wirkte dabei sogar ein wenig überfordert, zumindest stotterte es und wirbelte Staub in Steves verträumte Augen. Lucky nutzte den Federstoß des aufschlagenden Hinterrades für einen sauberen seitwärtigen Abgang.

»Bekomm ich 'n Bier?!« Lucky zündete sich eine Fluppe an.

»Nun erzähl endlich!« Steve, der durch den Staub in seinen Augen Lindas Beine nicht mehr zu erkennen schien, zog sich auf das zurück, was er blind beherrschte: Bierflaschen greifen, Kronkorken von den Hälsen herunter in die Gegend schießen und verteilen. Sogar Chris nahm ihm eine ab.

»Es ist alles gut.«

»Soll'n das heißen?« Ed setzte die Flasche ab.

»Erzähl mal der Reihe nach!« Chris hatte sein Bier in ein Glas laufen lassen und trank nun durch die Tulpe hindurch.

»Also, die schnallen Merk auf 'ne Trage, und der eine sagt noch: ›Nimm bloß den Helm nicht ab!‹ Dann rasen sie los, ich mich in den Windschatten gehängt. Die sind wie Ed durch die Stadt gefegt ...«

»Na, nun übertreib mal nicht!«

»Also, vor der Notaufnahme holen sie ihn raus, die Trage setzen sie auf ein Gestell. Merk hatte tatsächlich den Helm noch auf, aber den Anzug ham sie ihm ausgezogen und ihm Nadeln in den Arm gestochen. Mindestens zehn Weißkittel schieben ihn durch die Gänge, ich hinterher, gerade noch in den Fahrstuhl rein, nach zwei Etagen gleich wieder raus. Die Türen springen auf, ich werde abgedrängt, höre noch, wie einer in sein Funkgerät spricht: ›Patient für Saal vier, künstliches Koma vorbereiten!‹ Dann schlägt die Stahltür zu. Ich den Schalter gefunden, Tür springt wieder auf, renne hinter Merk her. Eine Schwester stellt mich. Die sind schon durch die nächste Tür durch. Was ich hier wolle? Na gucken, was mit Merkus passiert! Der sei in den besten Händen. Wenn es wirklich kompliziert wäre, würde der Professor selbst die Operation übernehmen. Das hieße, daß der Patient bald wieder auf den Beinen wäre. Jetzt solle ich aber schnell verschwinden, ich sei ein Infektionsrisiko!«

»Das hab ich doch schon immer gewußt!« Steve zog seine sich heftig wehrenden Augenlider hoch und versuchte, Linda nachzuschauen.

»Hiergeblieben, Lady!« Ed hielt die Taille des Mädchens mit einer Hand umfaßt. Linda hackte verzweifelt ihre Fingernägeln in die Pranke, die ihren Körper in den Stuhl zurückdrückte.

»Also, was spielst du hier für 'ne Scheißrolle?« Ed

lockerte seinen Griff ein wenig, doch sein Pennälercharme war dahin.

»Ich?« Linda drückte ihre Fingernägel auf den Handballen und prüfte, ob etwa einer gesplittert war.

»Nee, deine Oma!« Lucky zündete sich die neue Zigarette gleich an der Kippe an. »Woher kennst du Merkus?«

»Ich habe ihn vor dem Rennen betreut!«

»Seit wann hat Merk Stoßdamen?« Ed straffte den Taillengriff wieder. »Du warst in seiner Lounge?«

Linda nickte hastig und kniff in die Schrauberpranke, die ihre Taille hielt.

»Wie bist du in den verschissenen Raum gekommen?« Eds Hand blieb liegen.

»Mir hat jemand aufgeschlossen.« Linda begann zu weinen, eigentlich aber war es nur ein Wimmern, ohne Tränen.

»Wer, verdammt noch mal?« Lucky schrie Linda an. Er schien das Verhör abkürzen zu wollen, vielleicht aus Angst, daß Ed den Mädchenkörper in der Mitte entzweibrach.

»Na, Leo! Er hat mir einen Termin bei einem berühmten Fotografen versprochen, wenn ich mich um Marc kümmere!«

»Idioten-Arschloch-Mistsack-Fotzen-Schreiber! Ich wußte doch, daß der seine schmierigen Wichsfinger mit drin hat. Den kauf ich mir!« Es war *eine* Bewegung, in der Ed aus seinem Campingliegestuhl sprang und die leere Bierflasche fortschleuderte, so daß man nicht sagen konnte, ob er sich den Schwung des Aufstehens für den Wurf dienstbar machte oder ob ihn dieser nicht vielmehr aus dem Stuhl riß. Jemand schrie ein sauberes, wenn auch kurzes Stakkato.

»He, Eddie ...« Chris stellte sich dem Fleischberg in den Weg.

»Hau ab, jetzt hält mich keiner mehr auf!«

»Es will dich doch gar keiner aufhalten. Ich denke nur, wir sollten vielleicht noch gemeinsam die Verwandtschaftsverhältnisse klären!?« Nun schien es, als ob Ed in seinen Stuhl gedrückt wurde.

»Merk hatte, eheheheh, hat, glaube ich, gar keine Verwandten. Seine Alten wollten ihm nie einen Pfennig fürs Autorennen geben. Dann sind sie aber auf der Landstraße frontal in einen Laster gerauscht, und Merk hat ihre ganzen Millionen geerbt.« Lucky goß Sekt in Lindas Glas, die schon seit einiger Zeit in Richtung Scanner blickte. Dann nahm er selbst einen Schluck und spülte, nach Herrengedeckmanier, mit Bier nach.

»Aber Merk hat trotzdem einen Bruder!« Chris zwinkerte in die Runde.

»Hat keinen! Aus, Schluß, vorbei, ich gehe jetzt Idioten-Schreiber alle seine verfickten Zähne rausschlagen.«

»Ich weiß auch, daß er keinen hat.« Steve schien keinen rechten Gefallen mehr an Lindas Beinen zu finden, seit Ed die Taille des Mädchens durch seine ungestalte Schrauberhand entweiht hatte.

»Und dieser Bruder heißt Edgar, Steve, Günther oder Christian Merkus!« Chris zeigte auf jeden der möglichen Brüder.

»Heh?«

»Wir haben eine E-Mail vom Krankenhaus. Der Herr Professor möchte einen Verwandten von Marc Merkus sprechen!« Chris zeigte auf seinen Laptop.

»Hat'n das zu bedeuten?« Ed forderte von Steve eine weitere Runde, der ließ sich nicht lange bitten.

»Keine Ahnung! Warum er einen Verwandten sprechen will, hat er nicht geschrieben.« Chris blätterte mit dem Trackball noch einmal die E-Mail auf.

»Ich denke aber, daß unbedingt einer von uns hingehen sollte.«

»Wir brauchen nur n' Personalausweis nachzumachen. Fürs Krankenhaus reicht das allemal.« Lucky nahm sich eine von Lindas Zigaretten, brach den Filter ab und steckte sie an.

»Wer geht?«

»Also, ich kann nicht. Die fragen sich ansonsten, warum ich nicht gleich gesagt habe, daß Merk mein Bruder ist.« Lucky ließ seine Fluppe an der Oberlippe kleben, während er Bier trank.

»Ist doch klar, ich gehe!«

»Ach Ed, ob du da so einen guten Eindruck machst?«

»Paß mal auf, du Pißnelke!«

»Ich meine doch einfach nur, ob man dir abnimmt, daß du der Bruder von Merk bist? Na ja, eigentlich nur wegen deiner Figur, also Merk war ... eheheh... ist doch eher schlank, oder? Eher so wie Steve!«

»Ich? Warum eigentlich nicht? Kann ich endlich mal wieder meinen Anzug anziehen! Klar, ich gehe!«

»Dann machen wir mal schnell einen Ausweis für dich.« Chris lud einen File, den er sich beim Hacke im erstaunlich schlecht gesicherten Computer des Innenministeriums kopiert hatte. »Wenn der Professor meint, daß Merk zum Rennen nicht fit ist, schlägst du sofort Alarm.«

»Sag mal, wenn Merk irgendwas zustoßen sollte, dann ist Steve doch jetzt Alleinerbe, richtig?« Lucky kramte aus seiner Brieftasche ein Foto von sich heraus.

»Genau! Wenn ich mich recht erinnere, dann hat Merk vier Brüder.« Ed pulte sein Paßfoto von seiner STW-Card und drückte es Chris in die Hand.

»Flossen hoch!« Die beiden Security-Leute, die plötzlich in der Tür standen, hatten tatsächlich ihre

Pistolen gezogen. Der eine hielt sie mit beiden Händen, der andere nur mit der Rechten, während er mit der Linken einen Beutel voller Eiswürfel behutsam auf seinem Schädel umherschob. Ed ging auf die beiden zu. »Bleib stehen, oder ich blas dir deinen Stiernacken weg!«

»Ich glaube, die Jungs meinen es ernst! Laß sie doch mal erzählen, was sie von uns wollen!« Chris trank einen Schluck Bier, behielt dabei aber einen Arm emporgestreckt, so daß es aussah, als melde er sich.

»Du wurdest beobachtet, wie du elf Fotos vom Unfallort gemacht hast. Das ist von der Rennleitung verboten worden. Wir müssen den Film einziehen!« Nun hatte der eine Wachschützer Chris auch drangenommen.

»Daraus wird wohl nichts werden!«

»Mach keine Dummheiten!« Der Mann in der hellgrauen Lederkluft drückte Chris seine Pistole unters Kinn.

»Es gibt keinen Film, ich habe Polaroid-Aufnahmen gemacht!« Das kalte Eisen zwang Chris zum Nuscheln.

»Wo sind sie?«

»Hier. Ich habe sie gerade zum Trocknen ausgelegt.« Chris klappte seinen Scanner auf. Der Wachschützer schaute sich die Aufnahmen an, zählte durch und gab Chris eine Quittung:

»Die Bilder sind bis zum Abschluß der Untersuchung konfisziert!« Die beiden zogen sich zurück und hielten dabei ihre Pistolen noch immer im Anschlag:

»Und falls ihr mal jemanden trefft, der mit Bierflaschen um sich wirft, sagt ihm, wir haben bald wieder Schießübung.«

BOETHIUS

Ein Chevy stürzt einen Abhang herunter, landet, die Schnauze voraus, auf einer Straße, explodiert, zwingt ein anderes Auto zum Halten. Schießerei. Der Chef des A-Teams hält aus der Deckung einer Hecke, die Zigarre zwischen den Zähnen, mit der Panzerfaust drauf: »Ich liebe es, wenn ein Plan funktioniert!«

Hauenstein saß an seinem Schreibtisch. Die Füße auf der Glasplatte ließ er seine Visitenkarten mit der Gewandtheit eines Bankhalters beim Black Jack durch die Finger gleiten und zählte: Neununddreißig! Das hieß, er hatte elf Visitenkarten auf der Ehrentribüne an die einflußreichsten Männer der Stadt verteilt. Vielleicht würden sich nicht alle bei ihm melden, doch mit sechs bis acht Aufträgen konnte er gewiß rechnen, darunter sogar ein Vortrag über die bevorstehenden Umstrukturierungen im Firmenmanagement, den er auf Einladung eines größeren Konzerns halten sollte. Er würde selbstverständlich frei reden, in einer allgemeinverständlichen Sprache, die jedoch immer wieder von eher seltenen Fremdworten, etwa ektopisch oder Hodegesis und in diesen Kreisen kaum geläufigen lateinischen Wendungen, wie ceteris paribus, ignoramus et ignorabimus, prima facie oder status nascendi, durchsetzt sein müßte, damit ihm seine Zuhörer zwar folgen konnten und sich begeistern ließen, zugleich aber erfuhren, wie wenig sie eigentlich verstanden von den komplizierten Zusammenhängen, die er auf so eingängige Weise darstellte. Je besser es ihm gelänge, diesen Zwiespalt herbeizureden, desto einträglicher gestaltete sich der Beratervertrag, der ihm sicherlich nach seinem Vortrag angeboten werden würde. Anzug? Hauenstein ging zum Kleiderschrank hinüber. Natürlich könnte er nur in einem Anzug dort auftreten, der sich augenfällig von der Vorstandskleidung absetzte. Er griff in den Hemdenstapel: Ein anthrazitfarbenes Hemd von Emporio Armani, da konnte man nichts falsch machen, dazu einen breiten, hellblauen, gemusterten Schlips von Baldessarini. Er legte ihn an den Kragen: Paßt. Nun noch das pistaziengrüne Sakko von Byblos oder sogar das von Iceberg? Beides war möglich, das Wetter würde entscheiden. Diese schrille Kombination würde er durch die Seriosität einer beigefarbenen Bundhose von Odermark oder Falke abfangen. Gut, gut.

Die anderen Kontakte, die er geknüpft hatte, schienen ihm weniger reizvoll. In den Gesprächen war es zumeist um lebensphilosophische Fragen gegangen, die er im Rückgriff auf die griechische Philosophie nebenher beantwortet hatte. Diese Leute waren gut bei ihm aufgehoben, denn er würde ihnen die Entmündigungen der Psychonanalyse ersparen. Bei ihm könnten sie lernen, daß ein Leben nicht von Verhinderung und Traumatisierung bestimmt ist, hinter denen man sich mit Hilfe des Analytikers zu verstecken lernt, sondern daß es vielmehr möglich ist, mannhaft das Leben an sich zu reißen, es zu führen. Das war einfacher Broterwerb im legeren Joop!-Anzug mit Gittermuster.

Ach ja, eine NLP-Therapeutin hatte er auch noch kennengelernt, die ihm, mit ein paar Denkspielereien in ihre Schranken verwiesen, eine Zusammenarbeit angeboten hatte. Er sollte für sie ein abseitiges philosophisches Thema aufbereiten, nach Möglichkeit multimedial und digital. Das konnte er von seiner Sekretärin erledigen lassen. Zu weiteren Absprachen würde er in kurzen Hosen und dem weißen T-Shirt von Armani erscheinen.

Und es gab noch einen weiteren vielversprechenden Kontakt: Er hatte einen Mitarbeiter des Regierenden Bürgermeisters mit einer recht simplen Allegorie für sich eingenommen und ihn sogleich beauftragt, dem Stadtoberhaupt Grüße und Visitenkarte zu überbringen. Wahrscheinlich würde man ihn bald ins Rathaus zum Kaffee laden, und dann könnte er im Glanz des Changeant-Anzugs von Cerruti 1881 Platons These von den Philosophen, die Könige und den Königen, die Philosophen werden sollten, zum ersten Mal an der richtigen Stelle vortragen und sie den begierig lauschenden Staatsbeamten erläutern, wodurch er sich auch in der Politik als scharfsichtiger Berater empfohlen hätte.

Professor Hauenstein – Philosophische Beratung! Nicht »Coaching« oder »Supervision», wie sein Kreditbetreuer von der Bank es ihm anempfohlen und beinahe, wären ihm nicht einmal wieder die richtigen Worte zur richtigen Zeit eingefallen, als Bedingung in den Vertrag aufgenommen hätte, sondern einfach nur Beratung. Das war es, was die Leute wollten. Schon bald würde sein Unternehmen soviel Gewinn abwerfen, daß er einen Assistenten anstellen konnte, dann zwei, drei – schon ein kleines Seminar.

Aufschlag, ein As, hundertzweiundneunzig Stundenkilometer. Der Spieler geht zur anderen Feldseite, läßt dabei Ball und Schläger so beiläufig miteinander spielen, als gehörten sie immer schon zusammen und bräuchten dazu gar keinen Menschen, der ihre Eigenarten in mühevoller täglicher Übung zu beherrschen lernt. Aufschlag, Return, Halbdistanz, Topspin long line, Netzangriff, ein Lob scheitert an einem hart geschlagenen Volley gegen die Laufrichtung. Punkt.

Bislang allerdings hatte noch keiner der neugewonnenen Klienten angerufen und einen Termin erfragt. Doch schließlich war das Rennen erst gestern gewesen, und der Ausgang hätte unglücklicher kaum sein können, denn Hauenstein hatte nach der Siegerehrung mit weiteren Kostproben seiner Scharfsinnigkeit für sich werben wollen. Aber die allgemeine Rede war nur noch über diesen Unfall gegangen. Lag ein Fahrfehler vor, hätte das Rennen nicht abgebrochen werden müssen, nachdem es zu regnen begonnen hatte, hatte irgendwer irgendwen behindert, und gab es für den verunglückten Fahrer eine Überlebenschance? Hauenstein wäre es selbst möglich erschienen, an diese so unbarmherzig praktischen Fragen anzuknüpfen, doch die Leute um ihn herum waren alle wie im Fieber gewesen, hatten in Satzfetzen gesprochen, ohne sich an ein Gegenüber zu wenden, ja für einen Augenblick stand sogar zu vermuten, daß er in einen pfingstkirchlichen Gottesdienst hineingeraten war und Zeuge einer Geisttaufe wurde, die bekanntermaßen die Sprachmächtigkeit der Gemeindeglieder untergrub. Allein der Gummigestank und all das zerschlagene Glas hatten ihn an das sehr irdische Geschehen erinnert, das die Menschen um ihn herum unter Schock gesetzt hatte.

»Herr Professor?« Die Sprechanlage pfiff. Hauenstein stürzte zum Schreibtisch hinüber.

»Ja bitte, Frau Schroeder?« Anrufe, Anrufe, Anrufe, Termine, Besprechungen, Einladungen, Vorträge!

»Die Post ist gekommen, darf ich Sie Ihnen hineinbringen?«

»Lassen Sie mich gerade noch diesen Gedanken zu Ende führen. Ich rufe Sie dann.« Hauenstein ging wieder zum Schrank herüber und sortierte die Sakkos, Hemden und Hosen ein, fädelte den Schlips in den Spezialfederbügel, dann warf er sich in seinen Schreibtischstuhl, daß dieser ihn eine volle Runde drehte. Als er wieder stillstand, zog Hauenstein einen Hebel und kippte mit der Sitzfläche zusammen einige Grad nach vorne, bis er die Ellenbogen auf die Schreibtischplatte stützen mußte, um seinen Körper im Gleichgewicht zu halten. Den Kopf legte er auf seine linke Faust, und nun konnte er mit seiner rechten Hand die Sprechtaste herunterdrücken, ohne auch nur ein wenig zu wanken.

»Kommen Sie doch bitte, Frau Schroeder!«

»So, Herr Professor! Das ist ja ein richtiger Stapel. Wo soll ich ihn denn hinlegen?«

»Geben Sie her!« Hauenstein streckte der Sekretärin seine Hand entgegen, ohne aufzuschauen.

»Bitte schön!«

»Danke schön!« Die Tür ist zu! Hauenstein griff sich die Briefe: Finanzamt, zweimal Bank, Krankenversicherung, Hausverwaltung und ein gepolsterter Umschlag von *INTERAKTIVER*. Erst mal die Briefe mit den tristen Neuigkeiten aufmachen, damit die Vorfreude steigt. Nichts da! Schon hatte Hauensteins rechter Zeigefinger eine Erhebung gefunden und die Klebeflächen des quadratischen Umschlags auseinandergerissen. Nun gut, dann war er halt offen. Er faßte hinein und zog eine CD-ROM mit dem Titel »Trost der Philosophie« heraus.

Hauenstein hatte vor etwa zweieinhalb Jahren ein langes Interview über die »Consolatio Philosophiae« gegeben. Der Journalist wollte mehrere Radiosendungen und einen Zeitungsabdruck arrangieren und Hauenstein Belegexemplare zuschicken, aber er hatte sich nie wieder gemeldet. Unter der Telefonnummer, die er Hauenstein gegeben hatte, war ein Vierteljahr lang, zu welcher Tages- oder Nachtzeit auch immer, niemand zu erreichen gewesen, dann wurde der Anschluß abgeschaltet. Zum Glück hatte Hauenstein sein umfangreiches Konspekt zur *Consolatio* noch kopiert, bevor er es dem Journalisten überließ. Egal, das Warten hatte sich gelohnt, denn nun war sein Interview sogar auf eine CD-ROM gebrannt worden. Hier lag sie vor ihm. Er hatte sie zufällig in einem Prospekt entdeckt und sofort bestellt. Die *Consolatio Philosophiae* von Boethius, das war ein wahrlich abseitiges Thema. Im ernsthaften philosophischen Diskurs wurde dieses Werk kaum wahrgenommen. Dort las man lieber die entsprechenden Originale als die populäre Aufbereitung durch den römischen Staatsbeamten.

Schon das Cover mußte er als Anerkennung seiner wissenschaftlichen Arbeit ansehen, denn unter der Plastikhülle glänzte das Motiv, das er in einer mittelalterlichen Abschrift der *Consolatio* gefunden hatte: Ein ovales Fenster, der Rahmen reich mit Ornamenten verziert. Licht war alles, freundlich, so daß die schweren Mauern weniger bedrückend als schützend wirkten. Doch mit welch auswegloser Endgültigkeit verwoben sich gerade hier die Eisenstäbe vor dem Fenster zu einem Gefängnisgitter! Wem man solch eine Zelle gab, dem drohte das Schlimmste. Es war kein gewöhnlicher Übeltäter, der im dunklen Verlies seine Strafe abbüßen mußte, nein, der hier einsaß, hatte Einfluß, Ansehen, Reichtum gehabt und alles verloren. Nun wartete er darauf, daß ihn die Gemeinschaft, die ihn einst geehrt hatte, opferte. Doch der Mann auf dem Cover wirkte nicht verzweifelt. Er schrieb mit großem Ernst, als arbeitete er ein Vertragswerk über den ewigen Frieden zwischen allen Völkern aus. Wußte er denn nicht, wie heikel seine Lage war? Oder versuchte er, sich selbst zu täuschen, indem er stur die Rolle weiterspielte, die ihn ehedem so berühmt und scheinbar unverzichtbar gemacht hatte?

›Die Philosophie kann Trost spenden, wenn uns aller Trost verlassen hat! Erleben Sie die wundersame Tröstung, die der Philosoph Anicius Manlius

Severinus Boethius im Angesicht seiner Hinrichtung erfährt, hautnah, multimedial und interaktiv! Für den interessierten Laien ebenso geeignet wie für den Universitätsprofessor und den Studenten der Philosophie!‹ Diese Sätze standen auf der Rückseite der CD-ROM, darunter las Hauenstein die Namen der Beteiligten: Gleich. Die Spannung stieg. Hatte man ihn denn so weit hinten aufgeführt? Hmm. Schon war die Liste zu Ende. Hauenstein öffnete die CD-Hülle und nahm das Booklet heraus. Hier würde er seinen Namen finden, natürlich, was hatte er denn mit dem technischen Personal zu schaffen, das für die Programmierung zuständig war? Ihm würde an zentraler Stelle für das Interview und die wissenschaftliche Beratung gedankt werden. Eine prächtige Werbung! Er würde sich zwanzig Exemplare kommen lassen und sie auf dem Empfangstisch aufstellen. Hauenstein hatte das Cover in der Hand und mußte feststellen, daß das Booklet nur aus dieser einen Seite bestand. Er las die Befehle durch, die Verlagsadresse und die LC-Nummer, doch hier stand sein Name ebenfalls nicht. Die Erwähnung auf der Rückseite des Covers wäre jedoch auch empörend gewesen, nein, Hauenstein wußte jetzt, wo er seinen Namen finden würde. Der Verlag hatte die Danksagung in das Programm eingeschrieben, wie bei einem Buch, wo Dank oder Widmung auch auf der fünften Seite und nicht außen auf der Folie standen, die man nach dem Kauf achtlos fortwarf. Hauenstein steckte die CD-ROM auf seinen rechten Zeigefinger und ging zur Tür.

Columbo spielt, die Zigarre im Mund, mit dem Täter, der sein Opfer ist, in einer Kneipe Dart. Seine Pfeile aber prallen ab oder treffen gar nur den Rand der Scheibe. Das Opfer amüsiert sich und gibt dem Inspektor Ratschläge. Als der nur noch *einen* Pfeil hat, triumphiert sein Gegenspieler, daß er ihn noch einholen könne, wenn er genau in die Mitte träfe. Columbo blinzelt mit einem Auge, wie nur er es kann, und wirft den Pfeil genau in die Mitte der Dartscheibe, lächelt verschmitzt und erklärt, daß er die letzten Polizeimeisterschaften im Dart gewonnen habe.

Was man nicht alles tat, um die Evolution voranzutreiben! Hauenstein zog die Tür auf und schlenderte ins Vorzimmer.

»Darf ich Sie zu einem kleinen Spaziergang einladen?« Hauenstein gab Frau Schroeder die CD-ROM.

»Ein kleiner Spaziergang? Warum nicht?« Frau Schroeder schaute verwundert zu ihrem Chef. Dann stand sie auf und ging in Richtung Garderobenständer.

»Legen Sie die Scheibe ein, wir machen einen Ausflug in die Zeit, als die Antike zugrunde ging und das Mittelalter begann.«

»Ach so!« Frau Schroeder nahm die CD und schob sie in das entsprechende Laufwerk.

»Falsch! Falsch herum! Die bedruckte Seite kommt nach oben!«

»Na klar, natürlich.« Frau Schroeder schlug sich mit der Hand an die Stirn. Dann drückte sie die Auswurftaste, drehte die Scheibe um und drückte sie wieder in das CD-ROM-Laufwerk.

»Nun lassen Sie die CD-ROM endlich laufen!« Hauenstein bog seine ineinandergefalteten Finger durch, bis es knackte.

Frau Schroeder schaute reglos auf den Schirm.

»Liebe Frau Schroeder, habe ich in Ihrer Bewerbung nicht von guten Computerkenntnissen gelesen?!«

»Das Schreibprogramm beherrsche ich perfekt!« Frau Schroeder wölbte trotzig ihre Unterlippe hervor.

»Also – klicken Sie *START* an. Jetzt gehen Sie auf *AUSFÜHREN*. Nun klicken Sie die Laufwerkskennung an ...«

»Wie bitte, was bitte?« Frau Schroeder lief mit ihren Fingern die Tastatur ab.

»Dee!«

»De. Na klar! De!« Frau Schroeder schaute wieder auf ihren Schrim und klickte das ›D‹ im aufgeklappten Fenster an. Nun summte es in der grauen Schublade.

Auf dem Schirm rieselten blaue und rote Flocken herab. Nachdem sie sich zu einem bunten Teppich gesammelt hatten, fuhren die Punkte wild auf, kreisten wie in einem Wirbel, ordneten sich schließlich zum dreidimensionalen Schema eines Menschenkopfes, der sich langsam drehte. Erst war er nur im Profil zu sehen, die Nase nach links – natürlich zuerst nach links, freute sich Hauenstein still bei sich –, dann schaute er Frau Schroeder und Herrn Professor an, schließlich wendete er sich ins spiegelverkehrte Profil und zeigte den Betrachtern zum Schluß seinen Hinterkopf. Noch bevor das Schema zur zweiten Runde ansetzen konnte, fiel es zu einer gestaltlosen, träge wabernden Masse zusammen. Beharrlich arbeiteten sich Buchstaben durch die Pixelsuppe. Blaue und rote Farbnasen tropften an ihnen herunter, bis das Logo in knalligem Grün leuchtete: ›INTERAKTIVER‹. Vom rechten Bildrand schossen nun nacheinander einzelne Buchstaben heran, die unter Bremsgeräuschen zum Stehen kam. Ein ›p‹, ein ›r‹, ein ›ä‹, ein ›s‹, ein ›e‹, ein ›n‹, ein ›t‹, ein ›i‹, ein ›e‹, ein ›r‹ und ein ›t‹. Ein fauchender Doppelpunkt prallte auf diese elf Buchstaben und richtete sie in einer Linie aus, löste dann aber, kaum hatte Hauenstein genug Zeit gehabt, das Wort noch einmal zu lesen, eine Explosion aus, die den Schirm verdunkelte.

Gute Gelegenheit für die Danksagung! Hauenstein warf einen Seitenblick auf seine Sekretärin. Sie schaute neugierig in den Monitor.

Das Bild baute sich zögernd wie bei einem Warmstart wieder auf, und es erschien jenes Motiv des so komfortabel eingekerkerten Denkers. In die Ornamente war der Buch- und CD-ROM-Titel ›Trost der Philosophie‹ sowie der Autorenname ›Anicius Manlius Severinus Boethius‹ eingearbeitet. Die neunundvierzig zentralen Gitterquadrate durchlief ein gelbes Blinken, das an die Risikoanzeige bei einem Spielautomaten denken ließ, dann leuchteten alphabetisch geordnete Stichworte zwischen den Eisenstäben auf: ›Akzidentien‹, ›Anamnesis‹, ›Böses‹, ›Christentum‹, ›Demut‹, ›Diagnose‹, ›Entelechie‹, ›Erkenntnis‹, ›Entscheidungsfreiheit‹, ›Fortuna‹, ›Glückseligkeit‹, ›Gott‹. Hauenstein wartete gespannt auf den nächsten Button: ›Gutes‹. Und jetzt, na, na? ›Hinrichtung‹, ›Höhlengleichnis‹ ... Das Zentralmenü bezog sich einzig auf den Inhalt, hier war wohl nicht der Ort für seinen Namen. Obwohl! Ein Hauenstein-Button. Wenn man anklickte, wären ein Foto und ein paar biographische Notizen von ihm zu sehen. Dann würde das Interview abgespielt werden, wobei nur die Kernsätze, in denen Begriffe aus dem Zentralmenü vorkamen, auf dem Schirm erscheinen sollten, so daß man sich jederzeit in die Erklärungsschleifen einschalten konnte. In dieser Art aufbereitet fand er das Gespräch sicherlich auf einem anderen Pfad der CD-ROM.

Auf dem Bildschirm blinkten die Stichworte ›Theodizee‹, ›Tugend‹, ›Universalienstreit‹, ‹Vernunft‹, ›Vorauswissen‹, ›Vorsehung‹, ›Zeit‹ und im letzten Quadrat ... ›Zufall‹ riet Hauenstein. Als der Button erschien, wußte er, daß er nicht wirklich geraten hatte. Die Begriffe im Gefängnisgitter kannte er von seinem Konspekt her. Ja, man hatte alle seine Stichworte übernommen. Schon die zweite Anerkennung seiner Arbeit. Da dürfte noch einiges folgen!

»Nun wollen wir doch einmal hineinschauen, Frau Schroeder!« Hauenstein zog sich einen Stuhl heran und setzte sich neben seine Sekretärin. »Also, was interessiert Sie denn am brennendsten?«

»Weiß nicht.«

»Können Sie sich für eines der Stichworte, die wir gesehen haben, erwärmen, oder wollen Sie erst einmal Grundsätzliches über das Buch erfahren, auf dem diese CD-ROM aufbaut, oder sind Sie gar begierig, die wenigen Fakten, die es über das Leben des Philosophen Boethius gibt, aufzurufen?« Hauenstein holte ein silbernes Etui aus der Innentasche seines Jacketts und nahm sich einen Zigarillo heraus.

»Das Leben!«

Hauenstein setzte seinen vorwurfsvollen Wie-heißt-der-ganze-Satz-Blick auf. Und es wirkte.

»Ich glaube, daß mich das Leben des Philosophen am meisten interessiert.«

»Nun, was gucken Sie mich da an? Fahren Sie den Pfeil auf den Boethius-Button und klicken Sie ihn an!« Feuer, Rauch, der Zigarillo brannte. Ein abseitiges Thema, dazu noch multimedial und digital. Wie der Zufall manchmal so spielte! Seinen ersten Auftrag hatte er gleichsam im Vorübergehen gelöst. Wenn das kein gutes Omen war.

Frau Schroeder irrte mit der Maus im Zentralmenü herum. Verschiedene Stichworte leuchteten auf, doch nicht der Boethius-Button.

»Schauen Sie, dort im Fensterbogen steht, was Sie suchen.«

Der Pfeil schoß ungelenk über den Button hinaus und stoppte erst an der oberen Bildbegrenzung. Frau Schroeder zog die Maus nun so langsam hinunter, daß der Pfeil zitterte. Als er nur Millimeter vor dem angepeilten Ziel stehenblieb, hätte man meinen können, es sei aus Angst. Wie um diesen Eindruck noch zu verstärken, tastete sich der Pfeil vorsichtig an den Button heran, fegte dann aber im entscheidenden Moment drüber hinweg, ins Zentralmenü hinein. Nun ging 's wieder hasenfüßig zurück und in entgegengesetzter Richtung über den Boethius-Button hinweg. Allerdings wurden die Versuche erfolgversprechender, und so überraschte es den genüßlich Zigarillo rauchenden Professor kaum mehr, als der Pfeil plötzlich mitten auf dem Button stand. Frau Schroeder drückte die Maustaste nun so hastig hinunter, daß sie es beinahe wieder verbockt hätte.

Die Gitterstäbe lösten sich auf, die blinkenden Buttons verschwanden. Boethius legte die Feder zur Seite und drehte sich Frau Schroeder und Professor Hauenstein zu. Ohne jede Mimik begann er mit modulationsloser Stimme zu sprechen: »Sie wollen wissen, wie alles begann?«

Frau Schroeder nickte eifrig.

»Nun gut! Ich wurde vierhundertachtzig Jahre nach Christus geboren. An meinen Vater kann ich mich kaum mehr erinnern. Er starb, als ich vier war, und ich wuchs bei Symmachus auf, diesem edlen Mann, der nun mein Schwiegervater ist. Ich gehöre zum Patriziergeschlecht der Anicii, aus dem in der Geschichte Roms die einflußreichsten Männer hervorgegangen sind. Aber, aber ...« Die Stirn des Philosophen legte sich in Sorgenfalten. Frau Schroeder aber lächelte verzückt.

»... die Barbaren richteten unser Reich zugrunde. Da war der Odoaker, ein Soldatenführer der Wilden, der den Romulus stürzte und sich selbst als König Italiens ausrief.«

›Odoaker‹ und ›Romulus‹ blinkten zwei neue Buttons am unteren Bildrand auf. Doch Frau Schroeder klickte sie nicht an. Statt dessen bewegte sich ihre rechte Hand langsam in Richtung Monitor. Die beiden Kästchen erloschen wieder, und Boethius sprach weiter:

»Als ich dreizehn war, wurde Odoaker von Theoderich, dem König der Ostgoten, besiegt und dann erschlagen. Theoderich übernahm zwar die Macht in Rom, hat aber unseren Senat erhalten und hochgeschätzt. Mit dreißig machte er mich zum Konsul, und schon zwölf Jahre später berief er auch meine beiden noch minderjährigen Söhne ins Konsulat. Das war vor etwa einem Jahr. Wie schön sich damals noch alles für mich fügte: Ich ging meinem politischen Geschäft nach und wurde hoch geehrt als magister officiorum. Meine Frau Rusticiana sorgte prächtig für die Familie, und ich konnte jede freie Minute nutzen, um meinen ehrgeizigen Plan zu verwirklichen: Alle Schriften des Platon und die des Aristoteles wollte ich ins Lateinische übersetzen und kommentieren …«

›Platon‹ und ›Aristoteles‹ blinkte es nun unter dem Fenster des Boethius. Frau Schroeder verharrte für den Moment. Als der Philosoph sich wieder bewegte, fuhr sie fort, seine flüchtigen Schemen mit ihrer Hand nachzuformen.

»Die Darstellung der vier mathematischen Disziplinen, der Arithmetik, Geometrie, Musiktheorie und der Astronomie, so wie Platon sie verstand, hatte ich schon fertig, ebenso die Logik des Aristoteles, seine sprachtheoretische Schrift ›Peri hermeneias‹ und seine Topik. So vieles sollte noch folgen, auch meine eigenen logischen Untersuchungen. Aber Theoderich machte über Nacht alles kaputt. Er ist kein kluger Mann, aber er war immer gerecht. War!

Denn er hat sich übel täuschen lassen und mich, seinen besten und treuesten Diener, unschuldig zum Tode verurteilt. Und nun sitze ich hier in meiner Zelle in Pavia und versuche mich zu trösten mit dem einzigen, das mir noch geblieben ist: Der Philosophie!« Boethius beugte sich wieder über sein Buch und nahm die Feder zur Hand.

»Du Lieber!« Frau Schroeder hatte Tränen in ihren Augen, als Boethius verschwand.

Schon stand das Zentralmenü wieder auf dem Schirm. Hauenstein drückte die Glutkuppe seines Zigarillos auf den Grund des silbernen Aschenbechers. Es zischte matt, und letzter Rauch stieg zur Zimmerdecke auf. Es gab keine Danksagung auf dieser CD-Rom für ihn! Der Philosoph stieß den Stummel wieder und wieder in die Asche, preßte ihn dann noch einmal gegen den Boden, so heftig, daß die Tabakzweige durch das Deckblatt stachen, stand auf und zermalmte schließlich den traurigen Rest mit seinem Daumen. Verdammt!

»Räumen Sie das weg, sofort!« Hauenstein knallte seiner Sekretärin den Aschenbecher vor die Tastatur.

»Aber ja doch.« Die Tränen in den Augen von Frau Schroeder wirkten wie gefroren. Sie stoplerte zum Mülleimer und kippte den kläglichen Inhalt des Aschenbechers hinein. Als sie ihrem Chef den Rükken zudrehte, legte dieser den um das Mittelgelenk gebeugten Zeigefinger zwischen seine Schneidezähne. Er biß zu, daß sein Kopf vor Anstrengung zitterte und der Fingerknochen dumpf knirschte.

»Nun kommen Sie, Frau Schroeder. Ich habe eine verantwortungsvolle Aufgabe für Sie.« Hauenstein schüttelte die Hand aus, an der sein Zeigefinger schmerzte.

»Ich möchte nur den Aschenbecher noch rasch

ausspülen.« Frau Schroeder ging in Richtung Kochecke.

»Aber nein doch, lassen Sie das. Das kann ich nachher machen. Sie haben jetzt eine wichtige Arbeit zu erledigen.«

»Aha?« Frau Schroeder klang nicht begeistert.

»Bitte, setzten Sie sich doch hin!« Hauenstein schob Frau Schroeder den Stuhl heran und blieb hinter ihr stehen. »Sie werden sich die gesamte CD-Rom anschauen, alle Texte, alle Nebenbemerkungen und Querverweise. Und immer, wenn Ihnen etwas interessant vorkommt, dann werden Sie senden!«

»Senden?«

»Was ich damit meine, können Sie natürlich nicht wissen.« Hauenstein schaukelte die Rückenlehne des Freischwingers ein wenig. »Also: Wenn Sie an eine interessante Stelle gelangt sind, drücken sie einfach die DRUCK-Taste. Dann fügen Sie das Ganze in ein MS-Word-Dokument ein, geben diesem einen Namen und speichern es ab. Wenn es ein Text ist, schalten Sie das Texterkennungsprogramm dazwischen. Dann gehen Sie ins Internet, adressieren eine E-Mail an HKORN@brainchip-control.com, hängen die Datei an und senden!«

»Wie bitte?«

LEGE ARTIS

Korns rechte Hand zeigte fordernd zum Instrumententisch und erhielt sofort eine Pinzette, die wohl an die zwanzig Zentimeter lang und dabei nadeldünn war. Ein Greifversuch in der Luft, eine winzige Lagekorrektur, dann ging es hinein in das kleine rote Loch im grünen Stoff, tiefer und tiefer, bis die Hand nah der Wunde war. Korns Linke hielt eine kurz vor dem Griff um gut hundertzehn Grad gebogene Schere, deren Brangen tief ins Innere des Patientenhirns reichten.

»Roth!«

»Der konnte nicht mehr. Er hat sich hingelegt, Herr Professor. Schließlich war er sechsunddreißig Stunden auf den Beinen!« Eine Assistentin trat zu Korn heran.

»Dann soll er mal seine Beine untersuchen lassen.« Höfliches Gelächter drang dumpf durch die Mundtücher der gut zwanzig Hospitanten, die sich im OP-Saal vier drängten und zwischen den beiden Chirurgenhänden hin und her zappten. »Legen Sie Beethoven ein. Klavierkonzert Nummer drei. Welche Tonart? Sie da neben der Tür?«

»D«, »C«, »h-moll« wand sich aus so manchem Mundschutz und lief unsicher durch den Saal.

»C-moll, meine Lieben, c-moll!« Korn schaute nicht von seinem Mikroskop und die Hospitanten nicht von seinen Händen auf.

»Und Ihnen rate ich, sich schleunigst mit den Meisterwerken der Kunst vertraut zu machen. Glauben Sie ja nicht, daß es genügt, die ganze Anatomie eines Menschen auswendig zu lernen, um operieren zu können! Denn wie müssen Sie das Skalpell führen?« Korn holte die Pinzette so behutsam aus dem Schädel, daß sie sich unter der langsamen Aufwärtsbewegung noch zu strecken schien. Die Hospitanten staunten, als handelte es sich hier um einen

Zaubertrick. »Lege artis! Lege artis müssen Sie das Skalpell führen! Sie haben nach den Regeln der Kunst vorzugehen. Die Kunst ist der innerste Geist der Medizin, meine Damen und Herren! Wir müssen Maler, Musiker, Dichter in unserer Arbeit sein, nicht stupide Metzgergesellen.« Endlich hatte Korn auch die Pinzettenspitze aus dem Hirn herausgeholt, öffnete sein Instrument und klopfte mit den Brangen auf die Ränder eines Glasschälchens, bis ein Gewebefetzen in die Flüssigkeit fiel. Und schon verschwanden die langen Nadelarme wieder in dem kleinen roten Loch.

»Schlagen Sie Ihre Lehrbücher zu. Daß Sie wissen, was dort steht, setze ich voraus! Nun müssen Sie verstehen lernen. Jetzt beginnt Ihre Ausbildung wirklich. Nutzen Sie Ihre Phantasie, seien Sie kühn, suchen Sie nach Ideen, wie man das tausendmal Gemachte ganz anders machen kann. *Das* lernen Sie nur von der Kunst. Malen Sie ein Gesicht mit einer grünen Nase, und Sie werden zum ersten Mal wirklich ein Gesicht sehen!« Korn hantierte mit Schere und Pinzette wieder tief im festgeschraubten Kopf. »Und dann üben Sie wie ein Musiker jeden Tag, bis Sie alle Eigenschaften Ihrer Instrumente virtuos beherrschen. Ultraschallaspirator!«

Die Assistentin legte dem Professor einen langen, spitzen Stab in die Hand, der, kaum hatte Korn ihn ins Patientenhirn gesteckt, heftig zu brummen begann.

»Blutung!« Korn zog den Stab nun zügig aus dem Hirn heraus, so daß hier niemand mehr von einem Zaubertrick träumen mochte. Die Assistentin legte eine Pinzette mit etwas breiteren Brangen in seine Rechte, und Korn fischte sich einen Tupfer aus einem Glas heraus. Hinein ins blutende Hirn, wieder heraus, und mit neuem Tupfer noch einmal hinein, auch den wieder rausgeholt, weggeworfen und ausgetauscht gegen einen makellos weißen, der aber, kaum war er im Kopf des Patienten, so blutfarben wie seine Vorgänger aussah und wie diese wieder raus mußte und durch einen neuen ersetzt wurde, der sich allerdings nicht mehr so hastig vollsaugte, doch trotzdem in jenem Glas landete, in dem schon die anderen ausgedienten Tupfer beieinanderlagen und einem unbefleckten Platz machen mußte, der aber, obwohl kaum mehr von Blut gezeichnet, auch den Weg aller Tupfer ging.

»Herr Professor!« Oberarzt Doktor Wolfgang Roth stand plötzlich im Operationssaal. Zwischen Mundschutz und Kopftuch nur das Schwarz seiner Augenringe.

»Ach, der Roth ist wieder da!« Korn dirigierte den Schwenkarm, an dem sein Mikroskop hing, bis das Objektiv direkt über dem Schädelloch schwebte. »Na, wie geht es denn Ihren Beinen, haben Sie sie ein wenig hochgelegt?«

Wieder jene beifällige Heiterkeit, mit der im Operationsaal vier die humorvollen Einlassungen von Herrn Professor aufgenommen wurden.

»Herr Professor, ein Angehöriger des Patienten hat sich gemeldet. Sie wollten doch sofort Bescheid bekommen ...« Roth rieb sich die Augen.

»Verwandtschaftsgrad?«

»Er sagt, er ist der Bruder ...«

»Er sagt, er sagt! Haben Sie sich denn seinen Ausweis nicht zeigen lassen?« Korn hatte seine Unterarme auf die Oberschenkel gelegt, hielt dabei aber seine Wirbelsäule gerade, streckte seinen Körper also in einem derart vorbildlichen Kutschersitz, daß jeder Physiotherapeut des Lobes voll gewesen wäre und betrachtete durch das Mikroskop seine Arbeit im Rennfahrerstammhirn.

»Ich dachte, ...«

»Sie dachten. Ach Gott! Wenn Sie schon mal denken ...« Korns Pieper legte los. »Kommen Sie her, Roth!« Der Star-Operateur schob das Mikroskop beiseite, und zog das jaulende schwarze Kästchen aus seiner Hose. Der Oberarzt trat verhalten in den Bannmeter um den Operationstisch, wie um Korn, der auf das Display seines Piepers schaute, nicht zu stören.

»Sie werden meine Operation übernehmen. Ich habe die Quetschungen beseitigt. Es dürfte keine Hirnregion ernsthaft beschädigt worden sein. Sie brauchen nur die Dura zu verschließen. Ich muß noch einmal an die Stelle ran. Machen Sie Ihre Augen endlich auf, Mensch, und konzentrieren Sie sich!« Korn stand auf und gab Roth im Gehen einen Klaps auf die Schulter.

»Halten Sie das künstliche Koma aufrecht, und kühlen Sie ihn herunter! Ich operiere heute abend weiter.« Korn sprach sehr gedämpft. Der Anästhesist mußte nah herankommen, um zu hören, welchen Fortgang der Operateur wünschte. So sah es aus, als ob er, der fast einen ganzen Kopf größer war, zu Korn aufschaute, während der zu ihm sprach, und das bestätigende Nicken des Anästhesisten wirkte wie Liebedienerei eines Befehlsempfängers.

»Arbeiten Sie!« Korn zwinkerte in die Hospitantenrunde hinein. Die Schiebetür wurde aufgezogen, und er verschwand in der Schleuse.

/

Da hätte die Mittagssonne Leo doch beinahe die Stirn angesengt. Er hatte sich nur ein wenig ausstrecken wollen im Liegestuhl auf der Dachterrasse, doch tief und übergangslos war er eingeschlafen, und nun spannte sein Gesicht wie nach einem Lifting. Normalerweise wäre die Haut auf seinem Nasenrücken jetzt erledigt gewesen, doch der Verband hatte sie wohl vor ernsten Folgen bewahrt. Leo stand auf, vom unerwarteten Mittagsschlaf beseelt, und torkelte durch den tiefen, heißen Sand ins Zimmer. Er wollte sich abkühlen, bevor er ins Schwimmbecken sprang, vor allem aber mußte er etwas trinken.

»Ständig zu Ihren Diensten, Herr Schreiber!« Eine Krankenschwester steckte, kaum hatte Leo den roten Knopf gedrückt, ihr Gesicht ins Zimmer.

»Schreiber, heiße ich, liebe Frau.« Leo hatte seinen Namen [*sch*^{r}*e*^{i}*bö*^{r}] ausgesprochen. »Bringen Sie mir bitte eine Flasche Dom Perignon 1982, und füllen Sie bei der Gelegenheit doch gleich den Beluga-Kaviar und Baguette nach! Und vielleicht legen Sie noch ein paar Austern dazu. Sie wissen, Ihr Chef hat gesagt, ich muß wieder zu Kräften kommen!«

»Ich habe nur noch einen neunundsiebziger Jahrgang gefunden. Würden Sie den auch nehmen? Der kostet eigentlich dreihundertsechzig Mark, ich setze ihn aber für dreihundertzwanzig auf die Rechnung.« Die Schwester öffnete die Holzkiste und staubte die Flasche ab. Dann drehte sie Leo das Etikett zu, wobei sie sich sehr mühte, die Flüssigkeit nicht zu erschüttern.

»Natürlich nehme ich den, und berechnen Sie ruhig den vollen Preis.« Leo regelte per Fernbedienung die Wunschtemperatureinstellung auf neunzehn Grad herunter, und sofort hauchte die Klimaanlage kühle Luft in den Raum. Die Krankenschwester, die mit ihrem geschminkten Gesicht, den hochhackigen Schuhen und dem Kittel, dessen obere

Knöpfe wohl ihre recht ansehnlichen Brüste aus Platznot weggesprengt hatten, wie die Hauptdarstellerin eines Medical-Pornos aussah, trieb den Korken vorschriftsmäßig allein mit der Wärme ihrer linken Hand aus dem Flaschenhals in das Serviertuch in ihrer Rechten hinein.

»Voilà!« Sie schenkte ein und reichte Leo das Glas auf einem silbernen Tablett. Die Flasche legte sie in das Eis des Champagnerkühlers.

»Nehmen Sie sich doch auch ein Glas!« Leo schlürfte den Dom Perignon und schluckte mit geschlossenen Augen. »Ein sensationeller Abgang!«

Die Krankenschwester tat es Leo nach, doch was bei diesem auf vornehme Weise Kennerschaft bezeugte, klang bei ihr einfach nur grob.

»Dürfte ich gleich nach Ihren Wünschen für das heutige Menü fragen?«

»Selbstverständlich! Beginnen wir mit der phantastischen Hummersuppe. Sagen Sie Ihrem Küchenchef, daß ich nicht einmal bei Witzigmann in München etwas Vergleichbares bekommen habe. Dazu nehme ich einen gut gereiften Riesling aus dem Elsaß, sagen wir einen Grand Cru Kirchberg de Barr. Danach hätte ich gerne Trüffel in Ei eingeschlagen und versuche dazu einen fünfundachtziger Mouton-Rothschild. Und natürlich nur schwarze Trüffel aus dem Perigord vom Markt in Alba, ja!? Für den Fall, daß ich bei diesem Wein ein wenig verweilen möchte, halten Sie bitte etwas foie gras bereit. Dann werde ich das Entree mit einem Digestif abschließen. Ich denke da an einen Grappa di Brunello, mindestens fünfzehn Jahre alt.« Leo atmete tief durch, als hätte er eine heikle Unternehmung zu einem glücklichen Ende gebracht. Er schlürfte etwas Dom Perignon, stellte aber sein Glas, als er sah, daß die Krankenschwester nach ihrem griff, wieder auf den

Servierwagen, als könnte er nur mit freien Händen weiterdiktieren:

»Folgen sollte ein Papageifischfilet, vielleicht in Mandelhülle, mit Amaretto flambiert, das ganze an Kartoffeln. Beim Wein bin ich mir da unschlüssig, vielleicht tut es ein Bordeaux, sagen wir ein Chateau Margaux Premier Grand Cru Classe 1982? Bringen Sie mir den, falls Ihr Küchenchef keinen besseren Vorschlag hat. Zum Dessert möchte ich einen Erdbeer Bavarois, am besten auch an Amarettosoße. Als Digestif bekomme ich dann einen Frapin XO-Cognac. Danke schön!«

»Ich danke *Ihnen.*« Die Krankenschwester beugte sich gekonnt zufällig vornüber. »Der Herr Professor muß auch sofort hier sein. Ich habe ihn gleich angepiept, als Sie läuteten. Für den Weg von Saal vier bis zu uns hier hoch braucht man allerdings seine fünf Minuten.«

»Gut, gut.« Leo schlürfte einen winzigen Schluck Champagner, schob sich dann einen silbernen Eßlöffel voller Beluga-Kaviar in den Mund und setzte – selbstverständlich nachdem er den Löffel herausgezogen hatte – das Kristallglas noch einmal an. Auch die Krankenschwester hatte ihr Glas schon wieder zur Hand. Leo bewaffnete sich rasch mit einer Austernschale, und als sie ihre unfeinen Trinkgeräusche, die sie offensichtlich mit dem doch wesentlich hintergründigeren Vorgang des Genießens verwechselte, von sich gab, saugte Leo sich geräuschvoll am schlabbrigen Austernkörper fest, bis seine medizinische Betreuerin ausgetrunken hatte und das Zimmer mit kleinen Schritten, die weniger ihren Körper forttrugen als vielmehr ihren Hintern ins Schwingen brachten, verließ. Nicht, daß Leo diese Zeichen entgangen wären, nur, für ihn war es der höchste erotische Genuß, die Reize einer Frau scheinbar solange zu übersehen, bis sie bereit war, sich für einen Blick von ihm zu demütigen.

»Da bin ich wieder, mein lieber Herr Schreiber! Wie geht es uns denn? Ich hoffe, nach wie vor so blendend?« Korn hatte nach fahrigem Anklopfen sogleich die Tür aufgedrückt.

Leo fuhr hoch. Er war wohl schon wieder eingenickt, obwohl er vergangene Nacht fast zwölf Stunden geschlafen hatte. Es lag auf der Hand: Er entspannte sich! Ein Zustand, den er kaum lange aushalten würde, der aber hier in dieser Luxussuite mit Gourmetmenüs und Alkohol als einzigem Rauschmittel wohl nicht zu verhindern war. Na ja, seine Verletzungen verheilten rasch, und schon bald könnte er wieder eine Nase nach der anderen nehmen. Er wollte das ganze Schmerzensgeld verkoksen, das er von Ed einklagen würde.

»Störe ich Sie?« Korn trat schüchtern näher.

»Aber nein doch, kommen Sie, trinken Sie einen Schluck Schampus mit mir.«

»Ich muß leider ablehnen, lieber Herr Schreiber, denn ich bin mitten in einer komplizierten Operation. Ich habe nur rasch unterbrochen, um nach Ihnen zu sehen.« Korn setzte sich auf die Lehne von Leos Sessel und begann sogleich, den Verband abzuwickeln.

»Aber, aber, *jede* Arbeit ist mit einem Glas Champagner leichter!« Leo prostete seinem Leibarzt zu, doch der schüttelte höflich lächelnd den Kopf:

»Ich weiß das! Doch wenn mir da unten einer auf dem Tisch bleibt, und man kann mir Blutalkohol nachweisen, darf ich diese Klinik nicht einmal mehr als Patient betreten.« Korn mußte mit seinen gewandten Bewegungen innehalten, weil Leo Champagner aus seinem Glas herausschlürfte.

»Sagen Sie mal, Doktorchen, wie geht es Merk denn eigentlich?«

»Wem bitte?«

»Marc Merkus, der Rennfahrer, der vorgestern eingeliefert wurde! Nun erklären Sie mir nicht, daß Sie nichts von dem spektakulären Unfall gehört hätten!« Leo schoß mit der Fernbedienung in die Anlage. Ein Lokalsender dudelte los.

»Das läßt sich im Moment noch nicht sagen!«

»Wird er durchkommen?«

»Ich möchte Sie nicht mit Wiederholungen langweilen!«

»Das mit dem Unfall ist eine merkwürdige Geschichte.« Leo zappte zu einem anderen Sender, der Walzermusik brachte.

»Ich denke, es war ein Fahrfehler?« Korn klappte den Mull hoch und besah sich die Wunde.

»Ich will es nicht glauben!«

»Also, Herr Schreiber,« ein geradezu vorbildliches [*sch^{r}e^{i}bö^{r}*], »die Schnittwunden in Ihrer Haut waren so oberflächlich, daß sie bereits verheilt sind. Sie werden nicht einmal mit einer Lupe noch Narben finden!«

»Können Sie denn gar nichts mehr machen?«

»Beim besten Willen nicht.«

»Na, nun geben Sie doch nicht so schnell auf, Doktorchen!« Leo boxte Korn aufmunternd in die Seite.

»Ihre Schleimhäute müßten mal beträufelt werden, aber das kann ich ohnehin nicht mit abrechnen. Ich könnte Ihnen allerdings mit dem Laser noch ein paar Falten am rechten Nasenloch wegnehmen!«

»Na, sehen Sie!«

»Aber morgen früh muß ich Sie dann endgültig entlassen!«

»So soll es sein! Wann operieren Sie?« Leos wohlklingende Kommentatorenstimme kämpfte erfolglos gegen einen Eßlöffel silbergrauen Beluga-Kaviars.

»Natürlich sofort!«

»Und Ihr anderer Patient, der gerade auf dem Tisch liegt?«

»Aber lieber Herr Schreiber, machen Sie sich darüber mal keine Sorgen. Diese Operation wird einer meiner Assistenten übernehmen!« Korn wehte in seinem von Instrumenten, Kugelschreibern und winzigen Taschenlampen klappernden Kittel zur Tür hinaus.

Steve saß schon eine halbe Stunde vor dem Büro von Professor Korn auf dem Gang und beschäftigte sich damit, die goldfarbenen Knöpfe seines Anzugs zu polieren. Das gestaltete sich jedoch sehr schwierig, weil ihm das enge Jackett kaum Bewegungsspielraum ließ. Zudem hatte das Gel-Schweiß-Gemisch, das aus seinen Haaren tropfte, schon mehrmals mühsame Poliererfolge vernichtet. Als Steve den hellen Dreiklang vernahm, der die Ankunft eines Fahrstuhls anzeigte, wischte er sich mit dem Jackettärmel die Stirn.

Korn stieg aus und zog einen ganzen Schweif von Journalisten nach sich, die ihm unablässig Fragen stellten und Fotos schossen.

»Wie geht es Marc Merkus?«, »Haben Sie ihn operiert?«, »Schwebt er noch in Lebensgefahr?«, »Wird er in zwei Wochen wieder fahren können?«, »Hat sich Merkus den Unfall selbst zuzuschreiben?«

»Ich habe dazu nichts zu sagen! Wir werden übermorgen eine Pressekonferenz abhalten. Bitte verlassen Sie sofort das Klinikgelände!« Korn psalmodierte diese drei Sätze, die den Journalisten zu beweisen schienen, daß sie auf eine heiße Story gestoßen waren. Ihre Fragen wurden immer unverschämter, ihre Blitze feuerten wie aus dem Stroboskop, und ihre Hände griffen nach dem Kittel des Professors. Der riß sich wenige Meter vor seinem Büro mit einer heftigen Drehung los und ging auf die Pressevertreter zu. Sie wichen zurück.

»Kommen Sie!« Korn wendete sich wieder um, und Steve wußte gar nicht, wie ihm geschah. Er wurde plötzlich aus seinem Sitz hochgerissen und in das Büro hineingestoßen.

Als die Journalisten hinterherstürzen wollten, hatte der Klinikdirektor die Tür schon von innen verriegelt. Nach wenigen Minuten hörte dann auch das Klinken und Klopfen, das Schaben und Kratzen, das Fluchen und Bitten auf.

»Dieses Pack! Aasgeier!« Korn schob seinen Gast zu einem Ledersessel und setzte sich ihm gegenüber. »Darf ich Ihnen etwas zu trinken anbieten, Herr ...?«

»Steve ... ehhh, Steve Merkus!« Steve rüttelte am Schlipsknoten, doch der zog sich nur noch fester zu. Was trinken? 'n Katerbier. Ob man das hier sagen darf?

»Kaffee, Tee, Sekt, Whisky oder auch ein Bier? Was Sie wollen, Herr Merkus!«

Steves nickte eifrig, und Korn schenkte das Katerbier persönlich ein. »Sind Sie der einzige Bruder von Marc Merkus?«

»Ja, eh, eh, nein, eh!« Also ich bin der einzige, der schon einen Ausweis hat, verdammt!

»Ja oder nein?« Korn schenkte sich einen Whisky ein.

»Nein, er hat noch drei andere Brüder, die sind aber irgendwo im Ausland!«

»Haben *Sie* denn andere Brüder?«

»Ich? Nein.« Steve zischte das Bierchen weg. Sogleich stand eine neue Flasche vor ihm.

»Dann sind die anderen Brüder von Marc Merkus wohl Halbbrüder?«

»Wieso Halbbrüder?« Steve hatte die Flasche schon angesetzt, besann sich dann aber und goß das Bier in sein Glas, bevor er trank.

»Ansonsten wären die ja wohl auch Ihre Brüder!« Korn schaute Steve über seine halbierten Brillengläser hinweg an.

»Halbbrüder, natürlich, alles Halbbrüder!« Das war's wohl. Jetzt weiß der Professor Bescheid. Warum mußte *ich* auch unbedingt hierher gehen!

»Interessiert es Sie denn gar nicht, wie es Ihrem leiblichen Bruder geht?«

»Ja, selbstverständlich, wie geht es ihm denn nun?«

»Lieber Herr Merkus, Sie haben gesehen, was hier für ein reges Interesse an Ihrem Bruder herrscht. Daher muß ich Sie um Verständnis bitten, daß ich Ihren Ausweis einsehen darf, bevor ich Ihnen etwas sagen kann!«

»Aber ja doch!« Ich sage einfach, daß ich ihn nicht bei mir habe und dann raus hier! Aber was ist das? Meine Hand, heh, sie greift einfach in die Innentasche vom Jackett, holt den Ausweis heraus und gibt ihn dem Professor? Na, das kann doch wohl nicht wahr sein! Halt!

»Ich kopiere ihn nur schnell, entschuldigen Sie mich bitte für einen Moment!« Korn stand auf und ging ins Nebenzimmer.

O Gott, stehengeblieben! Jetzt komme ich hier nur noch in Handschellen raus, ich habe doch Bewährung. Na ja, alles kein Grund, das Bier stehenzulassen. Wenn das erste drinbleibt, ist der Tag gerettet!

Korn wurde von seinen eiligen Schritten hereingetragen, hielt den Ausweis und eine neue Flasche in der linken Hand, drehte dann aber auf halber Strekke um, verschwand noch einmal im Vorzimmer und kam schließlich mit einem ganzen Kasten Bier angeschleppt, den er direkt neben Steves Sessel plazierte, daß dieser nur seinen rechten Arm hinunterfallen lassen brauchte, um sich Nachschub emporzuziehen.

»Herr Merkus!« Korn schüttete, als Steve nicht reagierte, seinen Whisky hinter und schenkte auch noch einmal nach.

»Herr Merkus!«

Merkus!? Der liegt doch auf irgend'ner Intensivstation. Aber nein, ich heiße doch jetzt auch Merkus! Steve schaute rasch zum Professor auf.

»Ihr Bruder hat großes Glück gehabt, daß er sofort zu uns gebracht wurde. Wenn er in ein anderes Krankenhaus gekommen wäre, hätte man Ihnen schon längst kondoliert.« Korn zerkaute ein Gähnen. »Der Helm hat offensichtlich nicht gut gesessen. Wir haben Quetschungen bis ins Stammhirn hinein festgestellt. Mit einer neuartigen, im übrigen von mir erfundenen Operationsmethode, konnte ich alle Schäden beseitigen. In einer guten Woche können wir ihn aus dem Koma holen.«

»Na, ist doch wunderbar!« Steve mußte, damit er die drei leeren Bierflaschen in den Kasten einsortieren konnte, eine volle herausnehmen. Wenn sich an diesem Mißverhältnis nichts änderte, würde er gezwungen sein, auch noch die restlichen Biere auszutrinken, um Ordnung im Leergut zu schaffen. Und die letzte Flasche? Na, mal sehen.

»Fürwahr, es ist ein Wunder, daß wir Ihren Bruder retten konnten. Und dennoch, Herr Merkus, nichts wird mehr sein wie früher!«

»Soll'n das heißen?«

»Kennen Sie das tragische Ende von Rudi Dutschke?«

»Nö!?«

»Neunzehnhundertachtundsechzig schoß ihm Josef Bachmann, ein von der Bild-Zeitung aufgehetzter Arbeitsloser, in den Kopf. Die Neurochirurgie war damals noch auf einem mittelalterlichen Stand, wenn man sie mit dem vergleicht, was meine Klinik heute zu leisten in der Lage ist. Trotzdem aber brachten sie Dutschke irgendwie durch. Nachdem er genesen war, zog er sich aus der Öffentlichkeit zurück und ging ins Ausland. Und plötzlich, Jahre später, geschieht es. Er nimmt genüßlich sein Heiligabendbad, bekommt einen epileptischen Anfall und ertrinkt! Warum? Nun, lieber Herr Merkus, alle Hirnverletzungen, und seien sie noch so perfekt behoben, hinterlassen Narben. Und an diesen Narben können sich die elektrischen Impulse, mit denen unser Hirn arbeitet, so stark aufschaukeln, daß sich schließlich das ganze Gehirn wie ein Froschschenkel unter einem Stromstoß zusammenkrampft, ohne daß man etwas dagegen tun könnte.«

»Ja, eh, und?«

»Nun, guter Freund, malen Sie sich das doch aus: Ihr Bruder, ein abenteuerlustiger, lebensgieriger Mensch läuft von nun an mit einer Zeitbombe im Kopf durch die Gegend, und keiner weiß, was am Zünder eingestellt ist. Es kann jeden Moment passieren, daß er das Bewußtsein verliert, blau anläuft und minutenlang alles in seinem Körper krampft. Jeden Moment, verstehen Sie? Er wird ein Leben in strengster Diät führen müssen. Kein Rennen, überhaupt kein Autofahren mehr, pünktlicher, geregelter Schlaf, keinen Tropfen Alkohol und immer eine nur bis auf Knöchelhöhe gefüllte Badewanne. So wird sein Leben aussehen!«

»Kein Rennen, keine Ziehung, kein Whirlpool mehr? Mein Gott! Das ist ja grausam.« Steve holte zwei neue Flaschen aus dem Kasten, als müßte er ab jetzt für seinen Wahlbruder mittrinken.

»Nichts!«

»Aber *Sie*, Sie können doch etwas machen, oder?«

»Leider nicht, Herr Merkus!« Korn schaute betroffen drein, als hätte er die ganze Zeit von seinem eigenen Leben geredet.

»Sie müssen aber etwas machen, ansonsten brauchen Sie Merk gar nicht wieder aufwachen zu lassen!«

»Das Leben« Korn nahm seine Brille getragen wie den Hut am Grab ab, »vollzieht sich unter dem Zwang des Schicksals. Es lohnt der Rebellion nicht.«

»Aber Merk, der wird nie so leben können, wie Sie es gesagt haben. Sie kennen ihn nicht, der muß doch Rennen fahren und trinken und Mädchen verführen im Whirlpool!«

»Wenn man mich in einem verdorrten Baumstamm hätte leben lassen, mit keiner anderen Beschäftigung, als die Oberfläche des Himmels über meinem Kopf anzusehen, so hätte ich mich allmählich daran gewöhnt. Ich hätte auf das Vorbeifliegen von Vögeln oder auf das Zusammentreffen von Wolken gewartet. So steht es bei Camus. Glücklicherweise, lieber Merkus, ist unser Bewußtsein mit der Fähigkeit ausgestattet, uns fast jede Lage, in die wir geraten, als lebenswert erscheinen zu lassen!«

»Quatsch, das ist doch großer Quatsch! Bei Merkus ist das anders. Er eheheh...« In dem von mittlerweile fünf halben Litern Bier benebelten Kifferhirn brach das ohnehin schwach entwickelte Argumentationszentrum in diesem Moment zusammen. »Ach!«

»Lieber Herr Merkus! Es gäbe schon eine Möglichkeit, wie ich Ihrem Bruder helfen könnte.« Korn setzte seine Brille wieder aufs Nasenbein und holte einen Chip aus dem Kittel.

Steve nahm ihn zwischen Daumen und Zeigefinger. Die spitzen Beine stachen in seine Haut. Das sollte helfen? Warum eigentlich nicht? Im M5 half es ja auch!

»Ein epileptischer Anfall entsteht, wenn die Nervenzellen synchron Impulse ausstoßen. Dieses Ding hier«, Korn nahm den Chip zwischen Daumen und Zeigefinger und hielt ihn in die Höhe, »erkennt, wenn die Neuronen im Gleichtakt zu feuern beginnen und löst im Bedarfsfall eine Gegenschwingung aus, die eine Generalisierung und damit einen Krampf verhindert.«

»Na, wunderbar. Und dann kann er wieder fahren und trinken und ...«

»Jaja, und Mädchen im Whirlpool verführen ...«

»Mensch, warum haben Sie denn das nicht gleich gesagt?«

»Weil ich, guter Freund«, Korn beugte sich über den Tisch zu Steve hinüber, der daraufhin dem Professor so ungestüm entgegenkam, daß er ihn mit einem Kopfstoß niedergestreckt hätte, wenn der Neurochirurg den Punch-Versuch nicht durch eine geschickte Seitwärtsbewegung ins Leere hätte laufen lassen. Als Steve im Rückschwung wieder an ihm vorüberschnellte, zischelte Korn weiter, »in diesem Land noch keine Anwendungserlaubnis erwirken konnte!«

»Verdammt!« Steve schwang sich ein, so daß man sagen konnte, die beiden hatten nun ihre Köpfe zusammengesteckt. »Und wenn Sie das Ding heimlich einsetzen. Ich meine, es muß doch keiner merken, oder?«

»Wollen Sie mich etwa zu einer Straftat verleiten?« Korn lehnte sich wieder in seinen Sessel zurück. »Nein, Ihr Bruder kann mit mir nach Schweden oder in die Staaten fliegen, wenn er wieder auf den Beinen ist.«

»Herr Doktor Professor, Merkus braucht dieses Ding *jetzt*. Wenn er aufwacht, wird er sofort wieder fahren. Der läßt sich doch von keinem sagen, was er tun oder lassen soll. Und schon ist es passiert mit Ihrem eliptischen Anfall.«

»Hmm, da mögen Sie recht haben!« Korn legte seine Stirn in die rechte Hand. »Gut! Ich bin Arzt, und ich werde helfen, wenn Sie mich darum bitten. Passen Sie auf! Ich bekomme von Ihnen eine eidesstattliche Erklärung, daß der Eingriff auf Ihre Veranlassung geschehen ist.«

»Klar!«

»Außerdem eine Erklärung über Ihr Stillschweigen.«

»Kein Problem!«

»Mit einer Klausel, daß Sie bei Zuwiderhandlung für allen mir entstandenen Schaden aufkommen werden.« Korn nahm seine Brille ab, setzte sie aber sogleich wieder auf.

»Selbstverständlich!«

»Wenn ich durch Ihre Indiskretion meine Stelle verliere, bedeutet das einen jährlichen Nettoverdienstausfall von über dreihunderttausend Mark, ist Ihnen das klar?«

»Natürlich! Keine Frage.« Ich brauche doch bloß zu schweigen!

»Ihre Familie ist ja betucht, wie man hört. Unter diesen Umständen operiere ich!« Korn holte die beiden Erklärungen aus einer Schublade, legte sie auf den Tisch und klopfte mit dem Zeigefinger auf die Stelle, die für Steves Unterschrift vorgesehen war.

»Ich danke Ihnen!« Steve krakelte etwas auf die

beiden Blätter. »Und wann kann Merkus denn wieder fahren, so?«

»Wir haben, wie Sie sich leicht vorstellen können, kaum Erfahrung mit der Nachbehandlung bei diesen Chip-Operationen. Ihr Bruder muß auf alle Fälle für zwei, drei Monate vollkommen von der Außenwelt abgeschirmt werden, dann wird er noch ein halbes Jahr in eine Rehabilitationsklinik kommen. Also, sagen wir: Frühestens in einem dreiviertel Jahr, so!« Korn heftete die Einverständniserklärungen in einen Ordner.

»Bitte? Nein, nein, nein! Das geht nicht. Merkus muß unbedingt in zwei Wochen fahren. Da ist das letzte Rennen dieser Saison. Wenn er da nicht antritt, ist der Gesamtsieg dahin.« Steve stürzte vor lauter Aufregung ein ganzes Bier in einem Zug hinter.

»Daraus wird leider nichts werden!« Korn schloß die Schreibtischschublade ab, in der soeben der Ordner verschwunden war.

»Muß aber, muß, muß unbedingt, Herr Doktor Professor!«

»Aber überlegen Sie doch bitte! Ohne Chip darf er nicht fahren, das haben wir besprochen. Oder wollen Sie die Verantwortung dafür übernehmen, daß Ihr Bruder während des Rennens die Kontrolle über sich und damit auch über sein Fahrzeug verliert? Bei dreihundert Stundenkilometern? Ja?«

»Verantwortung? Auf keinen Fall!«

»Na also. Dann gibt es doch keine andere Möglichkeit. Glauben Sie mir, es ist das beste so!« Korn trank sein Glas aus.

»Ja, das wird es wohl sein!« War's das? Ein Bier geht noch. Das Schicksal des ordnungsliebenden Menschen! Außerdem will der Doktor noch was sagen! Steve zog eine weitere Flasche an ihrem Hals empor.

»Herr Merkus?«

»Ja!«

»Warum sagen Sie zu Ihrem Bruder eigentlich immer ›Merkus‹?«

»Häh?«

/

Der OP-Vorraum war erfüllt von den knatternden Schnarchstößen, die Leos Rachen in dreister Regelmäßigkeit auswarf. Da half kein Rütteln am massigen Oberkörper, kein gut Zureden, man konnte nur fliehen, und genau das tat die OP-Schwester. Sie warf die Tür mit einer Wucht in den Rahmen, daß die Scheibe, wäre sie nicht aus Sicherheitsglas gewesen, zweifellos entzweigegangen und Leo, hätte er den tiefen Schlaf nicht nur vorgespielt, gewiß aufgewacht wäre.

Der Streckensprecher orientierte sich rasch an den Wegweisern, schlüpfte auf den Flur hinaus und nahm die heiße Fährte auf, die direkt zu Saal vier führen sollte. Grelles Neonlicht, spiegelnde Fußböden, blendendes Weiß, luftsauberes Glas. Alles, was ihn umgab, wies darauf hin, daß er hier nichts zu riechen finden würde. Trotzdem aber nahm er die Manschette herunter von seiner Nase und schnüffelte ein wenig herum. Nichts, nur fader antiseptischer Geruch, die reine Katastrophe für einen Synästhetiker vom Schlage Schreibers. Hier schwang keine Erinnerung in der Luft, und hier konnte es auch keine Zukunft geben, die er hätte erriechen können. Es brauchte Schmutz, Abfall, Dreck, etwas, das abgeschieden wurde wie die Vergangenheit und die Zukunft aus der Gegenwart, damit er Bilder sah, denn er klinkte sich, wenn er roch, zumindest hatte er sich seine seltene Gabe in dieser Weise zu erklären versucht, in Zeitspuren ein, die in seinem Hirn Richtung Zukunft verlängert wurden. Vielleicht auch sah er nur, was ohnehin geschehen sollte, vielleicht also war die Zukunft auf der Ebene, in die er sich einroch, schon wieder vergangen, vielleicht gab es tatsächlich eine starre Zeitgerade, in der alle Ereignisse von der Schöpfung bis zum Weltenende eingezeichnet waren und von der er schnüffelnderweise für Momente kleinste Teile sehen konnte. Doch diesen Fragen sollten lieber *die* Menschen nachgehen, die philosophisch so begabt waren wie er synästhetisch.

Leo mußte versuchen, auf herkömmliche Art herauszubekommen, was in Saal vier mit Marc Merkus geschah, mußte sehen, während er sah, riechen, während er roch und tasten, während er tastete, so wie bei dieser Stahltür, an der die rote Fährte abzubrechen drohte. Leo schaute sich um. Ja! Es war die leibhaftige Gegenwart, in der er sich befand, und nur etwa einen Meter hinter ihm stand ein Schalter aus der Wand, der »automatische Türöffnung« versprach. Er drückte und sprang durch die in den Stahl gerissene Lücke. Der rote Pfeil führte ihn um eine Ecke herum in einen anderen Flur, den man bis zur nächsten Tür einsehen konnte. Schalter, Lücke, hindurch und weiter. Plötzlich drückte sich Schreiber hinter einen Vorsprung, und als etwa fünfzehn Sekunden später zwei Pfleger den Gang entlanggeschlendert kamen, lag er friedlich in einem der den Flur säumenden Betten.

»Er schläft!« Die Gurte wurden festgezogen, und ab ging die Fahrt.

»Soll'n mit dem passieren?«

»Hirntumor!«

»Armes Schwein! Sag mal, muß da nicht noch die Platte rasiert werden?«

»Natürlich, sonst weiß der Chef doch gar nicht, wo er den Bohrer ansetzen soll!«

»Is zum Glück nicht unsere Sorge. Geh'n wir erst mal eine rauchen.« Der Pfleger warf die Krankenakte auf die Bettdecke, die den Aufschlag für Leos rechtes Schienbein erträglich abfederte und folgte seinem Kollegen.

Leo gehörte nicht zu jenen Menschen, die sich immer schon einmal grundlos in der Schädeldecke herumbohren lassen wollten. Also zerrte, riß und trat er gegen die Gurte und begann, nachdem er eingesehen hatte, daß er schlecht zum Entfesselungskünstler taugte, nach Hilfe zu schreien. Damit schien er raschen Erfolg zu haben, denn die Tür des OP-Saales öffnete sich und heraus trat Oberarzt Doktor Wolfgang Roth mit einem Assistenten.

»Spritzen Sie!« Roth nahm das Krankenblatt aus der Akte heraus. »Wer hat uns denn den jetzt runtergeschickt?«

Eigentlich die beste Gelegenheit für Leo Schreiber, mit ein paar überzeugenden Worten seine Schädeldecke zu retten, doch der sonst so wortgewandte Streckensprecher hatte sich aufs Schreien verlegt.

»Das weiß ich nicht, Herr Oberarzt!« Der Assistent hatte die Spritze schon aufgezogen.

»Ach, *Sie* wissen auch nie etwas! Der Chef hat verfügt, daß bis auf Widerruf niemand in die Nähe von Saal vier kommen darf. Die OP von diesem Rennfahrer ist ab jetzt strengste Geheimsache, nicht mal *ich* darf ihm assistieren. Und da schickt man uns hier 'nen Tumor runter. Hach, da könnte ich maligne werden. Nun spritzen Sie schon, Mensch, daß der Typ zur Ruhe kommt. Der Tumor scheint aufs Limbische System zu drücken, da werden Sie sich nachher an Ihrer ersten Lobotomie versuchen dürfen.«

Leo schrie mit unverminderter Anstrengung, doch zu seiner äußersten Verwunderung hörte er sich nun lachen und mußte darüber, daß sein Körper ihm trotz größter Anstrengung nicht mehr gehorchen wollte, tatsächlich lachen und konnte sich schließlich, auch nachdem die beiden Ärzte den Raum wieder verlassen hatten, nicht recht beruhigen. Als sich plötzlich sein Bett in Bewegung setzte und ihn Kopf voran in einen OP-Saal fuhr, verflog jedoch alle Heiterkeit. Der erneute Schreiversuch aber sorgte in Gesicht und Stimmbändern, trotz aller Ängstlichkeit der Seele, wieder für einige Ausgelassenheit.

»Da haben wir ja unseren Ausreißer!« Korn beugte sich über seinen Privatpatienten. »Und, noch immer so frohen Sinnes? Tja, dann können wir ja gleich!« Und schon zielte er mit dem Laser auf Leos Nase.

DER PHILOSOPH AUF ABWEGEN

Linda lief, ihre langen Beine noch durch zwölf Zentimeter Pfennigabsatz gestreckt und bis zu den Oberschenkeln in schwarze Lakstiefel gezwängt, die Treppe hinunter. Die Peitsche drehte sich arglos, als könnte sie niemandem schmerzende Striemen beibringen, zwischen den Fingern ihrer rechten Hand. In der linken hielt Linda einen Zettel, auf dem die Beschimpfungen standen, die sich ihr nächster Kunde gekauft hatte. Wendungen wie ›Nichtsnutziger Wurm, Versager, widerlicher Typ, Waschlappen, miese Ratte, Schlappschwanz‹ waren ihr mittlerweile geläufig, andere Ausdrücke aber, etwa ›Dummerchen, lächerlicher Professor, Pseudophilosoph‹ und ähnliches, hatte sie sich in den vergangenen sechs Tagen ihrer Arbeit als Domina noch nicht einprägen müssen. Eine weitere Woche mußte sie Männer quälen, dann hatte sie endlich die tausendfünfhundert Mark für Leos Starfotografen zusammen. Mit seinen Fotos könne sie sich überall bewerben, hatte er ihr gesagt, außerdem könne er ihr eine einträgliche Arbeit vermitteln – diese hier.

Vor dem letzten Kellerraum im Gang blieb Linda stehen. Hier schmorte im buchstäblichen Sinne ihr Sklave seit genau zwanzig Minuten. Er hatte sich unter ein Heizungsrohr hocken müssen, und Linda hatte ihn mit Handschellen so geschickt gefesselt, daß er sich, wollte er auf den eigenen Fersen ausruhen, die Unterarme verbrannte. Und Aufstehen war ebenso unmöglich, da ihm dann die Hitze die Kopfhaut angesengt hätte. Es gab im Prinzip nur eine einzige Stellung, die keine Verbrennungen verursachte, und die war aufs äußerste unbequem: Eine angestrengte Hocke, die schon nach wenigen Minuten alle Muskeln im Oberschenkel krampfen ließ. Doch dürfte ihr Sklave in der absoluten Finsternis seines Kellerverlieses einige Mühe haben, diese Haltung überhaupt zu finden. Daß Linda mit dieser Vermutung recht hatte, bewies ihr ein fernes Zischen sowie der süßliche Geruch von verbranntem Menschenfleisch. Sie zog ihre Netzstrumpfhosen noch einmal straff, strich den handlangen Latexrock glatt, ließ ihr blondes Haar über den gesenkten Kopf fallen, warf es wieder zurück und drückte die Brüste gegeneinander, bis sie unter der knappen Latexbluse eng zusammenstanden. Dann las sie sich, gewissenhaft jeden Schritt halblaut wiederholend, den Laufplan durch. Also: Die Gewichte aufnehmen, den Halogenscheinwerfer an und hinein!

»Du miese Ratte, wirst du hier nicht rumjammern!« Linda schlug straff auf Hauensteins entblößten Hintern.

»Entschuldigung, das Licht stach mir nur so in die Augen!«

»Wie hast du dich bei mir zu entschuldigen, du nichtsnutziger Wurm?« Linda hatte fast genau dieselbe Stelle noch einmal getroffen. Hauenstein zwang der Schmerz in die Knie, doch die Hitze an seinen Unterarmen löste einen Reflex aus, der ihn sogleich wieder aufrichtete.

»Ihr untertänigster Sklave bittet seine Herrin um Entschuldigung!«

»Na also, du Dummerchen, hast dich ja noch mal dran erinnert, was sich hier gehört! Aber ich muß dich trotzdem bestrafen!«

»Nein, bitte nicht, Herrin, bitte nicht!«

»Kannst du dir denn nicht merken, daß du nur zu sprechen hast, wenn dich deine Herrin dazu auffordert? Das gibt noch eine Strafe. Und hör endlich auf hier rumzujammern, du verfluchter Schlappschwanz!« Linda hievte ein Eisengewicht empor und befestigte es mit Hilfe einer Klammer an Hauensteins rechter Brustwarze. Als sie volle Last gab, dehnte sich das Fleisch am gekrümmten Oberkörper, und Linda legte schützend die Hände auf ihre Brüste.

»Du jämmerlicher Waschlappen. So einen widerlichen Typen wie dich, habe ich ja noch nie hier gehabt. Pfui Teufel! Los gib mir Geld, damit du ja nicht denkst, daß ich aus Spaß mit so einer miesen Ratte wie dir in einem Raum zusammen bin! Los, los, los, wo ist das Geld? Rede schon und hör endlich auf herumzugreinen!« Linda schlug nach der linken Brustwarze, verfehlte sie jedoch deutlich und traf statt dessen das Schlüsselbein.

»Das Geld ist in meiner Hose.«

»Wie redest du denn mit mir?« Dieses Mal saß der Schlag genau auf der Brustwarze.

»Herrin, Ihr untertänigster Sklave bittet seine Herrin um Entschuldigung. Wollen meine Herrin bitte so gütig sein und sich das Geld aus meiner Hose herausnehmen!«

»Diesen vollgewichsten Lappen soll ich anfassen?« Linda stocherte mit dem Schaft ihrer Peitsche in Hauensteins heruntergelassener Hose herum, dann zog sie ihre schwarzen Handschuhe über und rollte sie bis zu den Ellenbogen hinauf.

»Hast du mich etwa angeguckt?«

»Ja, Her...«

»Ist das widerlich!« Ihr Handschuh klatschte laut im Sklavengesicht. Der Schlag riß Hauenstein den Kopf nach hinten, was zur Folge hatte, daß seine Schädeldecke hart am Heizungsrohr stockte.

Linda nahm die zusammengefalteten Scheine und zählte sofort nach. »Nur sechshundertfünfzig Mark? Hast du noch irgendwo was versteckt, du Versager?«

»Nein, Herrin, das ist alles, was ich für meine Herrin auftreiben konnte!«

»Mit so ein paar Pfennigen läßt du dich nicht noch einmal hier sehen! Ist das klar, du nichtsnutziger Wurm?«

»Ja, Herrin!«

»Dann müssen wir schnell zu Ende kommen. Ich mache doch hier mit so einem widerlichen Typen nichts aus Mitleid! Also, erzähl mir, was mit der CD war!« Linda klammerte das zweite Gewicht an die noch unbelastete Philosophenbrustwarze.

»Es ist eine CD-*ROM* erschienen ...«

Linda ließ das Gewicht schlagartig los. »Was bildest du dir eigentlich ein, du lächerlicher Philosophieprofessor. Glaubst du etwa, daß du mich zu verbessern hast?«

»Herrin, entschuldigen ...«

»Habe ich dich nach deiner Meinung gefragt, du Ratte?« Die Peitsche ging auf Hauensteins Steifem nieder. Lindas Sklave hatte diese Art der Bestrafung nicht abgesprochen und also nicht erwartet. Er zuckte heftig von dem Schlag zusammen, und auch der ihn wieder aufrichtende Hitzereflex wirkte nun stärker, so daß der Philosoph mit seinem wichtigsten Organ hart gegen das Rohr rammte.

»Eine Compact disc ist eine Festspeicherplatte, auf der digitale Signale in einer Aluminiumschicht in Form von Pits aufgebracht sind, die mit einem Halbleiterlaser abgetastet werden können. Dieses Funktionsprinzip gilt sowohl für Musik-CDs als auch für CD-ROMs. Wiederhole das, du Dummkopf! Und mach deine Beine auseinander!« Linda täuschte einen weiteren Peitschenschlag an, stach Hauenstein dann jedoch mit einem Rohrstock, den sie plötzlich mit der Linken führte, in den Bauch, daß ihr Sklave sich krümmte und seine Haut am Heizungsrohr versengte.

»Eine Compact disc ist eine Speicherplatte ...«

»*Fest*speicherplatte!« Jetzt fuhr die Peitsche auf dem Ständer nieder.

»Festspeicherplatte, digitale Signale, Laser ... O, meine Herrin. Ich bekomme die Definition nicht mehr zusammen!« Hauenstein schaute zur Domina auf.

»Vielleicht guckst du mich noch an?« Linda gab Hauenstein eine straffe Ohrfeige.

»Und du willst Professor sein? Das ist ja lächerlich! Sag mir, wer hat dir den Titel gegeben, und wieviel hast du dafür bezahlen müssen?«

»An diesem Titel, meine Herrin, ist alles erlogen. In Deutschland hätte mir niemand eine Professur gegeben, ich habe ja noch nicht einmal meine Habilitationsschrift beendet. Entschuldigen Sie meine Herrin, daß ich Ihnen unter die Augen getreten bin.«

»Wenn ich dich frage, hast du kurz und präzise zu antworten, du verfluchter Versager, und mich nicht mit deiner Lebensgeschichte zu langweilen. Verstanden?«

»Ihr untertänigster Sklave rapportiert, daß die Universität von Lagos, Nigeria, ihm den Professorentitel für zwanzigtausend Dollar verkauft hat!«

»Und welche Niederlage hast du mit der CD schon wieder erlebt? Komm, erzähl, ich habe nicht ewig Zeit. Oder denkst du, daß mich das wirklich interessiert?« Linda ging um ihr zahlendes Opfer herum und hielt nach Körperstellen Ausschau, die für einen gezielten Rohrstockschlag geeignet waren. Sie blieb vor Hauensteins Hintern stehen, strich aber, wie um das Instrument selbst entscheiden zu lassen, noch einmal mit dem Prügel über den Philosophenpo, bevor sie ausholte.

»Ein Journalist hat alle meine Ausarbeitungen über den römischen Philosophen Boethius geklaut und daraus eine CD-ROM ... eh ... CD gemacht, Herrin. Und ich werde nicht einmal erwähnt.«

»Geklaut? Du hast ihm deine belanglosen Arbeiten doch bestimmt aufgedrängt. Na, war es so?« Der Rohrstock zischte ins Ziel, Hauensteins Unterarme am Heizungsrohr.

»Ja, Herrin, natürlich haben Sie recht, so war es!«

»Und außerdem kann man aus deinem Geschmiere gar keine CD machen, da gehört mehr dazu, als du in deinem Versagerköpfchen hast!«

»Ja, Herrin ...«

»Was fällt dir ein, hier einfach loszureden? Wenn du ein bißchen Verstand hättest, könntest du dir merken, wann du etwas zu sagen hast.« Linda kreuzte mit ihrem Rohrstock die Strieme auf Hauensteins Haut.

»Jetzt darfst du was mit deinen häßlichen Lippen formen. Sag: ›Alle finden meine Arbeiten lächerlich, ich bin ein erbärmlicher Pseudophilosoph!‹ Los, sag das so lange, bis dein widerlicher Samen kommt. Und beeil dich, die Viertelstunde ist gleich vorbei, die du dir mit dem bißchen Geld gekauft hast! Und wenn du dann nicht noch irgendwo ein paar Lappen hast, gehe ich!«

Linda bemühte sich, dem Gestammel des zahlenden Sklaven durch rhythmische Peitschenhiebe, die von jeweils zwei Stockstößen zu einem lupenreinen Dreivierteltakt ergänzt wurden, ein wenig metrische Eleganz zu geben. Als sich Hauenstein skandierenderweise eingeklinkt hatte, zog sie das Tempo an und schob sich dabei allmählich zur Vorderseite ihres Opfers, erreichte aber rasch eine derart hohe Schlagzahl, daß die wildgewordene Knute keine Gelegenheit mehr gab, die Rohrstockstöße in einer rhythmisch zufriedenstellenden Weise zu plazieren. Linda warf das nutzlos gewordene Folterinstrument fort und riß mit den Zähnen den Handschuh von ihrem Arm. Kaum hatte sich ihre Uhr aus dem Latex herausgeschält, drückte sie Hauenstein, ohne die Peitschenführung aus der Hand zu geben, das Glas auf die Nase, und der Sklave ergoß sich, dergestalt zur Pünktlichkeit ermahnt, ohne weiteren Aufschub.

Linda schloß so fingerfertig, daß es wirkte, als machte sie alles auf einmal, die Handschellen auf und nahm die Gewichte von Hauensteins Brustwarzen. Der Philosophieprofessor sank zu Boden und atmete dort genüßlich durch.

»Alles gut?« Linda riß ein Stück Papier von einer Kleenex-Rolle und hockte sich zu ihrem Kunden.

»Du warst einmalig!«

»Das mit dem Versprecher tut mir leid.« Linda wischte über Hauensteins Unterleib. Für seinen Schwanz nahm sie eigens ein neues Tuch, trotzdem aber entzog er sich immer wieder, als mißtraute er dem überraschenden Friedensschluß.

»Da brauchst du dich nicht zu entschuldigen. Das war ja der eigentliche Kick für mich! Woher aber weißt du denn über CDs so gut Bescheid?«

»Das bleibt mein süßes Geheimnis!« Mit einer Vorsicht, die nicht in den Verdacht der Zärtlichkeit geriet, rieb Linda Panthenolsalbe auf Hauensteins Unterarme. Während sie noch ihre Peitsche zusammenrollte, den Rohrstock in eine Halterung an der Wand steckte, die Kleenex-Tücher einsammelte und die Gewichte so verhakte, daß die Ketten über ihrer Schulter hielten, funkelte Hauenstein schon in seinem Satinanzug von Joop! durch den Kellergang.

»Laß dich mal wieder sehen!« Linda knipste den Halogenscheinwerfer aus.

»Selbstverständlich, Schätzchen!«

/

Frau Schroeder schien sich unterdessen mit den logarithmischen Beschleunigungseigenschaften ihrer Maus angefreundet zu haben, denn sie benötigte lediglich zwei Versuche, bis sie den Pfeil auf den erwünschten Button dirigiert hatte. *Trost der Philosophie* blinkte im Giebel des Gefängnisfensters. Sie drückte, und schon tunkte Boethius seine Feder ein und begann zu schreiben. Die Gitterstäbe verschwanden, und die Sekretärin wähnte sich nun zusammen mit dem Philosophen in dessen Gefängniszelle.

Als Frau Schroeder noch einmal aus purer Nervosität, die Maustaste herunterdrückte, kam das Schreibpult, auf dem der Pfeil geruht hatte, so nahe, daß sie den entstehenden Text Wort für Wort sah. Die Hand des Philosophen führte den Griffel kratzend über die Seite, dann stockte sie minutenlang, daß die CD-ROM-Userin in Sorge um den an der Federspitze wachsenden Tintentropfen respektive um das weiße Blatt geriet und schließlich mit Erleichterung sah, wie es wiederum so schnell voranging, daß sie kaum mehr die Zeile halten konnte, was jedoch vom Verständnis des Textsinns her keinen Unterschied machte. Denn der lateinischen Sprache war Frau Schroeder nicht mächtig und deshalb froh, als man ihr verschiedene Neusprachen zur Auswahl stellte. Frau Schroeder steuerte zielgerichtet den einzigen Button an, dessen Beschriftung in ihr ein Gefühl der Vertrautheit aufkommen ließ. Sie klickte, und sofort wandelte sich das fremdartige Schriftbild in freundlichstes Deutsch:

»Seliger Tod, der sich nicht drängt in
die Freuden der Jugend,
Der dem Trauernden nur, häufig gerufen,
erscheint.
Ach er wendet sein Ohr verschlossen

dem Flehen der Armen,
Grausam weigert er stets Ruhe dem
weinenden Aug'.
Als noch das treulose Glück mir flüchtige
Güter gespendet,
Hätt' eine traurige Stunde fast in den Tod
mich versenkt.«

Frau Schroeder drückte die Umschalttaste, und Boethius hielt prompt im Schreiben inne. Die Augen der Sekretärin waren feucht geworden. Zwar hatte sie auch jetzt den Inhalt nicht so recht erfaßt, doch daß sich in jeder Zeile ein so fürchterliches Wort wie Tod, Trauer, Flehen, weinen, treulos fand, machte sie untröstlich. Was hatte dieser Mann zu leiden gehabt in seinem Leben! Doch all die Qualen hatten ihn nur noch schöner gemacht. Seine Gesichtszüge strahlten einen nie gekannten Ernst auf Frau Schroeder aus und waren doch so milde. Und wie voll sein Haupthaar war. Und die Augen des Philosophen, so blau, so klar – und nur zu ihr oder auf seine Arbeit gewandt. Das mußte sie unbedingt senden!

Ihr Chef hatte, als sie sich schon auf den Weg zum Arzt machen wollte, um sich krankschreiben zu lassen, ein – wie er es nannte – Makro definiert, so daß sie nun nur noch die Steuerungs- und die Umschalttaste halten und das S drücken mußte. Schon knurrte der graue Kasten. Frau Schroeder erschrak heftig, als plötzlich auch noch der Signalton des Telefons erklang. Dann schnarrte und fiepste es, und auf ihrem Monitor bauten sich mehrere Kästchen auf, in die hinein das traurige Gedicht wie von Geisterhand geschrieben wurde. Doch Frau Schroeder blieb keine Zeit, es noch einmal zu lesen, so schnell fielen die Bilder wieder in sich zusammen. »Bis bald!« verabschiedete sich das Programm, und sie hatte wieder den Originaltext vor sich, aus dem heraus sich nun die Wortgruppe ›traurige Stunde‹ zu einem Button mauserte. Den ließ Frau Schroeder nicht lange blinken. Der Text verkleinerte sich und nahm jetzt nur noch die linke Hälfte des Bildes ein. Auf der rechten las sie:

»In dieser Zeile spielt Boethius auf ein Ereignis an, das ihm in vergangenen Tagen beinahe das Leben gekostet hätte. Von einer besonderen Gefährdung des Autors ist jedoch kein Zeugnis auf uns gekommen. Da Boethius unseres Wissens nicht in kriegerische Handlungen hineingezogen wurde, steht zu vermuten, daß es sich hierbei um einen Unfall mit den Fortbewegungsmitteln seiner Zeit gehandelt haben muß.«

Kaum hatte Frau Schroeder die Umschalttaste freigegeben, nahm das Gedicht wieder den ganzen Schirm ein, und Boethius befleißigte sich sogleich, seine Verse fortzudichten. Doch nach vier Zeilen bereits stellte er seine Feder in das Tintenfaß. Der Text wuchs nun so sehr, daß Zeile um Zeile über den Bildrand gedrängt wurde, schließlich sogar aus dem letzten noch verbliebenen Hexameter die Worte zu beiden Enden flohen, bis nur noch ein gewaltiges ›O‹ übrigblieb. Längs- und Querstreben vergitterten den Riesenbuchstaben. Als nun Boethius dahinter auftauchte öffnete sich der Mund von Frau Schroeder ein wenig, während Boethius das Kinn herabsank und sich seine Augen schlossen.

Hauensteins Sekretärin suchte das Gefängnisfenster nach weiteren Optionen ab, klickte auch mit der Maus ein paar der das einstige ›O‹ endgültig in ein Mauersegment verwandelnden Ornamente an, doch nichts geschah. Der ganze Computer schien von der Verzweiflung des Philosophen gelähmt. Wie konnte sie diesem traurigen Menschen nur helfen? Sie wollte es sehr, bezweifelte jedoch, daß er ihre Hilfe brauchen konnte. Zudem wußte sie nicht, was sie hätte tun sollen und sah daher mit großer Erleichterung, daß sich wieder etwas in der Zelle tat. Ein bunter Nebel schwebte durch den Raum. Boethius hob den Kopf und blickte ungläubig die Frau an, die plötzlich bei ihm stand.

Frau Schroeder sah diese Begegnung mit wachsendem Unmut. Was wollte die da, die Jungsche im samtenen Kleid? Na warte. Schon hatte die Schönheit den Mauspfeil im Gesicht. Klick. Haha. Die ebenmäßigen Formen verschwammen, und die ganze Gestalt streckte sich in die Länge, immer weiter, bis in den Himmel, so schien es gar, doch Boethius schrumpfte im Maße, in dem sie wuchs. Also klickte Frau Schroeder nun auf dem unglücklichen Mann herum, bis sie ihn in gewohnter Größe im Monitor sehen konnte. Schon aber stand diese Frau wieder neben ihm. Sie war jedoch gar nicht mehr schön, nicht jung, sondern uralt, und ihr Kleid hing nur noch in Fetzen von ihrer jämmerlichen Gestalt herab. Kein Grund zur Eifersucht also, wenn Boethius sie nicht ununterbrochen wie geistesabwesend anstarren würde. Bestimmt waren es die Bücher in der rechten Hand der Frau, die den Gelehrten gegen ihre gebrechliche Erscheinung blind machten. Also schlingerte Frau Schroeder mit ihrem Pfeil hin und klickte. Als sich der Bücherstapel nicht auflösen wollte, drückte sie ein weiteres Mal auf ihre Maustaste, und nun bildete sich eine Sprechblase:

»Die Philosophie besucht Boethius in seiner Zelle. Sie erscheint ihm im Kleid der Athene. Gern wird den allegorischen Figuren in jede Hand ein Attribut ihres Wesens gegeben. Hier sind es Bücher und ein Zepter. Sie sind Symbole der philosophischen Lehre, aber auch des Heils und der Erlösung.«

Wenn der Herr Professor in seinem Büro gewesen wäre, hätte sich Frau Schroeder bestimmt getraut, ihn bei seiner Arbeit zu stören und zu fragen, was denn eine allegorische Figur sei. Doch er hatte gerade einen Termin außer Haus. So verließ sie sich auf ihr Gefühl, und das sagte ihr, daß eine solche Gestalt kein richtiger, lebendiger Mensch war, so wie sie und wie auch Boethius. Deshalb konnte sie wohl auch jung und schön ebenso wie alt und vernachlässigt wirken, konnte normale Körpergröße haben, aber auch mit dem Kopf in die Wolken ragen. Jedenfalls war die Frau Philosophie keine ernsthafte Nebenbuhlerin. Sollte sie ruhig in der Zelle bleiben, wenn sie den traurigen Mann aufzumuntern verstand. Aber senden würde sie davon nichts!

»Entschuldigen Sie bitte!«

Er hat mich angeredet, der schöne Philosoph. Auch ihn scheint wohl die merkwürdige Gestalt nicht mehr zu interessieren. Aber, wie redet man denn nun mit so einem CD-ROM-Philosophen?

»Entschuldigen Sie bitte, junge Frau!«

Frau Schroeder hastete mit ihrer Maus durch das Geschehen, blind für den Zornausbruch der Philosophie, die im Moment die Dichtermusen aus der Zelle vertrieb, da diese, wie sie noch in ihrer Raserei gewählt formulierte, den Schmerz des Boethius nur mit dem süßen Gift der Leidenschaften näherten, die fruchtreiche Saat der Vernunft aber erstickten. Die Sekretärin suchte nach einem Hinweis, wie sie sich Boethius verständlich machen konnte. Erst ein sanfter Druck auf ihrer Schulter unterbrach sie in ihren interaktiven Bemühungen. Oh Gott, der Herr Professor ist schon zurück, und ich habe es nicht bemerkt. Aber, das ist er ja gar nicht.

»Wie kann ich Ihnen behilflich sein?« Schon repräsentierte Frau Schroeder wieder hinter ihrem Schreibtisch.

»Ich wollte mir einen Termin bei Herrn Hauenstein holen!«

»Einen Termin bei Herrn *Professor* Hauenstein. Da muß ich mal schauen.« Frau Schroeder blätterte in dem für ihr Gegenüber nicht einsehbaren, komplett leeren Kalender. »Da sieht es im Moment nicht gut aus. Also in diesem Monat ... Ist es denn sehr dringend?«

»Allerdings! Ich glaube, der Herr Professor wird sich auch noch an mich erinnern.«

»Da mache ich Ihnen einen Vorschlag. Professor Hauenstein hat gerade außerhalb einen Termin. Er wird aber gleich zurück sein. Dann sprechen Sie doch kurz selbst mit ihm.«

»Das ist sicherlich das beste. Danke schön.«

»Nehmen Sie bitte so lange dort drüben Platz. Und wen darf ich melden?«

»Schreiber, Leo Schreiber ist mein Name.«

Erst muß man hier ein ganzes Computerstudium machen und jetzt auch noch Englisch verstehen! Was ist die neue Zeit schwer!

BEOBACHTEN UND BEOBACHTET WERDEN

»Dieses Arschloch, dieses verfluchte Arschloch, dieser verdammte Fickfehler.« Ed rammte seine fleischige Faust in die Mitte des Lenkrades. Unlängst hatte er durch einen ähnlich heftigen Stoß den Airbag des Autos ausgelöst, so daß nun keine Explosion, sondern lediglich ein vergleichsweise sanftes Hupen zu vernehmen war. »Den bring ich um, dem stecke ich seinen Schwanz in sein verschissenes Maul.«

»Eddi, Eddi! Was gibt's denn nun schon wieder?« Steve schüttete, die Hände in einer Schüssel und die Tüte ungelenk zwischen den Unterarmen, Mehl in seinen Teig.

»Heh, das ist doch deine Tobsuchtsader?« Er ging zu seinem Monitor und betrachtete sich den Schraubkollegen aus der Nähe.

»Hier, das gibt's!« Ed fuchtelte mit einem recht amtlich anmutenden Schriftstück herum. »Verdammte Scheiße!«

»Ich kann nichts erkennen. Lies doch mal vor!« Chris regelte den Kontrast an dem Monitor, auf dem Ed zu sehen war, nach und drehte die Lautstärke etwas höher.

»Sie, Herr Edgar Winter ...«

»Was'n Eddi, du heißt Winter, ich krieg mich nicht mehr ein!« Steve lachte Tränen in seine Schüssel und salzte so zugleich den Teig ein wenig.

»Wollt ihr das nun hören, oder was?« Ed stieg, vielleicht nur aus Wut, vielleicht auch mit gutem Grund, in die Eisen, daß es unheildrohend quietschte. »Also: Sie, Herr Edgar Winter, haben meinen Mandanten, Herrn Leo Schreiber ... dieses Idiotenschreiberarschloch!!! ... tätlich angegriffen. Mein Mandant mußte sich daraufhin einer Operation unterziehen ... Ha! Beim nächsten Mal braucht der keine Operation mehr ... Wenn Sie an einer außergerichtlichen Einigung interessiert sind, fordere ich Sie namens und im Auftrag meines Mandanten – Vollmacht anbei – auf, die Kosten seines Krankenhausaufhaltes in Höhe von ... und jetzt kommt's ... achttausendsiebenhundertsechsunddreißig Mark (Rechnung in der Anlage) und Schmerzensgeld in Höhe von ... hoffe, da ist auch das Begräbnis mit bei ... sechstausendzweihundertdreiundsechzig Mark (laut Tabelle) – zusammen vierzehntausendneunhundertneunundneunzig Mark – zu übernehmen. Mit einer Ratenzahlung von mindestens dreitausend Mark monatlich wären wir einverstanden. Sollten Sie nicht binnen einer Woche einer außergerichtlichen Einigung zustimmen, sehen wir uns gezwungen, die Angelegenheit den zuständigen Behörden zu übergeben.« Ed riß das Lenkrad herum und gab Gas. »Den hol ich mir jetzt!«

»Laß den Unsinn, Mensch, das wird nur noch teurer!« Chris steckte eine Diskette in ein Laufwerk, das am Fuß eines mit Anschlußkabeln drapierten Turmes aus Zeitschriften, Büchern und mehreren Motherboards als Seitstrebe diente. Dann fegte er mit seinen Fingern über die Tasten, als wären sie eine Klaviatur, mit der er versuchte, Präludium und Fuge in Es-Dur von Johann Sebastian Bach in doppelter Geschwindigkeit zu spielen.

»Was nützt du uns denn im Knast?« Steve zerdrückte sorgsam die Haschischkörnchen, damit sich der gute Stoff in seinem Teig möglichst gleich verteilte.

»Hör ma', Ed, mach dich doch nicht fertig deswegen!«

»Ach! Lucky ist auch schon auf den Beinen!« Chris unterbrach seine Pianogala. »Lüfte doch mal dein Schlafzimmer durch, damit man zumindest die Umrisse der Teerendlagerstätte sieht!«

»Kennt ihr einen Edgar *Winter*? Ich nicht!« Der blaue Dunst zog von den Monitorbildern der anderen drei Videokonferenzteilnehmer und wahrscheinlich auch aus Luckys Schlafzimmer ab.

»Willst du mich auch noch verscheißern, heh?« Ed riß die Verschlußlasche einer Dose mit den Zähnen auf und stellte das Bier in die Halterung des Freisprechmikrofons.

»Also, ich kenne nur einen Edgar *Merkus*! Winters Edgar wird verstorben sein. Verstehste, Eddi?« Lucky hob die Klappe eines zerbeulten Riesenaschenbechers mit dem Fuß an und schnipste seine Kippe hinein.

Ed lachte tonlos und schlug die flache Hand auf das Lenkrad. Dann begann er, mit seinen Lippen zu formen. Es kratzte entsetzlich in den Lautsprechern der anderen Pferdeärsche.

»Würdest du das Mikrofon mal wieder freigeben? Wir verstehen dich sonst nicht!« Chris regelte die Lautstärke runter.

Ed suchte in seiner Fahrgastzelle herum und guckte schließlich ratsuchend in das kleine Kameraauge.

»Trink doch einfach mal 'nen kräftigen Schluck, Eddi!«

Ed zischte das Bierchen weg und warf die Dose hinter sich. »Weiß ich doch nicht, wo das dämliche Mikrofon ist!«

»Ist ja alles in Ordnung, jetzt hören wir dich ja wieder!« Chris kramte aus einem zerfaserten Leinensäckchen eine weitere Diskette heraus, die er spornstreichs in ein Laufwerk steckte, das sich etwa in der Mitte seines wackligen Turms unter abgeknickten Zeitschriftenseiten verbarg.

»Deine Scheißanlage ist aber auch nicht gerade zuverlässig, was, Chris?«

»Ja, genau!«

»Also, paß auf Ed: du faltest den Brief wieder zusammen, steckst ihn in den Umschlag und klebst ihn zu. Dann drücke ich meinen amtlichen Postverteilerstempel auf die Rückseite. Da kannst du dann ankreuzen, daß Edgar Winter verstorben ist!« Lucky zwinkerte in die Zimmerecke.

»Aber, wenn Schreiber mich beim Rennen sieht?«

»Dann sieht er Edgar Merkus, der zufällig große Ähnlichkeit mit Edgar Winter hat, mehr nicht!«

Ed zwinkerte Lucky in Richtung rechter Rückspiegel zurück.

»Sag mal Ed, ist die neue Maschine eigentlich fertig fürs Rennen?« Chris ruckelte mit der Linken an einem Kabel, so daß sein ganzer Turm bedenklich schwankte.

»Das Ding läuft wie 'ne Turbomöse! Mit dem Ofen unterm Arsch hat Merk den Gesamtsieg sicher!« Ed latschte auf das Gaspedal und fuhr auf die rechte Spur. Vier Autos ließ er dabei links liegen. »Nur 'n neuen Froms müssen wir noch einziehen.«

»Wieso *wir*? Du hast ihn doch zum Platzen gebracht!« Steve steckte sich einen Haschischkrümel in den Mund.

»Faule Säcke!«

»Gut, Ed. Dann laß dich nicht erwischen, du weißt ja, daß die STW-Wagen nicht für den Straßenverkehr zugelassen sind!«

»Mach dir keine Sorgen, Chris! Ich fahr doch ohne Nummernschilder!«

»Okay, und Schreiber läßt du bis zum Rennen auch in Ruhe, ja?«

»Na gut, aber pochen tu ich ihm trotzdem eine!«

»Kannst du aber nicht!«

»Was? Diese Pfeife strecke ich mit einem Schlag nieder!«

»Das glauben wir dir doch, Eddi.« Chris beendete sein Klavierstück. Und während seine Linke tatenlos herunterbaumelte, lag die Rechte schon wieder auf dem Trackball. »Aber wenn du nicht Edgar Winter bist, Mensch, hast du doch auch keinen Grund mehr, Schreiber zusammenzuhauen, oder?«

»Leuchtet irgendwie ein.« Die vorbeihastenden Autos schleuderten unter einhelligem Hupen herum, und schon mischte Ed auf der Gegenspur mit.

Chris nickte zufrieden, derweil seine Linke den Turm ausbalancierte. Lucky schüttelte ein Kissen auf, legte es sich unter sein Genick und blätterte, nachdem er sich eine Zigarette angesteckt hatte, träge in der Bild-Zeitung. Steve drückte Gläser, Tassen, verformte Konservendosen und das Auffangsieb einer Zitronenpresse in seinen Teig, und Ed fuhr Bier trinkend, seinen Sitz nun in unsportlicher Liegeposition, auf der ungewohnten rechten Richtungsfahrbahn.

»Heh, Lucky, liest du eigentlich immer von hinten nach vorne?«

»Ja, wieso?«

»Weil im Headliner auf der Titelseite irgendwas über Merkus steht, wenn ich das richtig sehe!«

»Schon wieder?« Luckys Kopf fuhr aus den Daunen auf und die Zeitung herum. »Tatsächlich: ›Inferno auf der Strecke – Der STW-Shooting-Star Mark Merkus (achtundzwanzig) verunglückte durch Fahrfehler.‹ Wie bitte? ›Der Streckensprecher Leo Schreiber (einundfünfzig) über die Ursachen des schrecklichen Unfalls auf Seite drei‹.«

»Lies vor! Los!!« Ed saß wieder aufrecht vor dem Lenkrad und ließ die Lehne in seinen Rücken schießen.

Die Titelseite flog aus dem Bild. Lucky stöhnte und hielt ein Foto in die Kamera. Ein Rauchpilz war zu sehen, dessen Stiel in dem zerknitterten Dach des

M5 von Merkus steckte. Mehrere Feuerwehrleute arbeiteten sich mit Blechschere und Schweißbrenner durch die Tür des Autos, während der Notarzt den Helm auf einem erschlafften Körper hielt.

»Nun lies doch endlich!«

»Das Rennen endete im flammenden Inferno – wir berichteten darüber. Marc Merkus (achtundzwanzig) wollte zehn Runden vor Schluß am Ausgang der Nordkurve auf die Innenbahn ziehen. Bei diesem gewagten Manöver (Geschwindigkeit hundertachtzig Stundenkilometer) verschätzte er sich jedoch. Er schlug das Lenkrad zu weit ein und raste gegen die Betonmauer. Ein Fahrfehler. Daran gibt es keinen Zweifel mehr, sagt der STW-Strecken-Sprecher Leo Schreiber (einundfünfzig): ›So habe ich es gesehen, und das hat auch die gewissenhafte Rekonstruktion ergeben.‹«

»Jetzt reicht's mir aber mit diesem verwichsten Scheißhaufen!« Schon fädelte sich Ed wieder in eine Lücke auf der gegenüberliegenden Fahrbahn ein, die, nach dem Geräuschaufkommen zu urteilen, erst durch mehrere Vollbremsungen und Auffahrunfälle entstanden sein mußte.

»Für einen Toten bist du aber ziemlich wütend, Ed!« Steve warf die ausgestochenen Teigstücke auf ein Blech.

»Jetzt könnt ihr mich mit euren dämlichen Sprüchen nicht mehr aufhalten. Das ist doch ein abgekartetes Spiel. Warum ihr das nicht versteht!«

»Leider aber hat Schreiber recht, Ed!« Chris entflocht ein Kabelgewirr und stiftete dabei geradewegs ein neues.

»Soll'n das heißen?« Lucky legte seine Zeitung weg, Steve hielt im Wurf ein und Ed schien gar auf den Notstreifen zu wechseln, jedoch nicht wie so oft zum Überholen, sondern tatsächlich zum Halten.

»Ich spiele euch meine Computersimulation ein, dann könnt ihr ja selbst entscheiden. Wenn das Bild ein wenig ruckelt, liegt das an der geringen Übertragungsrate der Leitungen.« Chris klickte an, und schon begann seine Festplatte, Einladungen zum Mitrechnen in die ganze Welt hinauszurattern. Die Monitore wurden schwarz, und ein unbändiges Motorengebrüll setzte ein. Dann kam aus der Tiefe ein gelbfarbener Schriftzug, »Die fünfundzwanzigste Runde«, hervor, der, als er dabei war, aus dem Schirm herauszuwachsen, von etwas Autoähnlichem zerfetzt wurde. Nur an der Nummer einundzwanzig wurde erkennbar, daß es sich um Sonders A4 handeln sollte. Mit der Nummer siebzehn folgte Armin Kristensen und räumte die restlichen Buchstaben ab, dann kam die Nummer fünfzehn, Marc Merkus, und mit ihm zerriß der schwarze Hintergrund. Zuschauer, Posten, Boxen, ja selbst die Rennstrekke, alles war nur in stolpernden Schemen zu erkennen. Einzig auf die Logos schien Chris einige Mühe verwendet zu haben: Auf der Motorhaube von Merkus' Auto strahlte das BMW-Signet in prächtigem Blau und Weiß, die beiden Audis hingegen jagten mit einem Rollstuhlpiktogramm in jedem der vier Kreise die Beschleunigungsgerade zur Südkehre hinunter. Am unteren Bildrand bauten sich Geschwindigkeits-, Beschleunigungs- und Drehmomentdiagramme in Abhängigkeit vom zurückgelegten Weg nebeneinander in Grün, Rot und Schwarz auf.

»Also, paßt auf: Sonder geht als erster durch die Südkehre. Die Drehmomentkurve von Merkus – die schwarze hier – liegt günstiger als die von Kristensen – die rote – dennoch kommt der Däne vor ihm auf die Gegengerade. Deshalb muß Merk stark abbremsen. Da seht ihr, wie seine Beschleunigungskurve steil ins Negative geht. Jetzt wird's interessant. Kristensen und Merkus haben auf dem Weg zur Schikane bessere Werte als Sonder. Deshalb schieben sie sich immer weiter ran und hier, am Ausgang der Schikane, sind sie an Sonder dran. Nun die Nordkurve!«

»Sag mal, Chris, ich denke, es gibt überhaupt keine Aufzeichnung von dem Rennen?« Steve floß ein vormals herzförmiger Teigklumpen aus der halbwegs geschlossenen Faust.

»Mensch, das sind doch auch keine Aufzeichnungen! Sieht man das denn nicht?« Chris schlug heftig auf die Wippe seines Trackballs, und schon war die Fahrt unterbrochen.

»Endlich ist der Lärm aus!« Lucky ließ erschöpft seine Hände von den Ohren auf das Bett herabsinken, wo die eine nach einem Feuerzeug tastete, während die andere längst eine Zigarette zwischen ihren Fingern hielt ...

»Ich habe alle Daten, vom Beschleunigungsvermögen über das Gewicht der Autos, die Straßenbeschaffenheit und die Reifentemperatur bis hin zur Breite und dem Quergefälle der Rennstrecke gesammelt und daraus eine Computersimulation erstellt.«

»Aber warum sehen dann die Autos nicht echt aus, und warum hört man Leo Schreiber nicht?« Steve zog die Teignase aus seiner Faust und versuchte, eine Brezel zu formen.

»Mensch, du Weichhirn! Was du hier siehst, ist doch nur die Grafikoberfläche. Da könnten auch grinsende Geschlechtsteile oder weiß ich was langfahren, das würde nichts ändern! Die Rechenwerte sind das entscheidende! Doch da ihr mit dem bloßen Ergebnis nichts anfangen könnt, habe ich die Rennstrecke nachgebildet, um die Werte sinnvoll repräsentieren zu können.«

»Aber das ist doch dann alles irgendwie nicht

richtig wirklich, oder?« Lucky versuchte sich die Bild-Zeitung mit seinen Füßen zu angeln.

»Nichts ist richtig wirklich, verdammt noch mal. Wenn ich mich an die Details des Unfalls zurückerinnere, werde ich eine ganz andere Wirklichkeit konstruieren als Ed oder als Schreiber oder als du. Einfach, weil wir alle das Ereignis anders wahrgenommen haben. Wir standen an verschiedenen Punkten, wir haben uns auf verschiedene Dinge konzentriert. Und auf diese Weise entstehen einfach so viele Wirklichkeiten wie es Betrachter gegeben hat. Wer will da für sich in Anspruch nehmen, die *richtige Wirklichkeit* gesehen zu haben?«

»Ich!« Ed ließ den Motor wieder an. »Nun zeig mal schnell noch den Rest von deinem Computerspiel. Aber daß eins klar ist: Diese Streckensprecherschwuchtel möchte ich nicht hören, ja!«

»Und mach es nicht wieder so laut!«

»Und, Steve, was willst *du* noch?« Chris zog die Markierung auf dem Längenmaßstab mit seinem Trackball zum Anfang.

»Gibt's wieder Fernsehen? Also, ich bin dabei!«

»Kinder, Kinder!« Chris stöhnte, während er die Wiedergabetaste anklickte und atmete noch schwer, als Sonder schon aus der Bremskehre herausfuhr und in die Nordkurve kam. »Sonder fährt ganz innen, und Kristensen hat zu früh beschleunigt, wie ihr hier im Diagramm seht, so daß er weit nach außen getragen wird. Das gibt Merk die Chance zum Angriff. Er hat das optimale Drehmoment und beschleunigt stärker als Sonder aber weniger als Kristensen. Wenn Kristensen jetzt nach innen gehen will, muß er die Geschwindigkeit zurücknehmen oder er fliegt ab. In dem Moment, wo er aber nachläßt, kommt Merk vorbei. Deshalb muß Sonder beschleunigen und etwas mehr in die Mitte ziehen, um Merk den Weg abzuschneiden. Hier seht ihr, wie er beschleunigt. Merk muß zurückziehen. Und nun versucht *er* gleich, auf die Innenbahn zu kommen. Und hier ist sein Fehler. Er nimmt die volle Beschleunigung in die Lenkbewegung hinein, das Heck zieht rum, und er rast auf die Betonmauer zu. Einen halben Meter davor beginnt er zu bremsen. Das entspricht exakt seiner unwillkürlichen Reaktionszeit und bedeutet, daß er selbst sehr überrascht von der Wirkung seines Manövers war.« Kurz vor dem Aufprall fror das Bild ein.

»Bei trockener Straße wäre die ganze Sache überhaupt kein Problem gewesen. Das kann ich euch zeigen!« Chris lud einen neuen File und startete. Merkus zog zurück, beschleunigte und schob sich auf die Innenbahn. Schon an der Start-/Ziellinie hatte er Kristensen und Sonder überholt.

»Hehjehh. Kommkommkomm, ja!« Steve zerdrückte vor Begeisterung das mühevoll mit der eingebeulten Konservendose geformte Teigherz in seiner Hand. »Ehhh, Chris, laß doch mal weiterlaufen, Merk gewinnt das Ding!«

»Aber bei dem feuchten Untergrund können die Reifen den Beschleunigungsquerdruck nur auf gerader Strecke halten. Schon bei einem geringeren Einschlag wäre ein Ausbrechen nicht zu verhindern gewesen. Das kann ich euch auch zeigen!«

»Nö, buhh. Wenn, dann zeig noch mal das davor!«

»Was beweist denn das?«

»Daß, wer – und egal wer – unter diesen Bedingungen derart beschleunigt und zugleich lenkt, die Kontrolle über *dieses* Fahrzeug verlieren *muß*. Merk hat sich also den Unfall selbst zuzuschreiben!«

»Falsch! Merk ist der Beste. Und der Beste hätte niemals diesen verschissenen Fehler gemacht, wenn ihm das Schreiberarschloch nicht so ein langbeiniges Püppchen in seine Lounge gesetzt hätte! Also ist Schreiber schuld!« Ed trat das Gaspedal durch und schnellte mit einem gewaltigen Ruck auf die Richtungsfahrbahn.

»Mach doch, was du willst!« Chris sortierte die Kabel wieder um.

»Aber denk dran, daß du tot bist!« Lucky faltete sich eine Zeitungsseite zurecht und streckte sich ins Kissen.

Ed zeigte mit dem Stinkefinger in die Kamera, winkte dann abfällig hinein, und als keinerlei Reaktion erfolgte, klappte er die Sonnenblende vor die Linse, wodurch bei den anderen drei Videokonferenzteilnehmern jeweils einer der Monitore erlosch. Bei Ed aber verdunkelten sich nun alle drei Monitore. Denn Chris hatte die Anlage so konzipiert, daß, wenn nicht alle das Gleiche sahen, nur, wer sich selbst beobachten ließ, auch den anderen beobachten durfte. So konnte sich keiner hinausschummeln aus der Welt und die Schlüssellochperspektive einnehmen, die, wenn man Chris glauben mochte, wohl dazu verleitete, selbstgefällig über die anderen zu richten. Allerdings war das Funktionieren der Verschaltung von den restlichen Pferdeärschen nicht zu kontrollieren, konnte sie doch selbst nicht sehen, ob Ed nun wirklich die anderen nicht mehr sah, nachdem sich seine Kamera wegen fehlender Lichtstärke und Objektunschärfe abgeschaltet hatte.

»So, das war's!« Steve schob ein ganzes Blech voller backfertiger Haschischkekse in den Ofen. »Und Chris, gibt's noch was zu sehen?«

»Nein, nur zu hören.«

»Ehhh?«

»Oder war der Artikel schon zu Ende?«

Lucky blätterte rasch zurück. »Wollt' nur mal sehen, was sonst noch so drinsteht. Hier:« – Lucky schlug die Seite mit der flachen Hand glatt, natürlich erst, nachdem er sich seine Fluppe zwischen die Lippen gesteckt hatte – »Der behandelnde Hirnchirurg Professor Korn (fünfundfünfzig) verweigert jede Auskunft (Foto) über den Gesundheitszustand von Marc Merkus. Streckensprecher Schreiber hat in einer beherzten Aktion versucht, in den OP-Saal von Korn vorzudringen: ›Ich wurde schon auf dem Gang vor dem Saal von zwei Männern überwältigt, auf eine Trage geworfen und gefesselt. Dann hat man mich in einen Raum geschoben und mir K.o.-Tropfen gespritzt.‹ Was hat dieser Herr Korn zu verbergen, daß er zu solchen KGB-Methoden greift? Schreiber: ›Bevor ich das Bewußtsein verlor, hörte ich noch, daß die Operation des Rennfahrers von Korn zur strengsten Geheimsache erklärt wurde. Niemand dürfe auch nur in die Nähe des Saales gelangen. Deshalb haben die mich auch ausgeknockt!‹ Was geht hinter den geschlossenen Türen dieses Krankenhauses vor? Macht Korn Menschenexperimente, oder ist Marc Merkus längst tot?«

»Das hört sich aber nicht gut an! Steve?«

»Ja?«

»Na, was sagst du denn dazu? Du warst doch beim Professor!«

»Ich? Nein!« Steve zog das Blech wieder heraus und bestrich die Kekse mit Kuvertüre. »Hätt' ich beinahe vergessen.«

»Du warst noch nicht da? Aber das war doch so vereinbart. Ich habe dir doch eigens dafür einen Ausweis gemacht!«

»Na ja, das heißt, ehhh, natürlich war ich da, Chris!«

»Na was nun?«

»Ja, ich war da! Auf mich ist doch Verlaß!«

»Also komm, was hat er gesagt?«

»Er hat mir gesagt, daß es Merk schon wieder ganz gutgeht.«

»Und daß er am Wochenende fahren kann, ja?«

»Na ja, also nicht direkt, so!«

»Was soll denn das heißen? Entläßt der Professor Merk etwa nicht zum Rennen?«

»Nein, eigentlich, also, wahrscheinlich eher nicht!«

»Mensch, Steve, nun erzähl doch mal zusammenhängend. Du bist da hingekommen, er hat dich empfangen und dann?«

»Dann habe ich 'n Katerbier getrunken und er, glaube ich, 'n Whisky. Ehhh ... Dann hat er meinen Ausweis kopiert ...«

»Tatsächlich?«

»Was sollte ich denn machen? Aber dann hat er mir gesagt, daß die Operation erfolgreich war und ... ehhh ... Merk bald wieder aufwachen wird.«

»Und weil alles so gutgegangen ist, tritt der Herr Professor nicht vor die Presse und haut Schreiber mit K.o.-Tropfen um, nicht wahr?«

»Genau!«

»Mensch, Steve, überleg doch mal! Also komm, was hat er wirklich gesagt?«

»Na, nichts weiter. Nur, daß es mit dem Rennen unter Umständen nichts wird. Oder doch, ja, daß Merk in eine Rehabili...dingsbums...klinik kommt.«

»Paß auf, mein Freund!« Chris knotete mit einem Modemkabel eine Schlinge. »Korn hat dich in der Hand. Wenn er die Kopie deines Ausweises der Polizei gibt, gehst du bei deinen Bewährungsauflagen in den Kahn. Also ist es wohl besser, wenn du uns alles sagst, damit wir dir helfen können.«

»Stimmt wohl, Chris! Also: Korn will Merk 'n Chips oder so was ins Hirn pflanzen! Aber, ehh, wenn ich das jemandem sage, verklagt der mich. Ich muß schweigen. Das versteht ihr doch, nicht?«

»Einen Brainchip?« Chris zog die Schlinge zu. »Das fehlte noch. Aber Korn darf ja sowieso nicht ohne Zustimmung operieren.«

»Genau!«

»Oder? Hast du etwa der Operation zugestimmt?«

»Ehm, ja!«

»Du bist wohl vollkommen durchgedreht, was? Weißt du, was du da gemacht hast? Wenn der Typ schon operiert hat, können wir nicht nur das Rennen am Wochenende abschreiben!«

»Chris, das mußte doch aber sein. Weil ansonsten hätte Merk vielleicht wegen der Narben in seinem Hirn beim nächsten Rennen einen eliptischen Anfall bekommen, oder im Whirlpool oder so. Willst du etwa dafür die Verantwortung übernehmen?«

»So ein Quatsch. Dafür braucht man doch keinen Chip, da reichen ein paar Tabletten!« Chris schlug seine Zähne in einen Apfel hinein.

Da flackerte der dritte Monitor, und Eds vierschrötige Visage tauchte aus dem Schwarz auf. Die enormen Falten auf seinem Nasenrücken zogen seine Lippen empor, so daß die drei Kollegen sehen konnten, wie sich Eds Zähne ineinander verbissen hatten. Wie eine grinsende Leiche schaute er durch die Windschutzscheibe und starr wie eine solche hatte er sich auch am Lenkrad festgekrallt. Die Sonnenblende mußte also durch die das Auto ergreifenden Fliehkräfte von der Kamera weggeklappt sein.

»Schön, dich zu sehen, Eddi!«

Kaum war das vor dem Abflug warnende Reifenquietschen verklungen, da hatte Ed seine grobe Pranke auch schon wieder an der Sonnenblende.

»Bleib bei uns, Eddi. Es gibt 'ne Menge zu tun!« Chris verspeiste das Apfelkerngehäuse. Nur der Stiel blieb übrig und flog aus dem Bild.

»Was denn?«

»Wir müssen Merk aus dem Krankenhaus holen.«

»Bin doch kein Pfleger!« Ed hatte die Sonnenblende bereits zu gut fünfundvierzig Grad herumgeklappt.

»Eddi, paß auf, da will dich jemand überholen!« Steve wies mit seinem Finger auf den Monitor, in dem er die unerhörte Begebenheit beobachtete.

Ed wußte, obwohl Steve in etwa auf das nächste Abzweigschild zeigte, sofort, woher die Gefahr kam und vor allem, was zu tun war: Er gab Vollgas, zog langsam rüber und bremste, als er auf der Überholspur war, scharf ab. »Danke, Steve!« Ed schaute in den Rückspiegel und mußte herzhaft lachen.

»Ed! Ein Hirnchirurg will Merk einen Chip einsetzen.«

»Na und?«

»Wenn er das macht, können wir das Rennen am Wochenende wahrscheinlich vergessen! Außerdem gehen in dem Krankenhaus, wo Merk liegt, komische Dinge vor sich. Schreiber hat versucht, dort etwas in Erfahrung zu bringen. Den haben sie gleich mit K.o.-Tropfen behandelt.«

»Die Jungs gefallen mir! Na gut, nehmen wir den Laden mal auseinander!«

150/151

HEILUNG

Welch unvergleichliche Wohltat war es doch für Kirsten Bringer, bei einer Temperatur um die vierundzwanzig Grad auf einer stillen Seeterrasse im Halbschatten zu sitzen und einen gut gekühlten, trockenen Martini zu trinken, in winzigen Schlucken, wie um nur die Lippen zu erfrischen mit der kalten Flüssigkeit, die sodann gemächlich in den Mund sickerte und den Gaumen belebte. Der Wind rauschte in den Blättern ein wenig, doch er bewegte die stille Luft kaum, so daß Kirsten sich in dem Glauben wiegen konnte, es gäbe gar kein Klima um sie herum. Ihr Körper spürte kein Außen mehr, auch der Martini schien, obwohl vor ihr auf dem Holztisch stehend, so wie dieser selbst, wie die Bäume und die Sonne und das flüsternde Wasser, zu ihr zu gehören. Es gab nur noch sie in ihrer Unbeschwertheit.

Wie und wo hätte Kirsten Bringer heute die Bedingungen finden sollen, die sie in einen solchen Zustand führen konnten? Indem sie sich endlos durch die verstopfte Stadt kämpfte, um aufgewühlt und erschöpft zugleich an einen See zu gelangen, wo sie in den dunklen, von kaltem Rauch erstickten Räumen eines Restaurants Platz nehmen mußte, weil es draußen zu kühl zum Sitzen war? Oder indem sie hier, aus Korns Wohnzimmer durch die verregneten Fensterscheiben auf die Straße hinunterschaute? Wohl kaum! Es war alles viel einfacher. Sie brauchte nur ihren Selbstanker zu aktivieren, also die Kuppen von Daumen, Zeige- und Mittelfinger ihrer rechten Hand gegeneinander zu drücken. An diesem dreifältigen Knotenpunkt war jene Milde und Unbeschwertheit vorrätig, die einst tatsächlich an einem See nahe der Stadt unerwartet über sie gekommen war. So saß sie träge wippend in dem weichen Ledersessel und genoß jenen Gemütszustand, den sie, ebenso wie ihre Kollegen, Moment of Excellence nannte, während ihre neugewonnene Klientin unermüdlich Treppen steigen mußte.

Kirsten hatte vor einer knappen Stunde an der Wohnungstür der Korns geläutet und Eva, nachdem sie sich als NLP-Masterpractitionerin vorgestellt hatte, die im Auftrag ihres Institutes statistische Befragungen vornimmt, durch ein paar in der Szene geläufige Fragen ins Grübeln gebracht: Sind Sie wirklich glücklich? – Wer konnte da schon ja sagen! – Haben Sie tiefe Sehnsüchte? – Wer konnte da schon nein sagen! – Und warum erfüllen Sie sich diese Sehnsüchte nicht? – Wer konnte da schon antworten! Eva jedenfalls nicht. Sie bat die Therapeutin herein. Kirsten erklärte der – nun – unglücklichen Ehefrau die Methode des neurolinguistischen Programmierens und bot ihr an, sie von ihren Problemen zu befreien, in sehr kurzer Zeit, das heißt eigentlich heute noch, und, weil Frauen sich ja gegenseitig helfen müßten, für die Hälfte des üblichen Honorars. Eva hatte Kirsten Bringer prompt zweihundertfünfzig Mark aus der Haushaltskasse in die Hand gezählt und wurde postwendend zum Treppensteigen geschickt.

»Herein!« Kirsten hatte das erste Klopfen bewußt überhört, damit sie in aller Ruhe aus ihrer Trance auftauchen konnte. Die Tür ging auf, und Eva trat in den Raum. Schüchtern, aber gelöst, mit einem Wort: therapiefähig.

»Und?« Kirsten Bringer guckte fordernd, als sei noch längst nicht entschieden, ob sie Eva hereinlassen würde.

»Jetzt bin ich ›separiert‹!«

»Wissen Sie das auch, oder glauben Sie das nur?«

»Ich ...«

»Gut, kommen Sie, Sie haben gerade unbewußt

mit dem Kopf genickt!« Kirsten zeigte auf den Ledersessel, der ihr gegenüberstand. »Nun schießen Sie los!«

»Ehh?«

»Was ist Ihre tiefste Sehnsucht? Was würden Sie gerne machen, wenn nicht alle Welt Sie daran hindern würde?« Kirsten tippte mit ihrem linken Fuß abwesend einen Takt.

»Na ja, ich. Kann ich das wirklich ... Ich meine, wir kennen uns doch gar nicht ...«

»Genau deswegen dürfen Sie. Da wir uns nicht kennen, brauchen Sie keine Angst haben, daß ich es irgend jemandem erzähle oder in irgendeiner Weise gegen Sie benutzen kann. Verstehen Sie? Aber wenn Sie nicht wollen, ich meine, ich will mich auch nicht aufdrängen!« Kirsten kramte die zweihundertfünfzig Mark wieder aus der Tasche ihrer Jeans.

»Um Gottes willen, nein.« Eva wehrte das Geld mit beiden Händen ab. »Also, was ich immer schon machen wollte, aber noch niemandem erzählt habe, ist: ein Drehbuch schreiben!« Eva schlug ihren Blick nieder.

»Na, wunderschön! Das ist doch ein Traum, den Sie sich erfüllen können.«

»Meinen Sie?« Eva war ganz rot geworden. »Ich?«

»Stellen Sie sich bitte vor, Sie erzählen Ihnen nahestehenden Menschen, daß Sie gerne ein Drehbuch schreiben würden. Jetzt, stumm für sich!« Kirsten Bringer drehte sich eine Zigarette und schaute auf ihre Klientin, deren Schamröte sich über ihren gesamten Körper auszubreiten schien. »Gut! Bei welchen Personen war es am schwersten?«

»Bei meinem Vater und bei meinem Mann!«

»Hat Ihr Vater in Ihrer Vorstellung etwas zu Ihnen gesagt?« Kirsten spuckte Tabakkrümel in den Raum und zündete sich dann die Zigarette an.

»Er hat gesagt, was er immer gesagt hat: ›Quatsch, das schaffst du doch niemals!‹«

»Und Ihr Mann?«

»Der hat gesagt: ›Das haben schon ganz andere versucht!‹«

»Mit diesen Sprüchen, meine liebe Eva, wurden Sie heute zum letzten Mal gequält.«

»Wie das?«

»Legen Sie bitte Ihre rechte Faust auf den Tisch und stellen Sie sich einen besonders herrischen Ausbruch Ihres Vaters vor.«

»O Gott!« Eva verzog ängstlich ihr Gesicht, und Kirsten drückte auf den ersten Hügel der Klientinnenfaust, der bei der Entscheidung, wieviel Tage ein Monat hatte, für den Januar mit seinen einunddreißig Morgengrauen stand.

»Jetzt denken Sie bitte an eine Szene aus Ihrem Lieblingsmickymausfilm. Irgendeine, wo Mickymaus spricht!«

»Habe ich!« Eva sprach fast eine ganze Oktave höher, und Kirsten ankerte auf dem März-Hügel.

»Und nun lassen Sie vor Ihrem inneren Ohr eine Nachtigall erklingen. Draußen im Wald, an einem stillen, schönen Tag. Sie kennen das bestimmt.« Kirsten legte dieses Gefühl, kaum hatte Eva selig zu lächeln begonnen, sinnigerweise auf den Mai-Hügel. »Nun entspannen Sie sich! Atmen Sie tief und ruhig.« Kirsten spielte auf den drei Gefühlstasten, wodurch Eva zwischen Schrecken, Albernheit und Verzücken hin- und hergerissen wurde.

»Jetzt werde ich den herrischen Ausbruch Ihres Vaters durch die Nachtigall neutralisieren und dann zur Sicherheit die Mickymaus noch raufmodellieren!« Die NLP-Therapeutin drückte nun den Januar- und den Mai-Hügel zugleich und stimulierte dann, als

Evas Gesicht teilnahmslos wurde, die Mickymaus auf dem März-Hügel. Eva lachte.

»Das war's!«

»So schnell? Ich meine ...«

»Überprüfen Sie den Erfolg. Schließen Sie die Augen und stellen Sie sich vor, wie Sie Ihrem Mann von Ihrer Drehbuch-Idee erzählen!« Kirsten nahm sich, nachdem sie die Zigarette ausgedrückt hatte, eine Haarsträhne vor, sortierte die einzelnen Haare auseinander und betrachtete skeptisch den Spliß.

»Mein Mann«, Eva konnte vor Lachen kaum weitereden, »... hat auch mit so einer Piepsstimme geredet.«

»Gratuliere! Das nennen wir einen Generalisierungseffekt. Das heißt, in Zukunft werden Ihnen alle Menschen, die Sie, auf welche Weise auch immer, bevormunden wollen, lächerlich erscheinen!«

»Das werden ja fröhliche Zeiten!«

»Nun können Sie Ihr Drehbuch schreiben!«

»Ich werde es versuchen!« Eva lächelte.

»Nein, das werden Sie nicht!«

»Doch nicht? Wieso denn nicht?«

»Das müssen wir noch herausfinden. Ich habe lediglich eine Diskongruenz gesehen. Sie sagten, daß Sie es versuchen wollten, und lächelten. Allerdings zogen Sie dabei fast unmerklich die Stirn in Falten. Da müssen wir noch arbeiten. Also, stellen Sie sich vor, Sie beginnen, Ihr Drehbuch zu schreiben! Was passiert da?« Kirsten lehnte sich zurück und schloß die Augen, so, als müßte sie selbst sich vorstellen, wie sie ein Drehbuch schrieb.

»Na ja, ich kann irgendwie nicht anfangen. Ich sehe mich im Haus herumlaufen, und ich schaffe es nicht, mich wirklich hinzusetzen und die Dinge, die mir im Kopf herumgehen, aufzuschreiben.«

»Was wäre denn, wenn Sie es schaffen würden?«

»Ja, dann würde ich wohl ein Drehbuch schreiben?!«

»Ganz anders: Stellen Sie sich vor, Sie haben das Drehbuch geschrieben, Ihr Film wird produziert und ist ein großer Erfolg! Gratuliere! Erfolg macht glücklich! Was würden Sie dann tun?«

»Ich würde ein ganz neues Leben anfangen!«

»Na bitte. Und wie würde das aussehen?«

»Ich würde mir ein Haus kaufen und dort mit meiner Tochter leben und ein Drehbuch nach dem anderen ...«

»Da haben wir es doch. Sie wollen also Ihren Mann verlassen!«

»Helmuth verlassen? Daran habe ich ja noch gar nicht gedacht!« Eva gluckste in sich hinein. »Aber warum eigentlich nicht? Er ist irgendwie so ... so lächerlich! Ich kann doch nicht mit einem Mann zusammenleben, über den ich andauernd lachen muß! Aber was wird mein Vater dazu sagen?« Nun konnte sich Eva Korn nicht mehr geradehalten vor Lachen.

»Und warum ziehen Sie nicht sofort bei Ihrem Mann aus? Jetzt, bevor er nach Hause kommt?«

»Na, ich brauche doch die Wärme noch, die mir die Beziehung gibt.«

»Wofür?«

»Na ja, zum Leben so ...«

»Zum Drehbuchschreiben! Sie brauchen einen Raum, in dem Sie geborgen sind, um Ihr Drehbuch zu schreiben.«

»Vielleicht. Ja!«

»Na, dann ist doch alles klar! Sie beginnen nicht, Ihr Drehbuch zu schreiben, weil Sie damit die Sicherheit aufs Spiel zu setzen meinen, die Sie zum Schreiben zu brauchen glauben. Da befinden Sie sich also in einem gnadenlosen Teufelskreis!« Kirsten Bringer blinzelte Eva aufmunternd durch den Zigarettenrauch zu.

»Ich werde diesen sich selbst speisenden Unglückszusammenhang einfach deprogrammieren. Das ist überhaupt kein Problem. Da brauchen wir nur die Submodalitäten zu ändern. Damit werden wir erreichen, daß Sie sich die Sicherheit, die Sie brauchen, um Ihr Drehbuch zu schreiben, selbst geben können. Ob Sie dann mit Ihrem Mann weiterhin zusammenleben oder sich von ihm trennen, ist mir egal. Das ist dann Ihre freie Entscheidung.« Kirsten Bringer zog ihre Unterschenkel auf den Sessel und begann, mit modulationsloser Stimme zu erzählen:

»Das Gehirn ist dumm. Davon gehen wir im NLP erst einmal aus. Ein Klient von mir, der studiert irgendwas mit Maschinenbau oder so, wanderte in seinen Semersterferien immer durchs Gebirge. Im Winter auf Skiern, im Sommer zu Fuß.«

»Mmh.« Eva rutschte tiefer in ihren Sessel.

»Höhenangst kannte er nicht. In einem Sommer nun traf er sich mit seiner Freundin an den schroffen Bergsteigerfelsen eines Gebirges. Dort gab es mehrere Aussichtsplattformen, und über schmale Stege gelangte man von einer zur nächsten. Es waren Gitterroste ausgelegt, so daß man selbst wie ein Bergsteiger in die Tiefe blicken konnte. Mein Klient nun wollte seiner Freundin unbedingt diese Attraktion zeigen. Sie aber war *nicht* schwindelfrei …«

Eva trank von ihrem Kaffee, lehnte sich wieder zurück und gähnte.

»Und als die Freundin sich plötzlich nur noch durch einen Gitterrost von der gewaltigen Tiefe getrennt wußte, konnte sie keinen Schritt mehr laufen. Sie kauerte sich hin, klammerte sich an das Geländer und begann zu weinen. Ihr Freund, der schon einige Meter voraus war, wollte ihr natürlich helfen. Er ging zurück und versuchte ihr Mut zuzureden. Und plötzlich hatte auch er Höhenangst! Der Blick, den er schon tausende Male genossen hatte, machte ihm nun heftigste Beklemmungen. Und diese Phobie generalisierte sich derart, daß er den Urlaub abbrechen mußte und seitdem nie wieder ins Gebirge fuhr. Dumm, nicht? Tja, das Gehirn ist eben dumm. Es reagiert auf dieselbe Situation ein ganzes Leben lang mit Genuß und dann von einer Sekunde auf die nächste mit einer Angststrategie. So ist es eben. Das kann keiner erklären, aber wir können im NLP ganz gut damit umgehen. Denn das Gehirn verlernt auch wieder sehr schnell, wenn man die richtigen Strategien anwendet. Oder nehmen Sie einen anderen Fall: ...«

Kirsten Bringer redete so anteilnahmslos dahin wie eine Museumsangestellte, die seit zwanzig Jahren Besucher durch dieselben Räume führte. Aus den Augenwinkeln heraus beobachtete sie jedoch ihre Klientin, die unablässig gähnte, mit wachem Blick.

»So, jetzt sind Sie entspannt, und wir können beginnen, ohne daß Sie noch einmal Treppensteigen müssen!«

»Gut. Gut.«

»Gut. Stellen Sie sich, mit geschlossenen oder geöffneten Augen, eine Situation in ihrem Leben vor, wo Sie sehr stark waren. Stark, unabhängig, selbstbestimmt.«

»Da fällt mir nichts ein!«

»Doch, überlegen Sie! Wann haben Sie über sich selbst gestaunt? Wann haben Sie eine brenzlige Situation ganz alleine gemeistert? Jeder kennt so etwas. Eine Klientin von mir hat beispielsweise ...«

»Jetzt weiß ich. Ich war ungefähr so vierzehn. Da wollten mich ...«

»Gut. Dann machen Sie von dieser Situation, in der Sie stark, unabhängig und selbstbestimmt waren, ein Foto.«

Eva schloß ihre Augen und begann zu grimassieren, als hielte sie tatsächlich durch den Sucher eines Fotoapparates Ausschau nach einem geeigneten Objekt.

»Haben Sie es?«

Eva nickte.

»Wie sieht es aus? Also, ich meine: Ist es in Farbe oder in Schwarz-Weiß?«

»In Farbe!«

»Ist es ein Ausschnitt oder ist es panoramatisch?«

»Ich glaube panoramatisch!«

»Wo ist das Zentrum der Aufmerksamkeit? In der Mitte, rechts, links, oben, unten?«

»Mitte bis rechts oben!«

»Gut. Von wo gucken Sie auf dieses Zentrum? Von oben, von unten oder horizontal?«

»Leicht von unten!«

»So! Jetzt stellen Sie sich eine Situation vor, in der Sie zu schreiben versuchen, es aber nicht schaffen.«

»Schon fertig.«

»Nun machen Sie ein Foto davon.« Die sachliche Langeweile in der Stimme von Kirsten Bringer klang fast schon wie ein Vorwurf an Eva Korn, daß sie die simplen Techniken nicht selbst beherrschte. »Farbe, Auschnitt, Zentrum, Perspektive?«

»Also, es ist in Schwarz-Weiß, und ich sehe nur einen Ausschnitt, das Zentrum ist in der Mitte, und ich gucke von oben auf das Bild.«

»Wunderbar!« Ein Lob wie Hohn. »Nun machen Sie dieses Bild farbig!«

»Mit realen Farben oder ...«

»Machen Sie es, wie Sie wollen. Sie sind doch

eine Künstlerin. Dann gucken Sie, was rechts und links geschieht, stellen Sie sich das ganze Panorama vor. Und ändern Sie die Perspektive. Gucken Sie leicht von unten auf das bunte, panoramatische Bild. Und was war mit dem Zentrum? Weiß ich jetzt nicht mehr. Verlagern Sie das Zentrum jedenfalls dorthin, wo es beim anderen Bild war.«

Evas Augen tränten vor Anstrengung durch die geschlossenen Lider. »Ich hab's!«

»Nun schalten Sie die drei Bilder hintereinander. Ganz schnell. Zuerst das letzte, dann das vorletzte, dann das erste. Sagen Sie laut ›Jetzt‹, wenn Sie beginnen, und ›Stop‹, wenn Sie fertig sind!«

»Jetzt ... Stop!«

»Noch einmal. Schneller!«

»Jetzt ... Stop.«

»Sehr gut. Und noch einmal zur Sicherheit.«

»Jetzt ... Stop.«

»Gratuliere! Nun setzen Sie sich, und schreiben Sie Ihr Drehbuch!«

»Ja! Aber erst hole ich noch meine Tochter aus der KiTa!«

»Das gefällt mir!«

ES ZEITIGT DIE ZEIT

Die Saufkumpane aus dem »Cheers« sitzen bei Kliff zu Hause und bewundern die Renovierungsarbeiten. »Wie hast du das denn hinbekommen ohne Normies Hilfe?« / »Das habe ich natürlich nicht alleine geschafft. Ist doch klar. Da braucht man doch einen Experten.« / »Wer war denn der Experte?« / »Den kann ich euch vorstellen:« Kliff macht die Badtür auf und ein Affe in Malermontur kommt herein.

»Ihre Frage nach der Zeit, mein lieber Herr Schreiber, führt uns selbst schon ins Zentrum ihrer eigenen Beantwortung. Denn wer fragt da?«

»Na, ich!« Schreiber goß seinen Cognac hinter.

»Bitte nicht so naiv. Sie zahlen vielleicht, oder soll ich sagen hoffentlich, aus eigenem Antrieb, hahaha, aber zu sagen, daß Sie aus eigenem Antrieb heraus die große Frage nach der Zeit stellen, wäre doch wohl etwas vermessen! Die Frage würde Ihnen gar nicht einfallen, wenn sie nicht immer schon erörtert worden wäre! Wer also fragt?« Na bitte, dem wäre die Unhöflichkeit ausgetrieben, auf rhetorische Fragen zu antworten. »Nicht das Individuum fragt, sondern die zum Bewußtsein ihrer selbst drängende Natur, die mit Reflexion ihres innersten Sinns befaßte Evolution fragt! Die Zeit ist im Sinne ihres Wissens um sich selbst, einer, lassen Sie mich es so ausdrücken, Zeitlichkeit, erst und mit der Befähigung zur Frage nach der Zeit in die Welt gekommen. Das Tier kennt keine Zeit, sondern nur den Kreis, den der Tod um das Leben zieht. Erst das Gedächtnis wagt den Bruch, das große NEIN zum Naturlauf, indem es Gegenwärtiges von Gewesenem und Kommendem zu trennen beginnt. Nun werden die Ereignisse herausgerissen aus dem Immergleichen und können sich in der Zeit ereignen. Darf ich Sie aufmerksam machen, daß dabei etwas Sonderbares geschieht: Dieses Zeitigen der Zeit führt in das Paradoxon der Zeit, denn allem Gezeitigten wird durch das Gedächtnis Zeit gegeben, doch in genau dem Moment, da es die Zeit hat, wird es ihrer schon wieder beraubt, es wird zeitlos wie der Satz des Euklid, daß die Winkelsumme im Dreieck einhundertachtzig Grad beträgt. So steht das Gedächtnis gleichsam außerhalb der Zeit und wird, wenn Sie mir diese etwas pathetische Formulierung nachsehen wollen, der exklusive Zutrittsort der Ewigkeit.« Hauenstein schickte einen Blick in den Spiegel, der sich für solche Anlässe vor dem Besucher in der Bücherwand verborgen hielt, und war es zufrieden: Das Jackett von Baldessarini überlappte an seinen Schultern ein wenig und hing leger herunter. Geradezu eine Provokation für das elegante Hemd von Falke, das trotzig seinen spitzen weißen Kragen zur Schau stellte. Die Armani-Brille, das war ihm zuvor noch nie aufgefallen, saß so unaufdringlich, geradezu wie eingewachsen im leicht gebräunten Gesicht, daß er sich hüten mußte sie abzunehmen, wollte er nicht die nahezu perfekte Illusion zerstören.

»Schön, schön!« Leo schob seinen mächtigen aber leeren Cognacschwenker in Richtung Philosophieprofessor, der ihm bereitwillig nachschenkte, während Guerilleros die gesamte Wachmannschaft einer Atomraketenbasis mit Schnellfeuergewehren niedermähten. »Ich denke, daß mich diese Sache da interessiert, mit der Zeit in der Ewigkeit!«

»Nun, die Ewigkeit, mein lieber Schreiber, zeichnet sich aber gerade dadurch aus, daß sie keine Zeit hat. Bitte bemerken Sie die Bezugnahme auf unsere Alltagssprache! Im Gegensatz zu uns Menschen allerdings hat die Ewigkeit nie Zeit.« Bißchen platt vielleicht? Hat Schreiber gar nicht mitbekommen, der ist zu sehr in die Esso-Reklame vertieft. Zur Sicherheit schnell mal einen draufsetzen. »Im Grunde genommen ist es auch sträflich, zu sagen, wir hätten die Zeit. Wenn, dann hat doch die Zeit immer uns. Suchen Sie doch einmal nach einer Möglichkeit, wie Sie die Zeit wirklich zu fassen bekommen. Die Vergangenheit werden Sie nicht kriegen, denn die zeichnet sich ja geradezu dadurch aus, daß sie je schon vergangen ist. Nicht besser, mein lieber Schreiber, steht es mit der Zukunft. Sie ist ja immer noch nicht da. Aber die Gegenwart, werden Sie vielleicht sagen, die Gegenwart, die haben wir doch.« Wunderbar, nicht einmal ein fahriges »Eben, eben!« kommt von Schreiber, nur genußvolles Cognacriechen. »Doch versuchen Sie einmal, die Gegenwart festzuhalten. Klopfen Sie hier auf meinen Schreibtisch, hier und, wie ich nicht ohne Schmunzeln hinzufügen möchte: Jetzt!« Hauenstein erledigte, da nicht abzusehen war, wann sich Leo, wenn er überhaupt diese Aufforderung ernst nahm, aus dem Sessel herausgearbeitet haben würde, die glücklose Augenblickssuche gleich selbst, indem er auf die Tischplatte schlug.

Leo schrak von seinem Glas hoch, schaute zum Fernseher und sah, wie ein Fußballspieler einem anderen von hinten in die Beine ging und dafür – wie der Kommentator meinte zu Recht – eine gelb-rote Karte bekam.

»In dem Moment, da Sie das Klopfen hören, ist es auch schon wieder vorbei. Also haben wir von der Zeit weder Vegangenheit noch Zukunft und nicht einmal die Gegenwart. Nicht umsonst hat die experimentelle Psychologie den Begriff der Gegenwart durch den der, allerdings mehrere Sekunden andauernden Präsenzzeit respektive den der Pseudogegenwart ersetzt.«

»Aber sagen Sie, ist es denn möglich, daß es noch irgendwie eine andere Zeit gibt?«

»Einer meiner berühmten Vorgänger, Immanuel Kant, hat die sogenannte Kopernikanische Wende in der Philosophie eingeleitet. Eine, wenn Sie mich fragen, unglückliche verbale Qualifizierung dieses epochalen Vorgangs, denn Kopernikus verbannte doch den Menschen aus der Mitte der Welt, während Kant ihn ins Zentrum stellte, ein Zentrum, um das herum gewissermaßen die *menschliche* Welt wächst. Und über nichts als diese Welt können wir etwas aussagen, weil unsere Erkenntnis nur unter Bedingungen möglich ist. Die primäre Bedingung der Möglichkeit unserer Erkenntnis ist die Zeit. Das dürfte Ihnen leicht eingängig sein, denn alles, was wir wahrnehmen, sehen wir ja schon und immer schon in der Zeit. In *der* Zeit, wenn Sie mir diese kleine Abschweifung noch erlauben wollen, da sie wohl Ihre Frage in erschöpfender Weise zu beantworten vermag. *Die* Zeit ist ein permanenter Singular. Die Zeit ist kein Begriff, also keine plurale Merkmalseinheit, sondern etwas Unhintergehbares, Grundlegendes, etwas, das zu allem gehört. Sie ist eine Form der Anschauung. Die Zeit, so sagt Kant in der Kadeervau, ist a priori gegeben und wird uns zum inneren Sinn.« Da hat mal wieder alles gestimmt! Beiläufiger, aber ungenierter Blick zur Uhr.

»Kadeervau, wat is dat denn für eine Verordnung?« Schreiber ist und bleibt eben e'n Kölscher Jong.

»Entschuldigen Sie, mein Lieber! Ja, das kann einem trotz der Beratungstätigkeit, die ich im übrigen sehr gerne ausübe, schon einmal passieren, denn ich bewege mich ansonsten ausschließlich unter Fachkollegen. Und da wird oft in Kürzeln gesprochen. Kadeervau ist natürlich die Abkürzung von Kants fundamentalem Werk ›Die Kritik der reinen Vernunft‹!«

/

Frau Schroeder verteilte sorgsam neues Make-up auf ihrem Gesicht, lugte dabei jedoch, sobald es sich einrichten ließ, über ihren Taschenspiegel hinweg in den Monitor. Die Frau Philosophie schien sich wieder beruhigt zu haben. Sie saß am Kopfende des Bettes, in dem der weinende Boethius nun lag, und sagte, ihren Blick zu Frau Schroeder gerichtet: »Er leidet an Lethargie, der gewöhnlichen Krankheit verblendeter Geister. Er hat ein wenig seiner selbst vergessen, er wird sich leicht auf sich besinnen, wenn er zuvor mich erkannt hat.« Dann nahm sie ihr Gewand und trocknete dem Philosophen die Tränen.

Das hört sich doch gar nicht schlecht an, wird gesendet. Frau Schroeder hielt die Steuerungstaste und die Umschalttaste gedrückt und tippte auf das »S«.

Hauensteins Sekretärin nutzte die Zeit, in der sich ihr Computer ins Internet einloggte, um sich fertig zu schminken. So konnte sie voll Hingabe und Mitleid nicken, als Boethius wieder im Bild war und sich plötzlich aufrichtete. Endlich schien auch er die Person erkannt zu haben, die sich da in seiner Zelle herumdrückte: »Du bist in diese Einsamkeit meiner Verbannung gekommen, du, die Philosophie, die Meisterin aller Tugend, hast dich von deinem hohen Wohnsitz herabgelassen? Oder bist du mit mir angeklagt, wirst auch du von falschen Anschuldigungen verfolgt?«

Frau Schroeder drückte die Umschalttaste, und die Frau Philosophie wie auch Herr Boethius erstarrten. Vielleicht wollte diese merkwürdige Gestalt ja alle Schuld auf sich nehmen und sich für den schönen, traurigen Mann opfern? Der Mauspfeil kurvte zwischen den Buttons umher, die aus der Zelle herauswuchsen. Schließlich entschied sich Frau Schroeder für die Schaltoberfläche, auf der ›Verfolgung‹ stand, klickte an und las:

»Die Philosophen sind verfolgt worden, solange es die Philosophie gibt. Anaxagoras, Sokrates, Zenon, Canius, Seneca und Soranus werden im Buch als die Bekanntesten genannt, die ihr Eintreten für Tugend und Gerechtigkeit mit Folter und Tod bezahlen mußten.«

Die Namen der sechs Philosophen blinkten, und Frau Schroeder durchstöberte Button um Button:

»*Anaxagoras* lehrte, daß jedes Ding sein charakteristisches Mischungsverhälntnis hat und die Stoffe durch den Geist bewegt werden. Beschäftigte sich auch mit astronomischen Fragestellungen. Wurde wegen Götterfrevels zum Tode verurteilt, konnte der Hinrichtung jedoch durch Flucht entgehen.

Sokrates bewies seinen Athener Mitbürgern in endlosen Streitgesprächen die Unmöglichkeit eines absoluten Wissens um das Gute und die Gerechtigkeit. Doch im Suchen und Untersuchen des Dialoges sah er eine indirekte Präsenz des Guten. Sokrates entdeckte den Athenern die Subjektivität, die zur Zerstörung der geschlossenen Polis führte. Deshalb wurde er wegen Gottlosigkeit angeklagt und hingerichtet.

Zenon vertrat die Lehre des unwandelbaren Seienden. Besonders bekannt sind wohl seine Bewegungsparadoxa. Zenon wurde gefoltert, damit er die Teilnehmer einer Verschwörung preisgab.

Doch er biß sich die eigene Zunge ab und spie sie seinen Peinigern ins Gesicht.

Canius wurde unter Calligula hingerich...«

Frau Schroeder gab rasch die Umschalttaste wieder frei, bevor sie von noch grausigeren Qualen lesen mußte, doch als daraufhin die Philosophie fortfuhr, Boethius mit ihrem Rocksaum die Tränen zu trocknen, versuchte sie, dieser unheilbringenden Person mit ihrer Maus beizusetzen und stach mit dem Pfeil in das Gesicht der Frau, die wohl für das Leid dieser vielen schönen Männer verantwortlich war. *Sie* sollte hingerichtet werden, nicht ihre aufrechten Gefolgsleute. Doch sie konnte sich mit ihren allegorischen Fähigkeiten ja einfach fortmogeln, wenn es brenzlich wurde, und auch die Pfeilstiche schienen sie nicht zu stören. Sie hörte unbewegt zu, als Boethius mit brechender Stimme sein Schicksal beklagte: »So habe ich, aus allen meinen Gütern vertrieben, meiner Würden entkleidet, in meinem Rufe geschändet, für Wohltat das Todesurteil davongetragen. Oh, warum wechselt schlüpfrig das Glück uns immer die Lose? Es trifft Unschuldige oft die Strafe, dem Frevler gebührend. Auf hohen Thronen spreizen verderbte Sitten sich, sie treten mit Füßen heilige Nacken, ruchlos vernichtend.«

Nicht eine Träne floß der Frau Philosophie über ihr Gesicht, soweit Frau Schroeder das durch den Schleier vor ihren Augen sehen konnte. Hatte sie denn überhaupt keine Gefühle? Anstatt sich glücklich zu schätzen, diesem tapferen schönen Mann in so einer schweren Stunde beistehen zu dürfen, wollte sie ihn nun auch noch mit Fragen belästigen! Und Boethius stimmte sogar zu, doch Frau Schroeder nicht. Unter keinen Umständen würde sie davon etwas senden. Niemals!

Aber gut, sollte die Frau Philosophie ihre Fragen

ruhig stellen. Allerdings würde dieser neblige, allegorische Übermut wohl kaum in der Lage sein, ihren Boethius in Verlegenheit zu bringen! Wie ging es denn nun weiter? Vielleicht den Button anklicken, auf dem ›weiter‹ stand? Genau!

»Meinst du, daß diese Welt durch sinnlosen Zufall aufs Geratewohl getrieben werde, oder glaubst du, daß in ihr irgendeine Leitung der Vernunft wirkt?«

»Auf keine Weise möchte ich meinen, daß ein so fest Bestimmtes durch sinnlosen Zufall bewegt werde, vielmehr weiß ich, daß Gott, der Schöpfer, über seinem Werke waltet.« Frau Schroeder grinste triumphierend.

»Sage mir also, da du nicht zweifelst, daß die Welt von Gott regiert werde, mit welchen Mitteln sie regiert wird!«

»Kaum verstehe ich den Sinn deiner Frage, geschweige denn, daß ich sie beantworten kann.«

»Ich habe mich nicht getäuscht. Wie durch die Bresche eines Walles ist die Krankheit der Verwirrung in deinen Geist gedrungen. Nun sage mir: Erinnerst du dich, wohin die Absicht der ganzen Natur strebt?«

»Ich habe es einst gewußt, aber der Kummer hat mein Gedächtnis geschwächt.« Boethius setzte sich wieder an sein Pult, als könnte er so beweisen, daß er trotz dieser Schlappen zu Recht den Titel eines Philosophen trug. Als er kurz zu Frau Schroeder guckte, zog sie ihre Schultern empor, denn sie konnte die Frage auch nicht beantworten. Der Herr Professor vielleicht, aber der hatte gerade sein erstes Beratungsgespräch, da konnte sie unmöglich stören.

»Erinnerst du dich daran, daß du ein Mensch bist?«

»Wie sollte ich mich nicht erinnern?«

»Weißt du, ob du nichts anderes bist?«

»Nein!«

Frau Schroeder piesackte die Fragerin mit ihrem spitzen weißen Pfeil. Eine solche Frechheit durften sie und Boethius sich nicht gefallen lassen! Doch die Frau Philosophie ließ sich nicht beirren: »Ich kenne nun die größere Ursache deiner Krankheit: Weil du von Vergessenheit deiner selbst verwirrt bist, fühlst du dich schmerzlich als verbannt und der eigenen Güter beraubt. Weil du nicht weißt, was der Endzweck der Dinge ist, hältst du nichtswürdige Schurken für mächtig und glücklich. Weil du vergessen hast, mit welchen Mitteln die Welt regiert wird, meinst du, daß diese Wechselfälle des Glücks ohne Lenker umherwogen!«

Sollte das wirklich die Ursache seiner Leiden sein? Frau Schroeder zog ihre Stirne kraus. Dann mußte sie diesen Abschnitt wohl doch senden?!

/

»Lassen Sie mich an dieser Stelle vielleicht noch ein paar Worte über einen der ganz großen Philosophen unseres Jahrhunderts verlieren, der sich in virtuoser Weise mit dem Problem der Zeit beschäftigte: Martin Heidegger! In seinem – ja, da komme *ich* sogar ins Schwärmen und muß sagen – Überbuch ›Sein und Zeit‹ stellte er die Frage nach dem Sinn von Sein.« Hauenstein führte seine Hände so aneinander, daß sich nur die Fingerspitzen berührten. »Sein war für Heidegger nicht so etwas wie Seiendes, also kein Ding, sondern ein Geschehen. Er warf der ganzen abendländischen Metaphysik vor, diesen Umstand übersehen zu haben. Damit, so sagte er, beging sie den Fehler, das Sein zu vergegenständlichen und bewegte sich in der Seinsvergessenheit. Wie aber, werden Sie nun zu Recht einwenden, kann man das Sein befragen, wenn es kein Ding, sondern ein Geschehen ist? Man muß, so hätte Ihnen Heidegger in etwa geantwortet, das Seiende befragen, dem es in seinem Sein um dieses Sein selbst geht. Dieses Seiende ist nun dadurch ausgezeichnet, daß es je sein Sein als seiniges zu sein hat, und bekommt von Heidegger den Titel Dasein. Es ist, wenn ich das zur Erhellung noch einfügen darf, das DA des Seins. Dieses Dasein zu befragen, heißt nun aber Daseinsanalytik betreiben, in der sich die Zeit als Horizont des Seinsverständnisses herausstellt und die eingangs vorgelegte Frage beantwortet. Ja, Sie haben richtig gehört, die Zeit beanwortet die Frage. Die Zeit ist der Sinn des Seins, mein lieber Schreiber, verstehen Sie? Es liegt nichts *hinter* dem Sein, nichts Erstes und nichts Letztes, es ist einzig ein Geschehen, das in ausgezeichneten Zuständen, den sogenannten Grundstimmungen erfahren werden ...«

»Mensch, Meister, ist ja alles sehr interessant, aber wissen Sie, was mich eigentlich beschäftigt, also ... Na ja, ich frage mich einfach manchmal, ob es Zeitspuren gibt, will sagen, ob es vielleicht so etwas wie eine Zeitgerade gibt? Eine Zeitgerade, die also gewissermaßen von Anfang bis Ende durchgezeichnet ist und in der alles, was passiert und noch passieren wird, schon eingetragen ist, verstehen Sie?«

»Das kann doch wohl nicht Ihr Ernst sein, Frau Schroeder!« Hauenstein hatte den Hörer noch im ersten Klingeln vom Telefon gerissen.

»Aber das ist Frau Bringer. Sie hat gesagt, daß ich Sie ruhig stören kann!«

»Stellen Sie durch!« Hauenstein zuckte in Richtung Leo entschuldigend mit den Achseln.

»Hallo, Hauenstein!«

»Was kann ich für Sie tun?«

»Ist dieser verrückte Streckensprecher bei Ihnen?«

»Ja!« Hauenstein lächelte verlegen.

»Passen Sie auf! Der sucht irgend etwas, der steckt seine Nase in zu viele Sachen. Haben Sie ihm etwa von diesem Boethius erzählt?« Kirsten knietschte auf einem Kaugummi herum.

»Kein Wort!«

»Gut! Schicken Sie ihn weit weg, so weit es geht!«

»Aber, wie soll ich denn das ...«

»Ihnen wird schon was einfallen, Mister Superprofessor! Wir sehen uns!«

»Wiederhören!« Hauenstein klopfte mit dem Hörer auf seinen Handrücken. »Entschuldigen Sie, mein lieber Herr Schreiber! Ich habe Ihre Frage noch sehr genau im Ohr. Sie wollen wissen, ob es eine Parallelwelt zu unserer Welt gibt, die gleichsam im Lebensvollzug zu unserer wird?«

»Na ja, warum denn eigentlich nicht?«

»In der abendländischen Philosophie der Neuzeit wird, wie ich vorhin schon auszuführen geruhte, die Zeit zwar als a priori gesehen, doch verbindet man damit nicht die Vorstellung der Präexistenz der Zeit, zumindest müßte man einräumen, daß wir über so ein, von Ihnen als gleichsam objektive Zeitgerade ins Spiel gebrachtes Phänomen nichts erkennen und damit nichts aussagen könnten!« Hauenstein legte den Telefonhörer auf die Gabel. »In der Systemtheorie, einem der modernsten geistigen Entwürfe, wird die Zeit nicht mehr so fundamental gewichtet, sondern nur noch als Änderungsvermögen und Auswahlzwang begriffen. Damit wird der Zeit ihre Irreversibilität genommen, das heißt ...« (Jetzt bloß kein ›Eh‹. Warum mußte ich denn auch unbedingt wieder auf die Systemtheorie kommen, die verwirrt doch ohnehin nur jeden Zuhörer.) »... wenn man in der Beobachtung vom einzelnen, irreversiblen Ereignis, also dem Prozeß, zur im Prozeß herausgebildeten Struktur übergeht, wird man es mit einer reversiblen Zeit zu tun bekommen, weil in ihr Wahlmöglichkeiten offengehalten sind.« (Jetzt aber Schluß und volles Rohr nach vorne.) »Doch, mein Gott, keiner zwingt uns, hier eurozentristisch zu denken und zu reden. Bitte, mein lieber Herr Schreiber, schauen wir uns andere Kulturen an, gehen wir, sagen wir einmal, nach Australien.« (Das dürfte weit genug sein, oder?) »Dort gibt es unter den Ureinwohnern die Vorstellung einer Realzeit, die dem Alltag seinen Takt gibt und in etwa mit unserem vorphilosophischen Zeitverständnis zusammenfällt. Darüber hinaus aber kennen die Aborigines noch die Traumzeit, die für sie wirklicher ist als ihre materielle Wirklichkeit.«

Jetzt ist Schreiber plötzlich dabei! Nicht einmal Mc Gyver, der mit einem durch einen Feuerlöscher angetriebenem Geschoß eine Gefängnistür aufbricht und flieht, kann ihn ablenken. Mystik fasziniert die Leute eben, was soll's. »Wie hat man diese Traumzeit zu verstehen?«

»Eine Parallelwelt!« Leo schaute verzaubert in sein Glas, als könnte er in den Wellen auf der kreisenden Flüssigkeit jene Traumzeit sehen.

»Eine Parallelwelt, wenn Sie so wollen!« Hauenstein schluckte den Ärger über die Beantwortung einer rhetorischen Frage mit einem großen Schluck Cognac hinunter. »In der Traumzeit haben sich nach Überzeugung der Aborigines alle entscheidenden, wir würden sagen, mythischen Situationen abgespielt. An dieser Stelle wird das Präteritum problematisch, weil die Traumzeit nicht in unserem Zeitbegriff zu denken ist und daher auch unsere Zeitformen nicht greifen können. Hier herrscht so etwas wie die reine Gegenwart. In der Traumzeit, so müssen Sie es sich versuchen vorzustellen, obwohl uns das nach Kant gar nicht gelingen dürfte, geschieht ständig alles, was geschehen ist und noch geschehen wird. Aus ihr kommen alle Symbole und Wertvorstellungen, ja selbst die Gesetze der Aborigines-Gesellschaft.«

»Und wie kommt man in diese Traumzeit?«

»In die Traumzeit gelangt man mit allen Techniken, die nicht auf Alltagswahrnehmung zielen. An erster Stelle muß da natürlich der Traum genannt werden, wenn wir uns gestatten, von der hirnphysiologischen Traumtheorie abzusehen, nach der wir träumen, um zu lernen. Ansonsten sollen auch Ekstase- und Meditationsrituale für den Sprung in diese Parallelwelt geeignet sein.«

»Also auch eventuell das Riechen, wenn man dabei nichts riecht? Ich meine, wenn man zwar riecht, aber ... eheheh ... beispielsweise dabei Bilder sieht oder so was?« Leo stellte das Glas auf den Schreibtisch und ballte die Fäuste, als ob er sich selbst die Daumen drückte.

»Natürlich, mein lieber Herr Schreiber. In jedem Fall auch die Synästhesie!« Hauenstein stand auf und ging um seinen Schreibtisch herum.

»Oh, ja.« Schreiber sah auf seiner Uhr, daß nur noch drei Minuten zur vollen Stunde fehlten. »Nur schnell noch eine Frage, Professorchen!« Schreiber stand auf und legte seine Hand in die ihm von Hauenstein entgegengestreckte. »Wo finde ich diese Aboritschins?«

»Im Landesinneren Australiens dürfte es noch Stämme der Aborigines geben. Wenn Sie möchten, fertige ich Ihnen ein Gutachten an, das den Forschungsstand auf diesem Gebiet zusammenfaßt.« Mal unauffällig die Hand aus der Streckensprecherhand rausziehen. Wird ja schon feuchtwarm.

»Ja, machen Sie das. Und, eh, vielleicht sollte auch eine Reisebeschreibung beiliegen!?«

»Auch das!« Hauenstein schob Leo Schreiber aus seinem Büro heraus. »Frau Schroeder! ... Frau Schroeder!«

»Lassen Sie, ich weiß einen Trick!« Schreiber berührte Hauensteins Sekretärin an der Schulter, und schon begann sie zu repräsentieren.

BIER UND ÖL BEIM ALTEN

Als Linda zwei Wachschützer auf dem Krankenhausflur entdeckte, warf sie ihre Hüften und stökkelte direkt auf die beiden Männer zu.

»Na, schlag mich tot, was is'n das für 'ne Puppe?« Der eine Wachschützer pfiff durch die Zähne.

»Na, ihr beiden Hübschen, könnt ihr mir denn helfen?« Linda strich dem anderen flüchtig über den Schlagstock.

»Aber sicher doch!« Der andere Wachschützer zwinkerte Linda zu.

»Dann sagt mir mal, wo das Büro von Professor Korn ist!«

»Raum sieben null eins, hier gleich um die Ecke. Aber wir dürfen niemanden hineinlassen!«

»Wirklich niemanden, nicht einmal mich?« Linda zog einen herzerweichenden Schmollmund.

Die beiden Wachschützer schauten sich fragend an. Dann aber ermannte sich der eine: »Niemanden, meine Schöne. Wir haben unsere Anweisungen, und wir sind unbestechlich!«

»Wie schade, aber ihr gefallt mir trotzdem sehr. Wäre es denn auch gegen die Vorschriften, euch zu küssen?«

»Nein, nein! Nur zu Lady.« Der eine Wachschützer hatte Linda schon am Arm, während der andere artig einen Kinderkußmund formte.

»Nehmt doch aber bitte vorher die Helme ab. Die machen mir Angst beim Küssen.«

»Aber, aber, Schätzchen, vor uns brauchst du doch keine Angst zu haben.« Die Wachschützer rissen sich die Helme von den Köpfen und stellten sich dann kußbereit nebeneinander auf, so daß Ed ihre beiden Schädel von hinten gut zu fassen bekam und mit der nötigen Härte gegeneinanderschlug.

»Schlafet selig, ruhet sanft!« Steve legte äthyläthergetränkte Tücher über die reglosen Gesichter, und Lucky befestigte diese mit langen Klebestreifen an Haut und Haaren.

»Dahinten ist eine Besenkammer!« Chris zeigte, ohne vom Display seines Laptops hochzuschauen, auf eine Tür, die Linda mit dem Generalschlüssel der Wachschützer aufschloß, während Ed je einen der beiden Helden unter je einem seiner beiden Arme hineintrug.

»Wann darf ich denn nun endlich rauchen?« Lucky kaute ungeduldig auf seiner Fluppe herum.

»Kleinen Moment noch!« Chris steckte eine Karte in ein Magnetschloß. Es knurrte unwillig und spuckte das Plastik wieder aus, ohne die Tür freizugeben. Nun schob Chris die Karte in seinen Laptop, wo sie besser aufgehoben schien.

»Probier es doch mal hiermit, das beruhigt.« Steve hielt Lucky die Flasche mit dem Äthyläther unter die Nase.

»Riecht nicht schlecht!« Lucky nahm Nase um Nase voll. »Aber 'ne Kippe ist eben doch was anderes. Heh, das Krankenhaus schwankt ja!«

»Laß den Scheiß! Wir brauchen Lucky noch.« Ed riß Steve das Fläschchen aus der Hand und stöpselte es zu. »Chris, hör ma', was ist denn nun mit dieser verwichsten Tür?«

»Um die Magnetbandcodierung zu knacken, muß der Computer etwa zehn Billionen Kombinationen durchrechnen. Und das kann auch bei den schnellsten PCs bis zu drei Minuten dauern.« Linda schaute zu Chris, der beiläufig nickte.

Endlich sprang die Karte wieder aus dem kleinen Schlitz neben dem Diskettenlaufwerk. Chris steckte sie erneut in das Magnetschloß, und die Tür sprang auf. Ed ging voraus in den langen Flur, Steve folgte mit Lucky im Arm, Linda stöckelte hinterdrein, schließlich kam auch Chris, den Aktiv-Schirm vor Augen.

»Wohin fährt denn unser Schiff?« Luckys Haupt sank auf Steves Schulter.

»Wir fahren ans Kap der Guten Hoffnung!« Steve stieß den Kopf seines Kollegen wieder von sich.

»Hier ist es!« Ed winkte die anderen heran.

»Dann wollen wir mal!« Linda versuchte, den Generalschlüssel in das Schloß zu schieben. Vergeblich. »Steckt von innen.«

»Geh zur Seite, Mädel!« Ed rannte, die linke Schulter als Rammbock, gegen die Tür. Da das Schloß auch jetzt nicht nachgab, zersplitterte der Rahmen, und der Eindringling rodelte, die aus den Angeln gerissene Tür als Schlitten, in den Vorraum hinein, fegte mehrere Stühle fort, riß einen Computertisch um und landete schließlich mit dem Kopf voran in einem wie aus weiser Voraussicht geöffneten Aktenschrank. Sein Körper war unter all den Scherben, losen Papieren und Regalbrettern nicht mehr auszumachen.

»Was fällt Ihnen ein?« Professor Korn drohte den vier Gestalten, die neugierig in den Vorraum seines Büros hineinlugten, als hätten sie seine Einrichtung demoliert. Der Klinikdirektor griff dorthin, wo seine Hand unzählige Male die Klinke zu fassen bekommen hatte, wurde dann aber von dem ins Leere laufenden Stoß, mit dem er die Tür vor den vier Nasen heftig wie vor der seines Assistenten Roth zuschlagen wollte, herumgerissen, taumelte ein paar Schritte durch den Raum, verfing sich mit dem Fuß in einem implodierten Monitor, strauchelte und landete schließlich in den starken Armen von Ed, der sich gerade aus dem Schutt herausgearbeitet hatte:

»Und, wollen Sie uns nicht was zu trinken anbieten?« Ed schob den Meisterchirurgen in dessen Büro.

»Wo ist denn meine Security?« Korn stürzte zum Telefon, klemmte sich den Hörer ans Ohr und wählte.

»Was haben Sie denn so im Angebot?« Ed kitzelte den Klinikdirektor mit den Drähten des aus der Dose gerissenen Telefonkabels.

»Ich kenn mich doch hier aus!« Steve kam mit Lucky im Arm und einem Kasten Bier in der Hand herein.

»Und da sehe ich doch auch noch 'ne Pulle Öl!« Ed zog eine Flasche fünfzehn Jahre gereiften Isard XO-Cognacs aus Korns Bücherwand.

»Alle Maaten an die Gangspill,
Daß die Trosse laufen kann.
Jungs hievt an, denn unser Kasten
Steuert nun Old England an!
Und wir werden munter ...«

Lucky hatte noch nicht einmal die erste Strophe dieses alten Shantys geschmettert, da stopfte Steve ihm schon eine Zigarette zwischen die Lippen und goß, als sein Schrauberkollege keine Ruhe geben wollte, Bier in den weit geöffneten Singmund, woraufhin Lucky zwar noch wacker ein paar gurgelnde Laute von sich gab, schließlich aber noch vor dem Refrain abbrechen mußte.

»So, Freundchen, nun erzähl uns mal alles!« Ed goß ein bis zur Hälfte mit XO gefülltes Whiskyglas auf seine von unzähligen Sauftouren verkümmerten Geschmackspapillen und spülte mit Bier nach.

»Was wollen Sie denn von mir?«

»Mach dein verschissenes Maul auf, Mann!« Eds Faust ging auf dem Schreibtisch des Herrn Professor nieder und schlug dabei die Sprechanlage, an deren Tasten Korn herumgenestelt hatte, in Splitter.

»Sie müssen entschuldigen, er ist ein bißchen aufbrausend.« Nun kam auch Chris in das Büro herein und schob Ed in einen Sessel. »Uns interessiert, was Sie mit Marc Merkus gemacht haben!«

»Genau!« Linda schwenkte ihren Hintern durch den Raum. Als sie aber sah, daß weder Chris, noch der Herr Professor auf ihre Beine schauten und Steve wieder einmal reglos zu stieren begann, zog sie sich in den Türrahmen zurück.

»Ich darf keine Auskunft erteilen. Wer sind Sie überhaupt?«

»Ich glaube, du verstehst gar nicht, in welcher beschissenen Situation du dich befindest, häh?« Ed knallte sein Whiskyglas auf den Tisch. Steve schenkte freigebig aus der XO-Flasche nach, schob das Glas dem alten Haudrauf hinüber und stellte gleich noch ein Bier dazu.

»Rolling home, rolling home
Rolling home across the sea
Rolling home to you Old England
Rolling home ...«

Lucky schunkelte mit weit ausgestellten Armen, so daß Steve nun Mühe hatte, den singenden Rachen vollzufüllen, zumal er mit einer Bier- und der Cognacflasche zugleich hantierte.

»Wir sind die Brüder von Marc Merkus!« Chris legte seinen Ausweis auf Korns Schreibtisch.

»Dann hätten Sie sich diesen Auftritt ja sparen können!« Korn schüttelte den Kopf, daß sein Doppelkinn Wellen schlug. »Da war doch letztens schon mal jemand hier. Ich kopiere das Dokument rasch!«

»Paß mal auf, du Witzbold, jetzt werde ich aber gleich ungemütlich!« Ed hatte Korn schon am Kragen seines weißen Kittels, doch ein Zwinkern des rechten Auges von Chris genügte, daß er den Professor, wenn auch mit einem heftigen Schlag in den Nacken, noch einmal laufen ließ.

»Ich bitte Sie, solche Attacken zu unterlassen!«

Korn ging in den Vorraum, wo einzig der Kopierer unbeschadet geblieben war und geneigt rauschte.

»Attacke!« Steve schüttelte sein Bier durch, wobei er mit dem Daumen den Flaschenhals zuhielt. Dann zielte er zwischen Luckys singbereite Lippen und ließ, ganz nach Art eines Grillmeisters, den Schaum aus der Flasche schießen. Der Erfolg gab ihm recht, denn Lucky schaffte es lediglich, ein paar Silben seines Seemannsliedes herauszuwürgen, bevor sein Husten ihn verstummen hieß.

Linda drückte die Abdeckvorrichtung des Kopierers herunter, nachdem Korn den Ausweis von Chris »Merkus« in der Mitte der Glasscheibe plaziert hatte. »Sagen Sie, Doktorchen, mir tut es hier immer so weh!« Linda rieb sich die rechte Leiste.

»Adduktorenzerrung! Kommt wahrscheinlich von den hohen Absätzen. Versuchen Sie es mal mit Turnschuhen. Und gehen Sie zweimal die Woche schwimmen.« Korn nahm Original wie Kopie an sich und ging wieder in sein Büro zurück.

»Arschloch!«

»Marc Merkus wurde glücklicherweise sofort zu uns gebracht. Ich habe eine Nacht lang operiert und alle Schäden im Stammhirn beseitigt. Dann haben wir ihn runtergekühlt, um den Stoffwechsel zu dämpfen, damit die Schwellungen zurückgehen. Aber das habe ich auch alles Ihrem Stiefbruder schon gesagt.« Korn schloß ein Fach seines Schreibtisches auf, holte eine Krankenakte heraus und entfaltete seine Brille.

»Stiefbruder?« Ed drohte mit der Faust zu Steve hinüber.

»Spiel dich nicht so auf!« Steve legte die leere Cognacflasche auf den Tisch, damit sich noch ein paar Tropfen sammelten.

»Und das war alles?« Chris setzte sich, die Lehne

zwischen den Beinen, auf einen Stuhl und rückte ganz nah zum Professor.

»Ja, das war alles.« Korn blätterte in der Krankenakte.

»Nun wollen wir uns mal nichts vormachen!«

»Ich würde allerdings noch einen eher routinemäßigen Eingriff empfehlen, für den ich bereits das Einverständnis Ihres Herren Bruder eingeholt habe. Hier!« Korn zog das Blatt Papier heraus, das durch Steves Gekrakel zu einem Dokument geworden war.

»Her mit dem Quatsch!« Ed riß dem Professor die Unterlagen aus der Hand.

»Damit übernehmen Sie jede Verantwortung für den weiteren Verlauf ...«

»Allerdings! Aber was mich interessieren würde: Wo wollten Sie denn den Brainchip reinsetzen?«

»Natürlich da, wo die Verletzungen waren. Er dient dazu, mögliche Synchronschwingungen an Narben zu unterbinden.«

»Wooho?«

»Ins Stammhirn!« Der Professor war zusammengezuckt.

»Schön, das Stammhirn ist groß!«

»In den Hypothalamus.«

»Hier, du Weichhirn!« Ed entfachte die zerknüllte Einverständniserklärung und warf Steve das brennende Papier an den Kopf.

»Autsch! Blöder Fettklops!« Steve nahm die Cognacflasche, führte sie vorsichtig an seinen Mund und saugte die letzten Tropfen heraus. Dann schleuderte er sie auf Ed, der sich jedoch überraschend geschmeidig wegdrehte, so daß die Flasche eine Glasscheibe durchschoß, die in Korns Bücherwand so manches Jahr wertvolle Folianten vor Staub geschützt hatte.

»Jetzt langt's mir aber!« Korn stand aus seinem

Sessel auf, landete jedoch, nachdem Ed die Sitzfläche in die Kniekehlen des Neurochirurgen gestoßen hatte, wieder daselbst.

»Da kommt jemand!« Linda sprang aus dem Türrahmen in das Büro hinein.

»Laß ihn kommen!« Chris drehte sich zur Tür herum.

»Hilfe, Hillllfe, helft mir ...« Korn hörte sofort mit seinem Geschrei auf, als er sah, wie Ed mit seiner Rückhand ausholte.

»Herr Professor, Herr Professor! Was ist passiert?« Roth kam zum erstenmal in seiner unseligen Karriere, ohne anzuklopfen, ins Büro seines Chefs. Der aber reagierte wie immer:

»Sie Idiot! Sie verdammter Idiot! Jetzt haben Sie wieder alles versaut!« Korn faltete seine Hände wie zum Stoßgebet, während Ed den Nacken des leidgeprüften Assistenten in seine rechte Pranke nahm.

»Brauchste Äther, Peter?« Steve holte sein Betäubungsmittelfläschchen heraus und reichte es Ed herüber.

»Nein, danke. Keine Chemie!«

»Was führt Sie denn zu uns?« Chris trommelte mit seinen Fingern einen fahrigen Rhythmus auf die Schreibtischplatte.

»Ich muß dem Herrn Professor unbedingt etwas mitteilen!«

»Nur zu, wir haben keine Geheimnisse voreinander!« Ed rüttelte Roth am Nacken, was alles andere als vertrauenserweckend wirkte, den Assistenten jedoch nicht dazu veranlaßte, einfach an sich zu halten:

»Der Merkus ...«

»Jetzt halten Sie aber endlich den Mund!« Korn stampfte auf, und Roth verstummte noch im Moment.

»Erzähl weiter, Freundchen!« Ed versuchte es noch einmal mit der erprobten Rütteltechnik, aber Korns Assistent preßte nun störrisch seine Lippen aufeinander, daß sie dünn wie Federstriche wurden.

»Laß ihn, wir schauen uns Merk selbst an!« Chris nickte Ed zu, der Roth daraufhin mit einem gezielten Kopfstoß niederstreckte. Lucky und Steve übernahmen die Nachversorgung des Ausgeknockten.

»Aber, Sie können Ihren Bruder jetzt nicht besuchen!«

»Und ob, Herr Professor, er wird sogar heute entlassen!« Chris bewegte seinen Trackball und klickte. »Er muß nämlich am Wochenende auf der Piste sein!«

»Da mache ich nicht mit!«

»Sie werden sogar mit-kommen!«

»Nein!«

»Sie sind ab heute der Schiffsarzt, ehh, ich meine, Sie sind der Leibarzt von Merkus. Ich ernenne Sie hiermit!« Lucky torkelte zu Korn herüber und wollte ihm feierlich gratulieren, der Professor aber zog seine Hand zurück.

»Voran!« Ed nahm die Hirnchirurgenkapazität am Kittelkragen und stieß sie Richtung Tür, doch sie verlagerte vor lauter Trotz das Körpergewicht und prallte hart gegen einen Schrank:

»Mit Gewalt werden Sie bei mir gar nichts erreichen!«

»Das wollen wir doch mal sehen, du Weichei!« Schon baumelte Professor Korn hilflos an Eds linker Führungshand und mußte in die tiefen dunkelvioletten Narben auf den Wangen des Schraubers schauen.

»Oh, was habe ich denn hier?« Chris sah erstaunt auf den Schirm. »Sehen Sie sich das einmal an, Herr Professor!«

Ed schwenkte Korn über den Laptop, und der Klinikchef staunte nicht schlecht, als sich dort ein Foto seines Töchterchens aufbaute: Sie weinte, und die gefesselten Hände hielten ein Schild, auf dem »Papi, hilf uns bitte!« stand. Evas Kopf war auf die kleine Schulter von Lena gesunken.

»Aber, aber, das können Sie doch nicht machen! Wo ist meine Tochter und meine liebe Frau?«

»Komm'Se, gehn'Se! Wir haben zu tun. Und keine Tricks.« Ed stieß Professor Korn diesmal sauber durch die Tür in den Flur hinaus, die übrige Bagage folgte.

Chris schloß sein Bildbearbeitungsprogramm im Gehen.

»Wenn ich, unter Umständen ... eheh ... vielleicht noch eine Frage?« Frau Schroeder lächelte in die Zeitung, die ihr Chef aufgeschlagen vor seinem Gesicht hielt.

Hauenstein senkte das Blatt kurz und blitzte seine Sekretärin böse an.

»Jetzt habe ich wieder nicht im ganzen Satz gesprochen. Entschuldigen Sie. Also: Herr Professor, dürfte ich Ihnen noch eine Frage stellen?«

»Na aber, Frau Schroeder, ich liebe intelligente Fragen!«

»Ich wollte Sie eigentlich nur fragen, was stoisches Gedankengut ist.«

»Du mußt sofort verschwinden von hier, die Polizei ist hinter dir her!« Die Frau küßt ihren Geliebten in all der Hast nur mit geteilter Zuwendung. Sie gibt ihm ein Glas. »Trink das, damit deine Kopfschmerzen weggehen.«

»Gib mir Geld!« Er, der gut zwanzig Jahre jünger ist als sie, stürzt das trübe Wasser hinter und nimmt das Bündel Hunderter, das sie ihm reicht. Dann verschwindet er durch die Terrassentür in die Dunkelheit ...

»Das scheint mir ja ein richtiges Beratungsgespräch werden zu wollen, Frau Schroeder?« Hauenstein ließ seine Zeitung auf den Schreibtisch flattern. Kleine Lohnpfändung vielleicht? Ach, das lohnt nicht, bei unseren Einnahmen wird sie ohnehin am Monatsende kaum etwas bekommen.

»Ich könnte Ihnen auch etwas dafür bezahlen!?«

»Aber Frau Schroeder, ich bitte Sie. Wir werden doch untereinander kulant sein.« Nicht wahr? »Verbuchen wir dieses Gespräch einfach als Weiterbildung.« Hauenstein nahm sein Jackett von der Lehne und zog es über. »So! Die Stoa! Ich werde mit einer Frage beginnen: Frau Schroeder, ist der Tod furchtbar?«

»Natürlich, Herr Professor!«

»Mit dem Wort Tod ist ein Zustand bezeichnet, der dem des Lebens unversöhnlich gegenübersteht. Man könnte auch sagen: entweder Tod oder Leben, es gibt kein Pendeln zwischen diesen Zuständen, nicht einmal ein Zurück. Das heißt doch aber, daß wir, die wir leben, nichts über den Tod wissen können. Wir können also über den Tod gar nichts aussagen, nicht daß er schön ist und auch nicht, daß er furchtbar ist! Verstehen Sie?«

»Ich glaube, ja ... Also, ich glaube, daß ich diesen Sachverhalt verstehe.«

»Dann werden Sie mir nun wohl auch die Frage beantworten können, was denn am Tod furchtbar ist.«

»Na, ich denke, nichts?«

»Aber, Frau Schroeder, die Meinung, der Tod sei furchtbar, ist das Furchtbare am Tod!« Hauenstein blickte zum Spiegel in der Bücherwand. Verdammt, die Schroeder wußte ja davon! Schnell wieder zu ihr gucken. Sie hatte nichts bemerkt. Aber war denn da nicht der Hemdkragen über das Jackett gerutscht? »Und dergestalt verhält es sich mit allem anderen auch, das heißt ...« Jetzt handele ich mir hier noch ein »Eh« ein, nur weil ich nicht in den Spiegel schauen kann. »... also, vielleicht mit einer weiteren Frage gesagt: Wie wird man leben mit der Meinung, der Tod sei furchtbar? Mit innerer Ruhe und heiterer Gelassenheit oder eher in Furcht und Erregung?« So, sollte die Schroeder doch sehen, wie er sich in dem geheimen Spiegel anschaute. Das war immer noch besser, als mit einem verrutschten Cerutti-1881-Jackett hinter dem Schreibtsich zu sitzen oder tatsächlich noch ein »Eh« zu riskieren. Außerdem hatte er seine Sekretärin mit einer Frage beschäftigt.

»Die Meinung, daß der Tod furchtbar sei, versetzt einen doch wohl immer mal wieder in Angst und Schrecken!« Frau Schroeder nickte dem Professor zu.

»Genau! Und nun werden Sie mir bestimmt nicht widersprechen, wenn ich sage, daß die Furcht und die Erregung letztlich nur auf einer Meinung beruhen. Meinungen aber kann man korrigieren, austauschen, negieren, ablegen. Und so haben wir die Möglichkeit, uns von unnötiger Furcht, genauso wie von Begierde, Lust und Unlust zu trennen. Diese vier Gefühlszustände waren es nämlich, die von den Stoikern als Affekte bezeichnet wurden. Anders ausgedrückt: Das stoische Ideal der Apathie, der Seelenruhe, ist nur durch die Befreiung von den Affekten zu gewinnen.«

Ein Detektiv stellt zwei Raubmörder auf frischer Tat. Sie fliehen und lassen ihr Opfer verstört zurück. Er verfolgt die Verbrecher in einen Hinterhof. Dort wird der Detektiv von dem einen mit einem Messer verletzt, der andere setzt ihm hart mit einem Zaunpfahl zu, bis er vor Schmerzen nicht einmal mehr stöhnen kann. Als er wieder zu sich kommt, sind alle fort – auch das Opfer.

»Grausam, nicht wahr?« Frau Schroeder hatte ihre Fäuste zusammengepreßt, als wollte sie von nun an unnachgiebig gegen jede Ungerechtigkeit in der Welt ankämpfen oder zumindest dem Detektiv dabei ganz fest die Daumen drücken.

»Nun werden Sie fragen, warum ausgerechnet die Affekte die Seelenruhe gefährden!«

»Jetzt ist er ja weg! Der Fernseher hat umgeschaltet.« Frau Schroeder schaute den Professor vorwurfsvoll an.

»Frau Schroeder! Wenn dieser Fernseher hier in meinem Büro läuft, dient er, wie Sie sich wohl vorstellen können, ganz sicher nicht der Unterhaltung. Vielmehr geht es hier um den Versuch, einen Evolutionssprung zu provozieren. Also, schauen Sie hin, oder schauen Sie nicht hin, aber konzentrieren Sie sich bitte auf unser Gespräch!«

Frau Schroeder blickte schuldbewußt auf ihre Füße, schielte dabei jedoch wieder ein wenig zum Fernseher hinüber.

»Sie hatten also gefragt, warum die Affekte die Seelenruhe stören.«

Es war doch immer noch das anregendste, sich selbst die Fragen vorzulegen!

»Da muß ich sogleich zurückfragen: Worauf reagieren wir denn mit Affekten? Und Sie werden mir wahrscheinlich antworten: Auf etwas, das außerhalb von uns ist. Wenn sich der Mensch aber auf etwas richtet, was außerhalb seiner selbst liegt, macht er sich von diesem Außen abhängig und verliert seine Freiheit. Damit ist, um es einmal profan auszudrükken, die innere Ruhe dahin, Frau Schroeder! Und das Jammern darüber war dem Stoiker selbstredend nicht erlaubt, weil doch für ihn jedes Unglück nicht in einem äußeren Geschehen, sondern nur in der Meinung über selbiges gründete. Die Tatsachen hat der stoische Philosoph nicht in seiner Gewalt, wohl aber die Einstellung zu ihnen.«

»Und aber, eh, ich meine, wie verscheucht man denn diese Effekte?«

»Man kann natürlich nicht über die Praktik der Stoa reden, ohne auf die Technik der *epoche* einzugehen. *Epoche* bezeichnet den Prozeß des Anhaltens. Worin, wozu? Sehr einfach! Wir sind einem wahren, entschuldigen Sie bitte die militärische Terminologie, Flächenbombardement unserer eigenen Phantasien ausgesetzt, denen es eigentümlich ist, alle unsere Meinungen, egal, ob sie falsch oder richtig sind, auf das beredteste zu bestätigen. Diesen, man kann ruhig sagen, Bewußtseinsstrom gilt es, in der *epoche* zu unterbrechen und sich laut vorzusagen, welches die falschen Meinungen, Vorstellungen und Phantasien sind und wie sie richtig auszusehen haben. Der Stoiker ist Asket in der ursprünglichen Bedeutung des Wortes als Einübung, Training. Ja, für ihn heißt Leben stetiges Umtrainieren. Modern ausgedrückt könnte man vielleicht sagen: falsche Glaubenssätze deprogrammieren!«

»Und wenn man also beispielsweise, eheh, hingerichtet werden soll, kann man sich dann irgendwie die Sache schönreden, ja?«

»Ah ja! Nun ist mir eingängig, woher Ihr plötzliches Interesse an der Stoa kommt, Frau Schroeder. Boethius, natürlich! In der ›Consolatio Philosophiae‹ allerdings ruft der letzte Römer, wie ich ihn immer zu bezeichnen pflege, nicht nur stoische Gedankengänge zu Hilfe, um sich im Angesicht des nahenden Todes zu trösten. Er befragt vielmehr die gesamte antike Philosophie nach Autarkiebedingungen, nach Möglichkeiten also, sich gegen Schicksalsschläge unanfechtbar zu machen. Und die stoische Antwort als eine von vielen ist, die fremde Außenwelt via Affekte zu zerdenken, bis sie auf ein Haus schrumpft, in das man sich zurückziehen kann. Dort, im Inneren, findet man die ganze Welt vor, weil man *sich* dort vorfindet, und so kann man auch in der ganzen Welt zu Hause sein, ohne das Haus zu verlassen. Das Haus des stoischen Philosophen ist der Logos und seine Lebenskunst ist Hausverteidigung, die ...«

Das Telefon klingelte.

Frau Schroeder lief zu ihrem Schreibtisch. Die Hand auf dem Hörer, atmete sie noch zweimal tief durch.

Warum geht sie denn nicht ran? Hauenstein hatte schon einen Finger auf der rot blinkenden Taste. Noch ein Klingeln, dann würde er drücken. Was bildete sich Frau Schroeder denn ein? Dachte sie, er wäre ausgelastet, wenn er die eigene Sekretärin über die antike Philosophie aufklärte? Na bitte, endlich hatte sie abgenommen! Die Begrüßung war nahezu perfekt: Distanzierte Freundlichkeit, die den Eindruck vermittelte, daß man ganz gut im Geschäft war, trotzdem aber niemanden abweisen würde. Und nun? Kein Blättern im Kalender, kein Vertrösten, kein »Moment-bitte,-ich-habe-noch-ein-Gespräch-auf-der-anderen-Leitung«? Statt dessen ängstliches Flehen: »Um Gottes willen! Nein, sagen Sie, daß das nicht wahr ist! Wie ist denn so etwas nur möglich?«

»Ich muß sofort ins Krankenhaus, Herr Professor!« Frau Schroeder drehte sich in ihren für einen Moment in der Luft stehenden Blazer hinein.

»Aber, Frau Schroeder, was ist denn passiert?«

»Mein Sohn! Da war eine Untersuchung in der Schule. Mein Sohn hat einen Hirntumor. Er liegt schon im Krankenhaus. Und wenn ich ihn noch einmal so sehen will, wie ich ihn kannte, haben die gesagt, muß ich ganz schnell kommen. Was hat das nur alles zu bedeuten?«

»Nun fahren Sie erst einmal ins Krankenhaus. Und wenn es wirklich schlimm um Ihren Sohn stehen sollte ...« Hauenstein berührte seine Sekretärin an der Schulter! »Fahren Sie schon, wir reden dann darüber.«

Frau Schroeder beobachtete im Gehen mit ihrem Taschenspiegel, wie sie das Pudertuch über ihr Gesicht führte und wäre bestimmt, hätte Hauenstein nicht rechtzeitig die Tür aufgedrückt, völlig ungerührt Kopf voran gegen selbige gelaufen.

Kaum hatte Hauenstein die Tür geschlossen und sich vor den Monet gesetzt, da klingelte es auch schon. Er stürzte zum Empfangstisch und schaute in den Kalender. Hatte seine Sekretärin etwa einen Termin vergeben und vergessen, ihn davon zu unterrichten? Nein, hier gab es keinen Eintrag, die Seite war leer, wie die der anderen Tage. Es klingelte noch einmal. Sollte er denn als Professor Hauenstein, als Chef der Philosophischen Beratung, selbst die Tür öffnen. Was machte das für einen Eindruck?

Hauenstein zog seinen Kragen den Hals hoch, ließ ihn wieder herunterfallen und straffte sein Jackett an der Knopfleiste.

»Tja, wenn man nicht alles selbst macht ...« Hauenstein zog rasch die Tür auf.

»Hi, Conrad, warum gucken Sie so erstaunt?« Kirsten Bringer schob Hauenstein in dessen Büro hinein.

»Kirsten? Schön, daß Sie mich besuchen. Aber hatten Sie nicht gesagt, daß man uns besser nicht zusammen sehen sollte?«

»Es sieht uns doch keiner!« Kirsten stellte den Fernseher lauter und sprang in Hauensteins Chefsessel.

»Da haben wir Glück. Meine Sekretärin ist gerade zur Tür hinaus.«

»Ja, die Ärmste. Sie mußte ins Krankenhaus!« Kirsten stieß sich mit den Füßen ab, und der Sessel drehte sie.

»Ach, Sie waren das!« Hauenstein fing die Lehne ab. »Da haben Sie ihr aber einen gewaltigen Schrecken eingejagt.«

»Um so größer die Freude, wenn sie erfährt, daß es nicht stimmt.«

»Ist was passiert?«

»Allerdings. Korn hat mir einen Hilferuf gequixt!«

»Nun erzählen Sie doch!« Hauenstein goß sich einen Cognac ein.

192/193

DIE WAHRE GLÜCKSELIGKEIT

»Denke dir Gott und beantworte mir die Frage, ob du dir etwas Vollkommeneres als Gott denken kannst.«

»Nö, eigentlich nicht.« Lucky steckte sich eine Fluppe in den Mundwinkel und beugte sich zu Marc Merkus herunter.

»Auch die wahre Glückseligkeit aber, so hatten wir gesagt, solle, da sie nichts zu wünschen läßt, vollkommen sein. Doch sage mir, sind Wesenheiten vollkommen, wenn sie nebeneinanderstehen?«

»Nun werd mal nicht kompliziert, Chef!« Lucky grinste in die kleine Runde, die von den restlichen Pferdeärschen, Linda und Professor Korn gebildet wurde.

»So bleibt uns nur zu folgern, daß Gott, das Gute und die wahre Glückseligkeit nicht getrennt sein können. Also sind sie identisch! Wenn die Menschen durch das Erlangen der Glückseligkeit glückselig werden, müssen sie zugleich Gott werden! Zwar gibt es nur einen Gott, doch nichts steht dagegen, daß es durch Teilnahme so viele Götter wie Menschen gibt.«

»Mensch, Doktorchen, dem haben Sie aber eine Dröhnung gegeben!« Lucky blies dem Professor Rauch ins Gesicht.

»Nun sagen Sie mir endlich, wo meine Tochter und meine Frau sind.«

»Wenn Merk den Pokal hat.« Ed schlug dem Hirnchirurgen auf die Schulter und setzte sich ans Steuer des Krankenwagens.

»Machen Sie sich mal keine Sorgen. Sie werden Lena weitgehend unbeschadet zurückerhalten.«

»Was soll das heißen? Sie machen sich strafbar. Das ist erpresserischer Menschenraub. Ich bringe Sie hinter Gitter ...«

Korns Drohungen endeten abrupt, als er durch die bislang ungekannten Beschleunigungskräfte, die

Ed aus dem Krankentransporter herausholte, an die rückwärtige Tür geschleudert wurde. Lucky landete, Kopf voraus, weich im Bauch des Chirurgen, während sich Steve entgegen aller Trägheitskriterien mit einem gekonnten Sprung in den Beifahrersitz katapultierte und Linda ihre langen Beine um eine Verstrebung knotete. Chris segelte auf die Trage, direkt in die geöffneten Arme von Marc Merkus.

»Hi Merk, how are you?«

»Die Menschen aber teilen in ihrem Streben das, was doch ungeteilt ist, und bekommen so weder den Teil noch das Ganze.« Merkus schaute Chris gar nicht an.

»Heh, ich bin's doch, Chris! Der Flatliner! Mensch, Merk, wir haben dich aus dem Krankenhaus geholt, damit du Sonntag fahren kannst. Du wirst die Meisterschaft holen!«

»Im Inneren, in der Seele, wird er die wahre Glückseligkeit finden, denn dort allein sind alle Güter beisammen, dort ist Macht in der Selbstbeherrschung, Glanz im göttlichen Licht und Ehrwürdigkeit in der Tugend immer zugleich.«

»Was haben Sie dem denn weggeschnitten, Meister?«

»Jetzt geht's los!« Steve drückte den roten Knopf auf dem Armaturenbrett, und schon jaulte die Sirene.

»Die ficke ich zusammen.« Ed überfuhr eine rote Ampel ohne die Geschwindigkeit zurückzunehmen, im Gegenteil, er legte sogar noch etwas drauf, und die Reifen radierten zwischen den wie vor Schreck stockenden Autos umher. Die rasante Slalomfahrt mündete in eine so ausgebufft angelenkte Linkskurve, daß der Krankenwagen nur im Heck ein wenig ausbrach.

»Lang doch dem Chef mal 'n Bier, Steve!« Lucky

zog seinen Kopf aus Korns weißem Kittel und eine Zigarette aus der entsprechenden Schachtel heraus.

»Dem geht es aber schlecht!« Linda strich Merkus über die kalt schwitzende Stirn, bis Ed als Herr der Schwerkraft, das Promotion-Girl, die Domina und die angehende Computerexpertin in einem durch eine Vollbremsung vom Krankenlager fortschleuderte.

»Bleiben Sie stehen. Ich werde ihm eine Infusion geben!« Korn tastete sich ans Bett heran und steckte die linke Hand durch eine von der Decke herunterbaumelnde Schlaufe, mit der rechten hielt er sich den Bauch. »Ihre Raserei überfordert Ihren Bruder hoffnungslos. Schließlich ist er erst seit drei Tagen wieder bei Bewußtsein, und sein Hirnwasser hat sich noch längst nicht beruhigt. Deshalb habe ich mich ja auch gegen den Transport ...«

»Schnauze jetzt!« Ed scherte auf die linke Spur der Landstraße aus, um drei brav am rechten Straßenrand den Berg emporkriechende PKW zu überholen. Korn verlor bei diesem Manöver das Gleichgewicht und pendelte am linken Arm um das Lager von Merkus herum, wobei er Lucky, der sich auch gerade eine Schlaufe angeln wollte, mit einem dem Anschein nach ungewollten Fußtritt zu Boden streckte. Meter vor der Bergspitze stand plötzlich ein Truck auf Eds Spur – Eds Spur war ja immer die, auf der er sich gerade befand – und hielt auf den enthemmten Krankenwagen zu. War es das Martinshorn, das Blaulicht, das Rote Kreuz auf dem Dach, oder war es einfach nur das blanke Entsetzen vor Eds in der Schrecksekunde auftauchender vierschrötiger Visage, die den Trucker veranlaßte, zwischen zwei in voller Blüte stehenden Alleebäumen einzufädeln und in das Kornfeld zu schießen?

»So 'ne Flasche!« Steve schoß einen Kronkorken an die Decke, ein Geräusch, das Lucky aus seiner Benommenheit weckte:

»Schmeiß mal 'n Bier hinter, mein Hirnwasser muß sich auch beruhigen!« Lucky zog sich mühsam an der Liege, auf der sein Chef lag, hoch.

»Wollen Sie uns denn alle umbringen?« Korn hatte wieder Boden unter den Füßen und stach eine Infusionslösung an.

»Ich will nur von deinen Schleimscheißern nicht belästigt werden.« Ed deutete in den Rückspiegel, wo man ganze Heerscharen von Wachschützern zu Auto und Motorrad sehen konnte.

»Dieser Krankenwagen hat einen Peilsender. Sie haben keine Chance. Gleich wird uns die Security umzingelt haben. Geben Sie auf, Mensch!« Korn stach die Kanüle in den vor Adern blauen Handrükken von Marc Merkus und regelte den Tropf auf höchste Durchflußgeschwindigkeit.

»Das kann aber unangenehm werden.« Steve zeigte auf drei Transporter der Security-Firma, von der die Pferdeärsche mehrere Angestellte in seligen Schlummer hatten sinken lassen. Sie kamen ihnen entgegen und da sie direkt nebeneinanderfuhren, hätte nicht einmal mehr ein todesmutiger Biker genügend Platz gefunden, sich zwischen ihnen hindurchzuschummeln. Auch sahen die Fahrer finster entschlossen aus, keinen Zentimeter Straße freizugeben und, was selbst Ed zur Vernunft zu bringen schien, ihre Kleinlaster machten einen bedenklich gepanzerten Eindruck. Nun war es also das alte Rauhbein selbst, das seinen Wagen freiwillig auf das Feld steuerte. Die Maiskolben klatschten gegen die Windschutzscheibe, Ed kurbelte wie wild am Lenkrad, Steve lachte, Lucky stimmte das alte Volkslied »Hoch auf dem gelben Wagen« an, Linda kreischte auf, Merkus zitierte und Korn, der schwebte. Nur Chris schien von der kleinen Landpartie ungerührt. Er hatte in den Bordcomputer eingesteckt und schon wirkte seine ganze Erscheinung nur noch wie eine etwas fade geratene Grafikoberfläche, der weder mit Schwerkraft, noch mit Gefühl beizukommen war.

Die Wachschützer stiegen sogleich in die Eisen, mähten trotzdem aber ein paar ihrer ihnen auf Motorrädern entgegenkommenden Kollegen um. Dann wendeten sie und folgten nun einer nach dem anderen Eds frischer Spur ins Maisfeld hinein.

»Zieh zu, schnell!« Chris war, plötzlich wieder ganz leibhaftig, aufgesprungen und stemmte Korns Handgelenke gegen die Decke. Linda fragte nicht lange. Die Schlaufen schnürten sich unter ihren geübten Händen tief ins Chirurgenfleisch. Korn schrie auf und zerrte so herzerweichend an seinen Fesseln, daß Linda sich ein funktionslos aus dem EKG-Gerät hängendes Kabel griff und ausholte.

»Hier!« Chris zog die Kanüle aus dem Handrücken von Marc Merkus und gab sie Linda. »Stich ihm das Ding in den Arm.«

»Nein, nein, nein!« Korn stampfte wie ein von den Eltern als ungezogen bezeichnetes Kind auf das Bodenblech des Krankenwagens, als Linda die Nadel ansetzte. »Bitte nicht in den Muskel!«

»Gut, gut, meinetwegen.« Linda stach die Nadel direkt ins Muskelfleisch seines Unterarms. »Diese Masochisten!« Sie schüttelte den Kopf.

»Komm zu dir, los!« Chris zog Merkus am Revers seines seidenen Morgenmantels hoch.

»Sag mal, Chris, haste 'n bad trip geschmissen, oder was?« Steve drehte sich zu seinem Schraubérkollegen ein, hielt aber die rechte Hand noch immer schützend gegen die aufschlagenden Maiskolben.

»Paß auf, Ed, du schneidest jetzt eine scharfe Rechtskurve, dann verpfeife ich mich mit Merk.« Chris zog Merkus zur hinteren Tür.

»Wollt ihr denn nicht wenigstens 'n paar Bier mitnehmen und was zu rauchen?« Lucky hielt Chris bereitwillig seine Fluppen hin.

»Los!«

Ed riß das Steuer herum, Chris trat die Tür auf, sprang hinaus und riß Marc Merkus mit. Als der Krankenwagen schon wieder anfuhr, hechtete auch Linda noch ins Feld hinaus:

»Du kannst doch nicht ohne deinen Laptop gehen!«

»Komm runter, schnell!« Chris zog Linda behutsam in die Deckung, die das Maisfeld den drei Flüchtigen bot. Sie konnten gerade noch sehen, wie der Krankenwagen einen Haken nach links schlug, dann war er verschwunden. Und schon rasten die Transporter der Security an ihnen vorbei, in beträchtlichem Abstand folgten fünf unsicher von Furche zu Furche springende Motorräder der Sicherheitsfirma.

»Der Begehrende macht sich zum Sklaven des gebrechlichsten Dinges. Zu hoch schätzt er das Gut des Körpers, den das Feuer eines dreitägigen Fiebers vernichten kann.« Merkus versuchte sich an einer Maispflanze hochzuziehen, was ihm jedoch gründlich mißlang.

»Mensch, Merk, das kann doch nicht wahr sein!« Chris half seinem Chef auf die Beine. »Mein Gott, was hat dieser Hirnchirurg mit dir gemacht?«

»Gott? Gibt es einen Gott, woher das Übel? Gibt es keinen, woher das Gute?« Merkus schwankte bedenklich. »Gott ist allmächtig. Also gibt es nichts, was Gott nicht könnte. Kann also Gott das Böse tun?«

»Reiß dich zusammen, Mensch! Erzähl mir, was du weißt. Was geht hier vor?« Chris hielt Merkus am Revers und rüttelte ein wenig. Der Rennfahrer aber verlor unter den ermunternden Berührungen das Gleichgewicht und fiel. Chris, der sich eigentlich wohl wegducken wollte, bekam den muskulösen Körper auf seine Schultern und trug ihn, nun selbst torkelnd, fort. Linda folgte.

»Keineswegs! Gott kann das Böse nicht tun, wenn er doch das Gute ist. Also ist das Böse nicht!« Der Kopf von Merkus baumelte in Hüfthöhe von Chris, so daß er nun zu den Maiskolben sprach. »Denn wie könnte das Böse sein, wenn der es nicht tun kann, der nichts nicht kann?!«

»Marc Merkus und die Philosophie! Wie kommt das zusammen?« Chris ächzte unter der Last, hielt sich – beziehungsweise Merkus – aber recht wacker.

»Ich glaube, ich weiß, wo wir hingehen müssen!« Linda zog sich ihre Stöckelschuhe aus und rannte über das Feld zur Straße, den Laptop sicher im Arm.

EVCHEN PACKT ZUSAMMEN

Eva Korn riß den Zettel ab, der von innen an der Haustür klebte und besah ihn sich aufmerksam wie ein Erpresserschreiben: »KITTEL BÜGELN!!!« Sie mußte lachen. Wann hatte sich ihr Mann diesen Befehlston angewöhnt? Vor einem, vor zwei, vor drei Jahren, in den Flitterwochen? Eva nahm den Rotstift, mit dem er die Nachricht geschrieben hatte und unterstrich seine Worte mehrmals, dann klebte sie die Office-note auf seinen Schreibtisch.

Lena freute sich mit ihrer Mutter, die ihr nun zuzwinkerte und das schnurlose Telefon zur Hand nahm.

»Ich hoffe doch, daß Sie mir helfen können.« Eva nahm ihre Tochter auf den Schoß. »Also, ich brauche ein Haus in Italien mit großer Terrasse, Swimming-pool muß nicht sein. Wichtiger sind die Zimmer: Ein großes, mindestens vierzig Quadratmeter mit verglaster Vorderfront und Kamin. Blick ins Freie. In der Mitte des Zimmers ein Schreibtisch mit Computer. Dann zwei separate Schlafzimmer mit Verbindungstür. Geräumige Wohnküche und einen Fitnessraum. Ab morgen mittag. – Mir egal. Ich bin sicher, daß Sie das organisieren können. Oder soll ich mich nach einem flexibleren Reisebüro umhören? – Gut! Dann rufe ich Sie vom Gardasee aus an!« Eva drückte die Talk-Taste des Telefons, dann ging sie zum Schreibtisch ihres Mannes hinüber und setzte Lena in den Ledersessel. Das Kind schlief ein und bekam nicht mehr mit, wie seine Mutter die Schublade aufzog und sofort wieder zu lachen begann. Was hatte sich der Herr Klinikdirektor eigentlich in den Jahren angemaßt? Alle ihre Dokumente lagen bei ihm in Verwahrung: Ihr Paß, ihr Sparbuch, ja selbst ihre Geburtsurkunde. »Wo hättest du die Sachen denn aufbewahren wollen, Evchen?« Eva mußte sich Freudentränen aus den Augen wischen, als sie im Geiste ihren Mann mit Donald-Duck-Stimme sprechen hörte. Evchen hatte ja nicht einmal einen eigenen Schreibtisch! Wozu auch? Für »die zwei Briefe», die sie im Jahr schrieb – das wäre rausgeschmissenes Geld!

Wie lustig doch das Leben sein konnte! Eva nahm alle amtlich anmutenden Schriftstücke an sich, auch die Fahrzeugpapiere, die Euroschecks, die Kreditkarten und sortierte sie in ihre Handtasche ein. Als die Fächer zu spannen begannen, fragte sie sich, warum sie eigentlich die Papiere ihres Mannes mitschleppen wollte? Außer Rachegefühlen fiel ihr kein triftiger Grund dafür ein. Also legte sie die Unterlagen von Professor Korn wieder auf seinen Schreibtisch und klebte die Office-note obenauf. Ein schönes Rätsel!

»Mama!« Lena streckte ihre Arme aus und schon ging es hinauf zur tanzenden Mutterschulter.

»Wir packen!« Eva trug ihre Tochter die Treppe hinauf ins Kinderzimmer. Dort warf sie wahllos Spielsachen und Teddybären in einen Koffer, während Lena jeden Wurf mit einem anfeuernden »Mehr!« kommentierte, jedoch sofort und ohne ihre Drohgebärde verstummte, als ihre Mutter innehielt. »Komm!« Eva verließ das Kinderzimmer und stellte die Reisetasche quer vor die Treppe, so daß sich Lena, auch bei größter Anstrengung respektive Ungeschicklichkeit nicht vorbeizwängen konnte.

»Mama! Mama!« Lena sah ihre Mutter hinter einer Tür verschwinden. Nun noch alleine laufen, jetzt wird's mir aber gleich zu bunt hier. Mhm, mit Weinen und Schreien kommt man ja hier auch nicht mehr weiter. Was war nur los mit dieser Frau? Lena würde sich wohl eine andere Strategie austüfteln müssen. Erst mal hinsetzen und ausruhen!

Das Telefon klingelte. Nach dem dritten Läuten sprang der Anrufbeantworter an. Evas Stimme hallte durch die Kornsche Villa und sagte an, daß im Moment niemand zu Hause sei, man den Herrn Professor jedoch in dringenden Fällen über Funk oder Europieper erreichen könne. Nach dem Signalton meldete sich Helmuth Korn selbst zu Wort: »Evchen! O Gott. Diese Verrückten haben euch wirklich entführt. Ich lasse euch nicht alleine. Ich werde alles tun, um euch da wieder rauszuholen. Ich liebe euch ja so, ich brauche euch. O Gott.« Korns Stimme wurde immer leiser, bis der Anrufbeantworter sie schließlich ganz abschaltete.

»Jetzt hau'n wir ab, Lena!« Eva rollte ihren Koffer zur Treppe.

»Papa! Da!« Lena zeigte in die Empfangshalle des Hauses.

»Keine Angst, Papa ist nicht da!« Eva setzte Lena auf ihren rechten Arm, hängte sich die Reisetasche um die Schulter, hob den Koffer an und schleppte zur Eingangstür hinaus, die sie einfach hinter sich ins Schloß fallen ließ.

WARTEN LOHNT SICH

Al Bundy schleicht zur Wohnungstür. Als er sie öffnen will, wird er von Peggy überrascht. »Wohin?« / »Zum Eisangeln!« Al weist auf seine Tarnuniform und die Stippe, doch Peggy glaubt ihm nicht. »Da kommt ja schon mein Begleiter.« Al öffnet die Tür, Jefferson grinst breit mit geschultertem Gewehr: »Auf zur Schweinejagd!«

»Wir müssen etwas unternehmen!« Hauenstein saß im Klientensessel und nippte an seinem dritten Cognac.

»Aber was?« Kirsten Bringer schmunzelte dem Fernseher entgegen.

»Wir müssen Merkus unbedingt finden, bevor die Polizei etwas von der Sache erfährt. Dann haben wir noch eine kleine Chance, das Ganze ungeschehen zu machen. Korn muß ihm einfach den Chip wieder rausnehmen, und dann kann uns keiner etwas nachweisen.«

»Und wo sollen wir Merkus suchen?«

»Wenn wir unser Ziel schon kennten, sagt Platon, bräuchten wir nicht zu suchen, wenn wir aber unser Ziel nicht kennen, wonach suchen wir dann?« Vielleicht darf ich jetzt mal wieder in meinen Chefsessel? In diesem unbequemen Ding hier kann man doch nicht nachdenken. »Was weiß ich, wo wir ihn suchen sollen? *Sie* kennen ihn doch. Wo würde er sich mit seiner Bagage und einer Geisel verstecken? Ein Landhaus? Ein Bootsschuppen? Der Alterssitz seiner Eltern?«

»Woher soll ich denn das wissen, ich bin doch nicht seine Analytikerin. Ich mache Mind-Design, mich interessieren keine Biographien!«

»Oder wir fahren ins Krankenhaus und vernichten Korns Unterlagen. Dann können sie uns auch nichts mehr nachweisen!«

»Sie meinen, wir sollten ein Feuer im Krankenhaus legen, ja?«

»Genau!«

»Wie würde denn so ein Feuer aussehen?« Kirsten war zu Hauenstein hinübergegangen und hatte sich direkt vor ihn gestellt.

»Na, die ganzen Akten ...« Hauensteins Augen glühten, als ob sie selbst das Feuer entfacht hätten, das er nun vor sich sah.

»Mensch, Conrad! Sie stecken ja völlig im Gefühl. Sie sind konfus, total aufgelöst. Reißen Sie sich jetzt zusammen. Und hören Sie auf zu saufen, verdammt!« Kirsten nahm Hauenstein den Cognac weg und stürzte ihn hinter. »Los, Sie machen jetzt Liegestütze und singen dazu ›Alle meine Entchen‹. Sie müssen sich separieren, aus dem panischen Gefühl rauskommen.«

Liegestütz? Da wird sie aber staunen, was er für Armkraft hatte! Hauenstein hockte sich hin, schaute noch einmal zu Kirsten auf und ließ, nachdem sie ermunternd genickt hatte, seinen Oberkörper nach vorn schnellen. Eins, zwei, drei, vier, das ging los. Er war noch gut in Form, konnte Kirsten sogar zuzwinkern, während er seine Arme durchdrückte.

»Alle meine Entchen/ schwimmen auf dem See ... Singen Sie!« Die NLP-Therapeutin stimmte das Kinderlied in vollem Ernst an.

Hauenstein, inzwischen bei dreizehn Liegestützen angelangt, keuchte pro Beuge eine Silbe heraus, ohne sich im mindesten um Melodie und Rhythmus zu bekümmern. In dieser sportiven Weise brachte er nicht einmal eine Strophe zu Ende, bevor er nach gerade einmal achtundzwanzig Liegestützen vollkommen erschöpft am Boden liegenblieb.

»Hatte ich eigentlich eine Brille auf, als wir uns kennengelernt haben?«

»Also, zu Anfang, glaube ich ...«

»Gut, gut. Jetzt sind Sie wieder zurechnungsfähig. Nun lassen Sie uns mal überlegen: Was hat die ganze Sache mit uns zu tun? Ich habe Merkus lediglich, als ich ihn für das Rennen programmiert habe, so übermotiviert, daß er über kurz oder lang abfliegen mußte. Das kann mir keiner nachweisen. Und Sie, Sie haben Korn doch nur ein paar E-Mails gesendet. Den Rest hat Korn gemacht. *Er* hat den Chip eingesetzt, und damit das Lernzentrum des öden Rennfahrerhirns angezapft. Was kümmert es uns?«

»Korn könnte alles ausplaudern!« Hauenstein schummelte sich an Kirsten Bringer vorbei und setzte sich in den Chefsessel. »*Was* könnte er eigentlich ausplaudern? Nichts! Ich habe ihn über die Lehren des letzten römischen und ersten mittelalterlichen Philosophen Anicius Manlius Severinus Boethius unterrichtet. Das ist nicht strafbar, schließlich führe ich eine Philosophische Beratungsstelle. Es stimmt! Wenn es brenzlig wird, können wir jede Beteiligung an den so scheußlichen Menschenversuchen des Herrn Professor Korn abstreiten. Nur ...«, Hauenstein fuhr mit dem Sessel zu seiner Computertastatur, »... nur meine Konzepte für die Bewußtseinsfabrik muß ich vernichten.« Schon stocherte der Philosoph mit der Maus im Dateimanager herum.

»Warten Sie mal!« Kirsten Bringer las begierig und hatte ihren Finger schon auf der Page-down-Taste, da klickte Hauenstein den Lösch-Button an und beschied der Sicherheitsabfrage, ob er denn wirklich ›bewu‹ löschen wolle, positiv. Da nützte das warnende »Nein!« der NLP-Master-Practitionerin nichts mehr, auch wenn es laut und verzweifelt wie ein Hilferuf durch das Büro hallte.

»Ist doch alles hier drin!« Hauenstein berührte mit

der linken Hand sanft seine Stirn, während er mit der rechten die Windows-Sitzung quittierte. Der Schirm pfiff auf typisch elektrostatische Weise und sank ins Schwarz. »Und, was machen wir nun?«

»Wir müssen Merkus finden!« Kirsten setzte sich auf die Lehne des Chefsessels.

»Wie bitte?«

»Na, wir haben uns doch bislang nur darüber unterhalten, was wir im ungünstigsten Fall machen werden. Solange aber keine Gefahr für uns besteht, werden wir doch wohl alles tun, um das Projekt zu retten!«

»Natürlich!« Hauenstein klappte sein Psion auf und gab einen Namen ein. »Wenn überhaupt jemand etwas über den Aufenthaltsort von Marc Merkus weiß, dann Leo Schreiber!« Der Philosoph drückte die Lautsprechertaste seines Telefons und wählte. Nach dem vierten Klingelzeichen legte Leo mit seinem volltönenden Baß los:

»Liebe Verehrerinnen, liebe Freunde!« Motoren heulten auf, schon begann der Streckensprecher zu kommentieren. Nach zehn Sekunden wurde der Renn-Bericht leiser, so daß der private Leo weitersprechen konnte: »Diese Aufnahme ist das einzige, das ich im Alten Europa zurücklasse. Den Leo Schreiber, den ihr kanntet, gibt es nun nicht mehr.« Leos Report brach in diesem Moment ab. »Ich bin auf dem Weg nach Australien, zu den Aborigines. Dort werde ich in die wirkliche Welt eintauchen, in die Traumwelt, in der ich mein Leben lang schon mit einem Bein stand. Euch muß ich nun zurücklassen, hier, in dieser Schattenwelt. Doch wir werden uns alle wiedersehen!«

»Der ist ja vollkommen durchgeknallt!« Kirsten Bringer lachte ungläubig. »Die wirkliche Welt ist: Sehen, Hören, Riechen, Schmecken, Fühlen! Mehr gibt es nicht. Wo hat der diesen Quatsch mit der Traumwelt denn her?«

»Sie wollten doch, daß Schreiber verschwindet, meine liebe Frau Bringer! Und nun?«

»Ist Ihr Ideenvorrat schon wieder erschöpft?«

»Vorerst ja! Und Ihrer?«

»Ich habe immer eine Idee: Warten, wir werden warten!«

Oh, wie pfiffig! Hauenstein legte seine Füße auf den Schreibtisch und – tja, und wartete. Was macht man denn da so? Mit den Fingern auf die Lehne trommeln, die Schuhspitzen anschauen, den Sessel in Schwingposition stellen und ein wenig wippen, die Fußstellung wechseln ...

Kirsten Bringer hatte ihr Funktelefon aus der Gürteltasche genommen und ließ per Knopfdruck das Mikrofon aus dem zigarettenpackungsgroßen Gerät herausschnellen, schob es wieder hinein, drückte es wieder hinaus und so fort, während sie die Kuppen von Daumen, Zeige- und Mittelfinger der rechten Hand aneinanderpreßte, um sich mit Hilfe ihres Selbstankers aus Hauensteins Büro hinauszuschummeln und an jene paradiesische Seeterrasse zu gelangen, auf der sie, am eiskalten Martini nippend, in beste Stimmung geriet. Daß sie längst dort angekommen war, zeigte sich am versonnenen Lächeln und an ihrer rosigen Gesichtshaut.

»Mein Gott!« Der Seismologe schaut mit angstgeweiteten Augen zur rauchenden Bergkuppe hinauf. »Jetzt bricht er aus!« / »Wieviel Zeit haben wir noch?« / »Vielleicht zwanzig Minuten! Dann wird eine Feuerlawine ins Tal schießen!« / »Lawine?« Die Bergführerin schaut auf den verschneiten Wipfel des gegenüberliegenden Berges. »Ich habe eine Idee, komm schnell!« Sie zieht den Seismologen am Jackenärmel zu ihrem Motorschlitten hinüber und gibt ihm mehrere Sprengstoffladungen. »Bist du verrückt?«

Es klingelte. Hauenstein drückte seinen Oberkörper gegen die schwingende Rückenlehne und schnellte aus dem Sessel. Wer mochte das sein? Frau Schroeder war im Krankenhaus, außerdem hatte sie einen Schlüssel, und einen Klienten konnte er jetzt nicht empfangen. Als sich Hauenstein den leeren Terminkalender anschaute, klingelte es bereits ein zweites Mal.

»Vielleicht machen Sie mal auf, ja?!« Kirsten war eigens für diesen Ratschlag von ihrer Seeterrasse zurückgekehrt.

»Aber?« Hauensteins Bedenken wurden von einem Klingelsturm zerstreut. »Meine Sekretärin ist unpäßlich, daher ...« Er zog die Eingangstür auf. »Was wollen Sie, haben Sie einen Termin?«

»Laß uns rein, ansonsten gibt es keine Schläge mehr!« Linda scheuchte den Philosophen mit ein paar Handbewegungen von der Tür fort, trat ein und winkte Chris herein, der Merkus am Arm führte.

KORNS RIPPE LEIDET WEITER

»Wir haben sie nicht entführt.« Luckys Zunge lag träge in seinem Mund und kam nur nachlässig ihrer Lautformungsaufgabe nach. Trotzdem aber nickte Professor Korn dem Anästhesisten zu, woraufhin dieser den Rest, der noch in seiner Spritze war, in Luckys Adern drückte.

»Paß auf, Freundchen, wenn du mir jetzt nicht die Wahrheit sagst, schicke ich dich in die Ewigen Jagdgründe!« Korn hielt Luckys Gesicht fest zwischen seinen Händen und fixierte den immer wieder flüchtenden Blick des Schraubers, wozu er selbst kreisende Bewegungen vollführen mußte.

»Ewige Jagdgründe? Weiß nicht, was das ist.«

»Bona fide! Geschafft! Der Typ erzählt Ihnen jetzt, wie oft er seine Tochter pimpert!« Der Anästhesist zog die Nadel aus Luckys Arm und betupfte den Einstich mit Alkohol.

»Raus! Verschwinden Sie! So etwas Geschmackloses äußern Sie nicht in meiner Gegenwart!« Korns Gesicht war rot angelaufen.

»Diese Political correctness ist ja wohl die humorloseste Erfindung in der ganzen Menschheitsgeschichte.«

»Fangen Sie nicht an zu räsonieren, sondern scheren Sie sich raus hier!«

»Sie wissen doch genau so gut wie ich, daß ich den Raum jetzt nicht verlassen darf.« Der Anästhesist schob einen Tropf an das Kopfende der OP-Liege. »Entschuldigen Sie bitte meine unüberlegte Äußerung!«

Korn schüttelte seinen Kopf, dann wandte er sich wieder Lucky zu: »Und das Bild von meiner Frau und meiner Tochter, auf dem Lena weint und gefesselt ist?«

»Das hat Chris irgendwie mit seinem Computer gemacht. Das sieht zwar aus wie ein Foto, ist aber nicht wirklich eins.« Lucky klopfte mit dem rechten Zeigefinger auf seinen Daumen, als aschte er ab.

»Alle drei sagen dasselbe!« Korn lief, seine Stirn massierend, durch den OP-Vorbereitungsrraum. »Ich bin auf eine Computersimulation reingefallen. Bleibt aber trotzdem die Frage: Wo sind meine Frau und meine Tochter?« Der renommierte Neurochirurg zog die Tür auf und wollte gerade in den Flur hinaustreten, da bekam er von dem heraneilenden Roth einen heftigen Hieb in die Rippengegend.

»Sie Volltrottel!«

»O, entschuldigen Sie, Herr Professor. Ich dachte, Sie sind ...«

»Ich sage doch immer wieder, Roth, Denken ist nicht Ihre Stärke!« Korn krümmte sich in einen Stuhl hinein.

»Da bin ich aber froh!« Roth nahm seine Brille mit den halbierten Gläsern ab.

»Wie bitte?«

»Ich meine, ich bin froh, daß Sie hier im Krankenhaus sind. Ich bin aus der Narkose aufgewacht und sah, daß Ihr ganzes Büro verwüstet war. Da habe ich natürlich gedacht, daß Sie von diesen Kerlen entführt wurden.«

»Sehr scharfsinnig!«

»Ich habe sofort reagiert und die Polizei benachrichtigt. Die werden gleich hier sein.« Roth grinste.

»Sie, Sie, Sie«, Korn fuhr auf und holte mit der Rückhand zu einem vernichtenden Schlag aus, zog jedoch nicht durch, »ich könnte Sie. Sie sind doch wirklich der größte Hornochse des nördlichen Wendekreises!«

Der Klinikdirektor wandte sich zum Anästhesisten: »Spritzen Sie dem da ein Gegenmittel, schnell, und seinen beiden Kollegen auch.« Dann nahm er Roth am Kittelkragen:

»Und Sie packen Ihre Sachen. Sie sind gefeuert, mit sofortiger Wirkung. Verlassen Sie den OP-Trakt. Der Zutritt ist nur Angestellten erlaubt.«

»Herr Professor, Herr Professor! Entschuldigen Sie, aber ...« Eine OP-Schwester stemmte sich mit aller Leibeskraft gegen den Schub eines Krankenbettes, mußte jedoch Meter um Meter nachgeben. »... ich habe den dreien hier verboten, in den OP zu gehen. Aber die haben nicht auf mich gehört und nur gesagt, daß Sie sie kennen.« Die Schwester schlitterte gegen Professor Korn, genauer gegen dessen rechte Rippenpartie.

»Au, verdammt! Drehen jetzt hier alle durch?« Er hielt sich die Seite. »Was wollt ihr denn hier?«

»Wir bringen Ihnen Merkus, Mensch!« Hauenstein trat auf das Feststellpedal.

»Es ist in Ordnung, gehen Sie an Ihre Arbeit!« Korn schob die OP-Schwester fort. »Wo habt ihr den denn her?«

»Fremde Bosheit entwendet edlen Seelen nicht ihre eigene Zier!« Merkus schaute triefäugig umher.

»Na, Hauenstein, was sagen Sie dazu?«

»Phantastisch, Korn, phantastisch. Merkus bringt die ganze Zeit schon exakte Zitate aus dem ›Trost der Philosophie‹.«

»Aber er reagiert überhaupt nicht mehr!« Kirsten Bringer fuhr mit ihrer Hand durch die Luft und hielt unvermittelt vor den Augen von Marc Merkus ein. Der aber zeigte nicht den geringsten Schutzreflex.

»Das ist doch zweitrangig. Wichtig ist, daß wir eine Möglichkeit gefunden haben, über die Traumregion das Lernzentrum anzuzapfen! Online-Lernen, verstehen Sie, das ist die Zukunft, endlich kann der Mensch buchstäblich im Schlaf lernen.«

»Und mit den Reflexen, das ist nur ein Abstimmungsproblem.« Korn legte seine Hand auf Kirstens

Schulter, wo sie sogleich zärtlich umfaßt wurde. »Doch, um das zu lösen, müssen wir einen Computerexperten ins Vertrauen ziehen. Wenn der den Merkus bis in die Nervenlaufzeiten hinein richtig einstellt, dann kann der sogar wieder Rennen fahren.«

»Das trifft sich aber gut!« Kirsten strich ihre Wange über die Chirurgenhand.

»Niemals! Das ist mir zu heiß. Lassen Sie uns die Sache hier abbrechen.« Hauenstein schloß den verschworenen Kreis, indem er Kirsten und Korn an die Oberarme faßte. »Korn, operieren Sie das Ding wieder raus. Wir können doch weitermachen, wenn sich die Lage beruhigt hat.«

»Willst du etwa der freien Seele etwas befehlen? Willst du den Geist, der mit fester Vernunft in sich gefaßt ist, aus dem Zustande seiner eigenen Ruhe verdrängen?« Merkus gähnte unbeteiligt.

»Sagen Sie mal, Conrad, Sie müssen sich wohl mal wieder separieren!« Kirsten Bringer holte aus und gab dem Philosophen eine schallende Ohrfeige.

»Oh, ich habe ein gutes Gefühl!

»Ich glaube, wir sind uns einig.« Kirsten hauchte einen Kuß auf den geliebten Handrücken. »Kommen Sie, Conrad, wir haben was zu erledigen.«

»Alles klar! Und, Korn, lassen Sie sich den Merkus nicht wieder klauen!«

»Roooooooth!!!« Korn löste eigenfüßig das Feststellpedal, während sein Assistent freudig angerannt kam. »Bringen Sie den da in Saal vier. Ich werde mich um die Polizei kümmern.«

SCHLUSS

»Nein, es hat keinen Sinn! Ich bekomme den Strick mit meinen Zähnen nicht richtig zu fassen!« Chris wendete den Kopf wieder von Lindas Rücken ab, der, nur ein Schreibtischbein zwischen ihnen, eng an seinen gefesselt war. »Ich würde dir nur weh tun.«

»Gib doch nicht so schnell auf!« Dieser Mensch war ja wirklich zum Süchtigwerden schüchtern! »Es macht mir nichts, wenn *du* mir weh tust!« Warum eigentlich nicht? Männer konnten Schmerzen schließlich auch genießen. »Versuch es weiter!«

Chris streckte seinen Hals so weit es ging und drehte den Kopf, bis sein Mund Lindas Rückenblatt berührte. Ohne einen Moment der Zärtlichkeit bleckte der Hacker die Zähne, biß in die Oberseite des Strickes und zog. Doch als er mit der Zunge zu sichern versuchte, wurde ihm die Fessel gnadenlos aus dem Mund gerissen und peitschte Lindas Haut.

»Mach weiter!« Tatsächlich, gar nicht schlecht.

»Es funktioniert nicht. Wir müssen uns etwas anderes ausdenken.«

»Warte noch!« Linda warf ihren Kopf in den Nakken und sah in das ihr zugewandte graugrüne Auge von Chris. »Sag mal, merkst du denn gar nichts?« Sie zwinkerte, doch auf dem gegenüberliegenden Gesicht tat sich nichts.

»Es ist sehr unbequem, so.« Chris zog seinen Kopf zurück, und Linda gab ihm rasch noch einen Kuß auf die Wange.

»Was soll denn das?« Chris verzog sein Gesicht, zugleich zuckte seine linke Hand im Abwischreflex, stockte jedoch in den von Kirsten Bringer festgezogenen Schlingen.

»Ach, Chris! Was bist du nur für ein Mensch? Ich habe mich sofort in dich verliebt, als ich dich zum ersten Mal gesehen habe, nach dem Rennen, in eurer Box, als du hinter deinem Scanner standest. Seitdem habe ich dir ständig Zeichen gegeben.« Linda legte ihren Kopf auf Chris' Schulter und ließ ihn, im Maße sie sich entzog, herabsinken. »Hast du dich denn nie gewundert, daß ich bei eurem Einbruch im Krankenhaus mitgemacht habe, daß ich plötzlich über Computer Bescheid wußte, daß ich mich um dich und deinen Laptop gesorgt habe?«

»Also, eh, wenn ich ehrlich bin ...« Chris stieß Lindas Kopf mit einem fahrigen Schulterzucken von sich.

»Stehst du denn gar nicht auf Frauen?«

»Weder auf Frauen noch auf Männer. Das ist mir viel zu kompliziert. Wenn du ganze Abende investierst, nur um einmal zu vögeln. Zeitverschwendung! Im Cyber geht das alles so schön einfach. Keine Verbindlichkeiten, und immer ist alles so, wie du es gerade haben willst.«

»Aber, das alles ersetzt doch nicht dieses einmalige Gefühl, wenn man die Bäuche aneinanderreibt.« Linda stieß ihr Becken ein paarmal heftig gegen die Fesseln.

»Das ist doch alles zwanzigstes Jahrhundert. Es gibt heute schon Schnittstellen zwischen Mensch und Computer. Das bedeutet: Online-Sex. Wir werden unseren Orgasmus bald mit Hilfe von selbstlernenden Programmen optimieren können. Da liegt die Zukunft, nicht in der romantischen Zweisamkeit, die im freudlosen Ehebett endet.«

»Na, ich weiß nicht. Das ist mir alles viel zu ...«

»Sei ruhig, ich glaube, es ist jemand gekommen. Da ist plötzlich Licht auf der Türschwelle.« Chris riß an den Fesseln, daß Linda die Luft wegblieb.

Auch nicht schlecht, der Schmerz kommt nur ein bißchen zu unvermittelt, um wirklich erotisch zu sein.

»Hilfe, Hilfe, so helft uns doch. Schnell, wir sind hier drin gefangen.« Chris schleuderte seine zusammengebundenen Beine in die Höhe und ließ sie dann ungebremst zu Boden fallen, während Linda still weinte.

/

Frau Schroeder hängte ihren Mantel an die Garderobe, wickelte ihren Hals aus einem bunten Seidentuch und legte es um den Kragen. Noch während sie sich in ihren Schreibtischstuhl setzte, ließ sie den Computer hochlaufen. Auf ihr Klicken startete die Boethius-CD-ROM. Kaum hatte sich das Bild des festgesetzten Philosophen aufgebaut, steuerte die Sekretärin mit dem Mauspfeil gewandt die *Find*-Funktion an und optierte, weil sie dort einsetzen wollte, wo sie und Boethius unterbrochen worden waren, für die »letzte Position«:

»Das Wissen kann nur Sicheres erfassen, das mit Notwendigkeit geschieht. Was aber kommen wird, ist unsicher und damit nicht der Notwendigkeit, sondern der Unklarheit des Meinens überantwortet. Es ist nicht die Wahrheit des Wissens, die uns mit der Zukunft verbindet. Was aber soll dann Vorsehung sein?« Boethius schaute von seinem Schreibpult zur Philosophie auf, die für einen Moment ins Grübeln zu geraten schien, jedenfalls senkte sie den Kopf und hob ihr Zepter ein wenig, wie um sich ihrer Geistesgegenwart zu versichern.

»Da bist du baff, was?« Frau Schroeder versuchte, mit ihrem Mauspfeil das Zepter wieder herunterzudrücken. Doch die Frau Philosophie ließ sich nicht beirren.

»Dieser Widerspruch, daß, wo die Notwendigkeit fehle, auch nichts vorausgewußt werden könne, Gott trotzdem aber Vorauswissen habe, ist nur ein scheinbarer.« Die Philosophie schwebte, fast wollte man sagen, schlingerte zu Boethius hinüber und setzte sich neben ihn. »Die Ursache deines Irrtums ist, daß du glaubst, alle Dinge würden gemäß ihrer eigenen Fähigkeit und Natur als Gewußte erkannt. Es verhält sich aber andersherum: Was erkannt wird, wird nicht gemäß seiner eigenen Fähigkeit, sondern gemäß der Möglichkeit des Erkennenden erkannt. Dazu ein kleines Beispiel:«

»Hilfe, Hilfe, Hilfe.«

Immer diese dämlichen Thriller. Wie der Herr Professor das nur aushält! Frau Schroeder drehte die Lautstärkeregler ihrer Aktivboxen weiter auf:

»Ein runder Körper wird vom Tastsinn, gewissermaßen im Herumgehen, nur in seinen Teilen erfaßt, der Gesichtssinn aber, so wirst du mir wohl zugeben, schaut den ganzen Körper im Strahl des Blickes zusammen.«

»Ich gebe es zu!«

»Ganz so verhält es sich auch mit der Vorstellungskraft, der Vernunft und der höchsten Einsicht: Die höhere Kraft des Begreifens umspannt die niedere, die niedere aber kann sich auf keine Weise zur höheren erheben. Die Sinne gelten nichts außerhalb der Materie, die Vorstellungskraft vermag nichts jenseits der Gestalt und die Vernunft nichts außerhalb der Form des Einzelwesens. Die höchste Einsicht aber schaut von oben und erkennt die Form selbst, die alle anderen nicht begreifen können. Damit kann sie alles sehen, was unter ihr ist.« Die Philosophie nickte Boethius aufmunternd zu.

»Wenn ich dich recht verstehe, verhält es sich so, daß selbst die Vernunft als höchste menschliche

Erkenntnisweise nicht ausreicht, um Gottes Wissen zu begreifen. Ähnlich unbeholfen versucht der Mensch also die Vorsehung zu erkennen, wie der Tastsinn den runden Gegenstand. Tatstend nimmt er nur immer Teile wahr, während die göttliche Vorsehung *alles* im Blick hat.« Boethius führte seinen Griffel hastig über das Papier.

Durch das fahrige Kratzen arbeiteten sich immer neue Hilferufe, was Frau Schroeder veranlaßte, wiederholt ihren Kopf zu schütteln. Hätte der Herr Professor nicht das Schild mit der Aufschrift »Darf unter keinen Umständen gestört werden!« an seine Tür gehängt, wäre sie wohl zu ihm hineingegangen, um ihn zu bitten, den Fernseher leiser zu stellen. So aber blieb ihr nichts, als der nächsten philosophischen Einlassung entgegenzufiebern, die dann auch nicht lange auf sich warten ließen:

»Ich bin sehr zufrieden mit dir, mein gelehriger Schüler. Nun bedarf es keiner Anstrengung mehr, den letzten und höchsten Gedanken zu schauen.« Die Philosophie stellte sich wieder vor das Pult, drehte sich nun jedoch feierlich zu Frau Schroeder ein. »Gott ist allgegenwärtig. Das heißt, er ist selbst die reine Gegenwart. Für ihn gibt es weder Vergangenheit noch Zukunft. Was sagt das aber anderes, als daß Gott das dem Menschen Zukünftige als ein Gegenwärtiges sieht? So geschieht dies, auf das göttliche Schauen bezogen, mit Notwendigkeit, vom Menschen aus gesehen jedoch mit der absoluten Freiheit seiner eigenen Natur. Die Freiheit menschlicher Entscheidung widerspricht somit in keiner Weise der göttlichen Vorsehung, die über alles in ewiger Gegenwart wacht. Nicht vergeblich bauen also Hoffnung und Gebet auf Gott.« Nach diesen Worten begann die Gestalt der Philosophie auf dem Bildschirm von Frau Schroeder kriselig zu werden und löste sich unter dem Lächeln der Sekretärin schließlich ganz auf. Sie mußte unbedingt die gesamte Passage senden. Zu diesem Zwecke ging sie dorthin zurück, wo sie heute begonnen hatte und drückte bei jedem neuen Bildschirminhalt die drei entsprechenden Tasten.

Dann ließ sie die CD-ROM weiterlaufen, in dem festlichen Gefühl, endlich mit ihrem Boethius allein zu sein. Doch was war das? Er hielt den Griffel in das Buch vor ihm gesenkt, schrieb aber nicht. Frau Schroeder versuchte, den Philosophen sanft mit ihrem Mauspfeil anzustubsen. Keine Reaktion! Boethius rückte sogar noch weiter fort, und die Gitterstäbe schlossen sich wieder vor dem Fenster. Aus der Mitte des Bildes wuchs nun ein Button heraus: ›SCHLUSS‹. Frau Schroeder klickte ihn an:

»Die letzten Zeilen der ›Consolatio‹ legen nahe, daß Boethius so schnell wie irgend möglich zum Schluß seiner Abhandlung kommen wollte. Weder die Situation, noch der Stand der Tröstung werden noch einmal thematisiert. Auch Dankesworte des Boethius an die Philosophie fehlen gänzlich. So steht zu vermuten, daß ihn die Hinrichtung mitten aus der Arbeit gerissen hat. Vielleicht ist auch die dieser CD-ROM zugrundeliegende Fassung unvollendet geblieben, und der Schluß stammt nicht von Boethius selbst. Wir wissen es nicht und werden es nie erfahren.«

Frau Schroeder fing eine Träne, die aus ihrem Auge zu schwappen drohte schon an der Wimper mit dem Taschentuch auf. Wenigstens, so ging es ihr durch den Kopf, wenigstens hatte der Fernseher des Herrn Professor auf einen ruhigeren Kanal umgeschaltet, so daß sie würdig um den schönen ernsten Mann trauern konnte. Und senden würde sie davon nichts. Das tragische Ende ihres Boethius würde sie als süßen Schmerz in ihrem Herzen verschließen. Da würde sie sich auch durch das Klingeln an der Tür zur »Philosophischen Beratung« nicht stören lassen.

»Warum öffnen Sie denn nicht, Frau Schroeder?« Hauenstein hielt Kirsten Bringer die Tür auf und trat nach ihr in sein Büro.

»Sie, Herr Professor? Aber ...« Frau Schroeder wies mit geöffnetem Mund auf das Schild, das am Büro des Philosophen hing.

»Ist schon in Ordnung.« Hauenstein nahm das Schild ab und ging mit Kirsten in sein Büro.

»So, meine Freunde!« Kirsten schritt langsam um das gefesselte Pärchen herum. »Wir haben euch ein Angebot zu unterbreiten!«

»Dann lösen Sie endlich die Fesseln.«

»Nun hören Sie sich doch erst mal an, was wir zu sagen haben!« Hauenstein goß den Rest Cognac in sein Glas.

»Also: Wir geben allen Ihren Kollegen ihr schmales Bewußtsein wieder.« Kirsten zwinkerte Hauenstein anerkennungsheischend zu. »Und wir lassen Merkus am Wochenende fahren, wenn ...« – Kirsten blieb vor Chris stehen und ging in die Hocke hinunter, so daß sie mit ihm auf eine Augenhöhe kam – »... wenn Sie Professor Korn Ihre Computerkenntnisse zur Verfügung stellen!«

»Und wenn nicht?« Chris grinste, und Kirsten öffnete die Fesseln.

/

›Lieber Herr Professor Hauenstein!‹ schrieb Frau Schroeder, als sie wieder allein war im Büro der Philosophischen Beratungsstelle. Und weiter:

›Ich habe meine Arbeit an der CD-ROM des Herrn Boethius beendet und alles so gemacht, wie Sie es mir aufgetragen haben! Ich und Sie haben mir also nichts vorzuwerfen.

Sie haben wahrscheinlich den Eindruck von mir, daß ich ein sehr einfaches Wesen bin. Das mag auch stimmen. Trotzdem aber habe ich bemerkt, daß hier etwas nicht richtig läuft. Warum würde ich wohl sonst zu meinem schwerkranken Sohn ins Krankenhaus bestellt werden, obwohl er wohlauf und in der Schule ist? Ich sollte aus dem Büro gelockt werden! Das habe ich durchschaut. Als Sie mit Frau Bringer in Ihrem Büro waren, bin ich durch die Hintertür wieder ins Büro gekommen und habe Ihr Gespräch mitangehört. Ich weiß alles und konnte mir auch zusammenreimen, wer sich hinter HKORN verbirgt.

Mein Schweigen ist teuer!

Was fordere ich? Ich möchte kein Geld – also kein zusätzliches Geld. Ich verlange von Ihnen, daß Sie mir mithilfe Ihrer Freunde einen richtigen schnuckeligen Boethius schaffen. So mit Fleisch und Blut, zum Anfassen und Knuddeln und ohne diesen allegorischen Schnickschnack, ja?

Bis Montag!

Mit freundlichen Grüßen

Ihre

Frau Schroeder‹

FINALE

»Nun schauen Sie sich das doch an, meine Damen und Herren. Der Mike Sonder, der kämpft, der beißt, der arbeitet. Jetzt kommt er hier bei Start und Ziel vorbei. Ich würde ihm gerne mal ins Gesicht sehen. Was da an Wut, Zorn und Verzweiflung in seinen Zügen spielen wird. Oder steht ihm einfach nur das blanke Entsetzen in den Augen, wenn er jetzt Marc Merkus in seinem Rückspiegel auftauchen sieht? Schauen Sie mit mir auf die Uhr, meine Damen und Herren, jetzt ist Merkus über die Ziellinie, und ... Also, mein Libber, mein Libber!« Ach Leo, alter Kölner! »Wieder Rundenrekord, wieder Rundenrekord. So etwas habe ich ja noch nicht erlebt. Der Merkus steht voll unter Strom. Den zwanzigsten Rundenrekord bei einunddreißig Runden. So, und jetzt steht die große Blamage bevor. Merkus ist um die Südkehre, lassen Sie mich schwärmen, meine lieben Damen und Herren, er ist um diese Spitzkehre einfach herumgeflogen. Wie geht denn das nur, dem gelingt ja einfach alles. Als ob für ihn die Gesetze der Physik nicht mehr gelten, zieht er hier seine Bahnen. So, jetzt passiert er die Schikane, elegant surft er da zwischen den Kegeln hindurch, und da ist es passiert, da hat er den Sonder, da ist er an der Stoßstange dran. Und der Sonder, der arme Kerl, der versucht sich zu wehren. Jetzt gehen sie in die Nordkurve. Sonder klebt innen, ja, da wird ihm nichts passieren, da kann er den ganzen Querdruck mitnehmen. Aber falsch gedacht. Der Merkus schiebt sich einfach außen an ihm vorbei. Er läßt ihn links liegen, seinen größten Konkurrenten, als ob Sonder nur ein Statist wäre. Das ist ja unglaublich. Ha, und der Merkus bleibt außen. Das ist natürlich die größte Provokation. Er hält Sonder einfach die Tür auf, und der kann nicht reinkommen. Start/Ziel, wieder neuer Rundenrekord und Sonder ist von Marc Merkus überrundet, Höchststrafe, das ist die Höchststrafe. Mensch, der Sonder wird sich nach dem Rennen gar nicht mehr trauen, seinen Helm abzunehmen. Vom Terrier zum Schoßhündchen. O Gott, o Gott. Doch, lassen Sie mich das noch sagen, der Sonder fährt eigentlich hier ein ordentliches Rennen. Er hat sich an gleicher Stelle vor einem Jahr mit schlechteren Zeiten die Krone geholt. Es ist Merkus, der hier einfach neue Maßstäbe setzt. Das Supertourenwagenrennen wird neu erfunden. Und jetzt, gukken Sie sich das an, jetzt fährt der Merkus auch noch Schlängellinien. Also, ich halte das alles ja im Kopf nicht mehr aus! Vor zwei Wochen, da haben wir alle um Merkus gebangt, daß er diesen fürchterlichen Unfall überlebt. Dann gab es aufgeregte Diskussionen über die Unfallursache, schließlich standen sogar noch sehr unschöne Verleumdungen des Hirnchirurgen in den Boulevardblättern. Doch welch gute Arbeit hier geleistet wurde, das beweist uns Marc Merkus Runde um Runde ...«

/

»Werden Sie bloß nicht übermütig.« Korn fuhr mit seinem Stuhl zu Chris hinüber. »Noch ist Merkus nicht im Ziel.«

»Keine Bange, Meister, ich habe extra noch ein Limiting-Programm aktiviert, das sofort abriegelt, wenn es brenzlig wird. Es besteht nicht die geringste Gefahr, daß Merkus abfliegt.«

»Trotzdem müssen wir es ja wohl nicht drauf anlegen.« Korn schaute über seine halbierten Brillengläser hinweg in den Fernseher und sah, wie Merkus seine letzte Runde begann, indem er auf der Start-/Ziellinie eine kleine Lücke zwischen dem Calibra von Cornelia Schulz und Kristensens Audi nutzte, um hindurchzuschießen. »Es kann doch immer irgendeine Ungenauigkeit geben.«

»Also, hören Sie mal! Diese Anlage hier kennt die Strecke wie ihr eigenes Motherbord.« Chris zeigte auf seinen Monitor, wo sich entlang einer skalierten Gerade immer neue farbige Balken aufbauten. »Es gab bloß bislang keine Möglichkeit, mit diesem Wissen online zu arbeiten. Ich mußte immer alles ins Analoge übersetzen: Geh an dieser Kurve später auf die Bremse, lenke die Schikane spitzer an undsoweiter. Na ja, und dann mußte Merk diese Hinweise wieder übersetzen. In dieser vordigitalen Zeit kam es zu Fehlern, nicht jetzt, ...«

»Passen Sie auf, Mensch!«

»Oh! Da hatte die Rundenrekordvorgabe höhere Priorität als das Limiting-Programm.« Chris fegte mit zehn Fingern über die Tastatur. »Da wäre er doch beinahe abgeflogen. Muß ich mir merken.«

/

»Das sah aber gefährlich aus, meine Damen und Herren. Da hatte der Merkus noch viel zuviel Dampf drauf, als er in die Nordkurve einfuhr, und dann radierte er hier das ganze Rund entlang. Doch schließlich zeigte sich, warum Merkus der beste Fahrer im Feld ist: Er bremste in der Kurve. Normalerweise ist das der sichere Abflug auf einem BMW, denn das Werk schwört ja nach wie vor auf den Hinterradantrieb. Doch der Merkus lenkte so geschickt dagegen, daß er nur ein wenig ins Schleudern kam und so den Wagen noch in die Zielgerade brachte. Und jetzt hat er es geschafft, jetzt ist er durch, der Rasen ist gemäht, Merkus gewinnt nach einem sensationellen Rennen, in dem er alle seine Konkurrenten deklassiert hat, den diesjährigen STW-Cup. Und nun muß ich mich beeilen, damit ich rechtzeitig zur Siegerehrung unten bin. Ich bitte Sie, auch nach diesem Höhepunkt hierzubleiben. Es steht noch die Entscheidung im GT-Cup an, und dann heißt es: Strecke frei für unsere Junioren ...«

/

»Gratuliere, das war großartig!« Korn streckte Chris seine Hand hin. Der schlug ein.

»Am besten lassen Sie mich jetzt alleine, denn ich muß mich konzentrieren, um die ganzen selbstlernenden Verkettungen in der richtigen Reihenfolge zu schließen.« Chris klickte sich mit der Maus durch die Menüfenster, schloß hier etwas, löschte dort etwas, startete aber auch hin und wieder ein Programm.

Korn ging zur Tür und drehte sich, als die Klinke schon in seiner Hand lag, noch einmal zu Chris um. In diesem Moment aber fegte ihn die aufschießende Tür zu Boden.

»Auf die beiden Helden!« Drei Korken flogen durch den Raum und schlugen direkt neben Chris ein, wo sie mehrere Diskettentürme abtrugen.

»Seid ihr wahnsinnig?« Chris versuchte, mit seinem Oberkörper den heranspritzenden Champagner abzuwehren. Doch es gelang ihm nur sehr lückenhaft, und schrille Warnrufe drangen aus den Bigtowers. »Hört sofort auf mit dem Quatsch!«

Ed, Steve und Lucky gaben nach und hielten nun auf den noch immer am Boden liegenden Meisterchirurgen.

»Hiermit taufen wir dich! Ab jetzt gehörst du zu den Pferdeärschen! Mach diesem Namen keine Schande.« Die drei gossen die Flaschen über ihrem neuen Verschworenen aus.

»Sie sind wohl verrückt geworden?!« Korn versuchte aufzustehen, rutschte jedoch in der Champagnerpfütze aus.

»Und nun unser Einstandsgeschenk!« Ed zog die tropfende und triefende Gestalt hoch.

»Wir haben uns etwas besonders Originelles ausgedacht!« Steve zog eine Flasche aus der Innentasche seiner Jacke und hielt sie wie eine Fackel in die Höhe.

»Korn für Korn!« Die drei Pferdeärsche klopften dem vierten auf Oberarme und Schulter, während der fünfte ins Keybord hineinfluchte:

»Ihr Idioten, jetzt spricht die Tastatur nicht mehr an. Das ganze System kollabiert. Ich kriege Merk nicht runtergetourt.«

»Man nennt uns Pferdeärsche,
Weil wir jedes PS beherrsche'.
Denn der Hintern des Pferdes
Bestimmt dessen Lauf
Und daher ist mit uns
Jeder Motor gut drauf.
Jaaaaa, man nennt uns Pferdeärsche …«

Steve und Lucky tanzten singend um Korn herum, während Ed dem Klinikdirektor den Kopf in den Nakken drückte, bis sich dessen Mund freiwillig öffnete und das alte Rauhbein den halben Liter Korn hineingießen konnte.

»Phantastisch, du bist der Größte!«

»Muß schon sagen, Korn, gute Arbeit!« Kirsten

Bringer und Professor Hauenstein kamen in das improvisierte Computer-Laboratorium.

Korn schwankte in die Arme der NLP-Master-Practitionerin:

»Jetzt habe ich keine Angst mehr vor der Ethikkommission. Sollen sie mich doch fertigmachen! Ich habe geschafft, was ich wollte!« Korn sank sanft an ihrem Körper herab zu Boden. »Wo sind nur Evchen und Lena?« Dem Klinikdirektor fielen die Augen zu.

/

»So, meine Damen und Herren, jetzt hat der Erste Bürgermeister die Medaillen verteilt. Noch mal ein Händeschütteln, und nun macht er sich aber mit seinen beiden Referenten aus dem Staub, schauen Sie sich das an. Er weiß, was jetzt passiert. Wer hat seinen Champagner zuerst geöffnet? Canelli, endlich ist Canelli mal wieder der Schnellste. Auch Nodier hat seine Flasche entkorkt. Aber was ist mit dem Merkus los? Der steht da und weiß gar nicht, wozu er hier gebeten ist. Da wird er doch wohl nichts abbekommen haben, als er vorhin mit zehn Stundenkilometern in die Leitplanke fuhr? Hahaha, ja, das war ein köstlicher Spaß des neuen Champions. Er hatte einfach keine Lust mehr zu bremsen und setzte seinen M5 hier direkt vor der Tribüne in die Leitplanke. Und jetzt halten Canelli und Nodier volles Rohr gegen Merkus, sie taufen den neuen Supertourenwagenchampion. Ja, meine Damen und Herren, und ich versuche jetzt mal, Marc Merkus auf ein paar Worte ans Mikrofon zu bekommen. Da haben wir ihn. Also zuallererst meine herzlichsten Glückwünsche, lieber Marc Merkus. Das war ja ein tolles Rennen. Wie fühlen Sie sich denn jetzt?«

»Oh, warum wechselt schlüpfrig das Glück uns immer die Lose? Es trifft Unschuldige oft die Strafe, dem Frevler gebührend. Auf hohen Thronen spreizen verderbte Sitten sich, sie treten mit Füßen heilige Nacken, ruchlos vernichtend.«

»Hahaha, wunderbar, köstlich! Ein Gruß an den Bürgermeister. Der Merkus ist ja voll auf dem Trip. Und können Sie mir denn noch sagen, wie Ihre Pläne für die nächste Saison aussehen?«

»Das Wissen kann nur Sicheres erfassen, das mit Notwendigkeit geschieht. Was aber kommen wird, ist unsicher und damit nicht der Notwendigkeit, sondern der Unklarheit des Meinens überantwortet. Es ist nicht die Wahrheit des Wissens, die uns mit der Zukunft verbindet.« Da wurde Merkus links beziehungsweise rechts von Kirsten Bringer respektive Conrad Hauenstein eingehakt und fortgezogen.

»Heh, warten Sie doch mal!« Leo gab das Mikrofon einem Techniker.

»Na, Schreiber, wie war's bei den Aborigines?« Hauenstein drehte sich flüchtig zum Streckensprecher um.

»Ach, hören Sie mir bloß auf! Das sind ja alles Wilde, die nicht einmal Englisch sprechen können. Und mit dem Traumzeug habe ich auch nicht viel am Hut.« Leo Schreiber schniefte tief und langanhaltend.